U0528283

有一种力量，叫文学；
有一种美好，叫回忆；
有一种感动，叫青春；
有一种生命，在鲁院！

手铐

鲁迅文学院·百草园文集

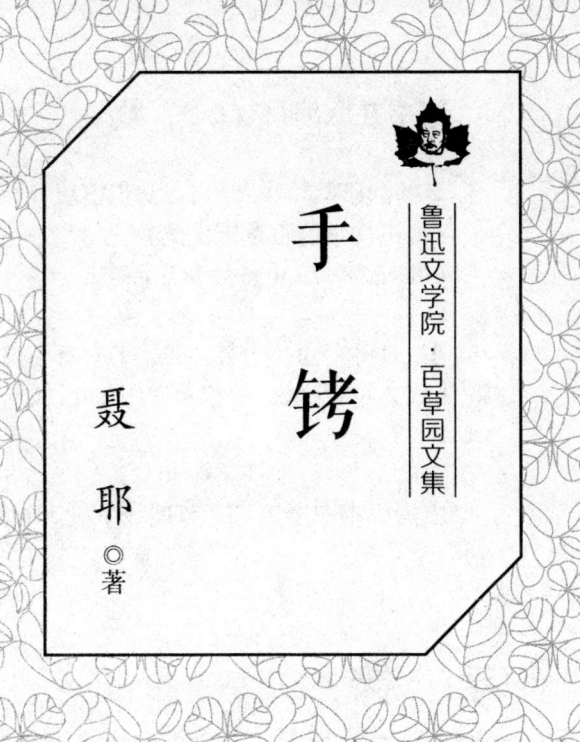

聂耶 ◎ 著

SHOU KAO

知识出版社

小说或探访凶案，扑朔迷离，悬疑丛生，引人入胜；或反映警民生活，充满鱼水深情；或描写80后青年的恋爱和婚姻，意旨曲折多趣。

图书在版编目（CIP）数据

手铐/聂耶著. --北京：知识出版社，2017.1
（鲁迅文学院百草园文集）
ISBN 978-7-5015-8587-8

Ⅰ.①手…Ⅱ.①聂…Ⅲ.①中篇小说-小说集-中国-当代②短篇小说-小说集-中国-当代Ⅳ.
①I247.7

中国版本图书馆 CIP 数据核字（2017）第 009462 号

手　铐

出 版 人	姜钦云
责任编辑	易晓燕
装帧设计	游梽渲
出版发行	知识出版社
地　　址	北京市西城区阜成门北大街 17 号
邮　　编	100037
电　　话	010-88390659
印　　刷	北京一鑫印务有限责任公司
开　　本	787mm×1092mm　1/16
印　　张	14.75
字　　数	280 千字
版　　次	2017 年 2 月第 1 版
印　　次	2020 年 2 月第 2 次印刷
书　　号	ISBN 978-7-5015-8587-8

定　　价　39.00 元

版权所有　翻印必究

目录 Contents

老警察与新警察 …………………………… 1
派出所的故事 …………………………… 11
派出所的"一姐" ………………………… 28
刘　所 …………………………………… 34
先锋警事备忘录 ………………………… 41
先锋镇旧事 ……………………………… 54
乡村场景 ………………………………… 66
乡村警务 ………………………………… 76
乡镇派出所档案 ………………………… 90
小镇人物 ………………………………… 99
永　夜 …………………………………… 115
报　警 …………………………………… 130
手　铐 …………………………………… 142
阳光下的碎片 …………………………… 148
千里走单骑 ……………………………… 165
老贼四叔 ………………………………… 179
老狗阿旺 ………………………………… 182
逃跑的嫌疑人 …………………………… 187
空城计 …………………………………… 191

龙　眼……………………………………… 195
奥斯卡的2006年 ………………………… 198
怀州轶闻…………………………………… 209
苏文和他的父亲…………………………… 217

老警察与新警察

老 杨

老杨并不老，刚刚四十有六，只是因为提早谢顶，秃秃的脑门让他看起来比实际年龄大了一轮。

别看老杨年龄不大，工龄却不短。他十八岁参军，部队干了十年，转业后进了地方公安局，在基层派出所又干了十八年。说起基层工作经验，整个公安局他都是头一份。

老杨人不错，讲义气，豪爽，就是平时喜欢嘻嘻哈哈地开玩笑，老没个正经，几十岁的人了，还和年轻人一样疯来疯去。为此，他的那些老战友们没少敲打他，但老杨依然如故。所以，当和老杨一起转业的战友们被提拔为所长、科长时，老杨还是窝在派出所里当着普通民警。

作为一个社区民警，老杨绝对可以打满分。聊起社区里的事情，老杨就和说自己家里的摆设一样清楚。镇上有多少个村多少个组，一个组有多少户人家，有多少人在外面打工，有多少人判过刑受过处罚，有多少外来人口……老杨闭上眼，略一沉思，就能说出个一二三来。村上不管是老一辈还是年轻人都敬重他，遇见了都要喊他一声"杨叔"。这里的叔不是指辈份，只是乡下的一种尊称，与年龄无关。

一些鸡毛蒜皮、家长里短乃至扯皮打架的事情，只要老杨在场说句公道话，事情就了结了。该赔钱的赔钱，该赔礼的赔礼，谁也不会事后去找对方麻烦。有次村上李家和王家闹矛盾，两边亲戚几十人差点要打群架，后来村上出面，又请来老杨做中间人，双方达成了和解。可没过几天李家的小孩又把王家的小孩给打了，王家觉得丢了面子，借机把以前的事情给翻了出来。这一下可犯了众怒，村里的老少爷们全站出来指责王家。大家说，杨叔都拍了板的事情，就是木板上钉钉，谁也不能再胡来，否则就是和整个村子过不去，并扬言要把王家人赶出村子。从那以后，老杨说过的话就和村规一样，一个字都不能更改。

　　每次下村，除了解决这些邻里纠纷，老杨更多的时候是为所里收集破案线索。村里谁家被盗了，谁吸毒了，谁又坐庄赌博了。无数的消息被他收集上来，然后逐条筛选，清理出其中有用的线索。如李四一直吸毒又没有工作，昨天打牌却输了一千多元现金，这钱来路可能有问题；张三家被偷后，就一直没有看见王麻子在村上活动，王麻子这人以前就因为偷东西被抓过，这个巧合也让人怀疑……然后，老杨就顺着这些线索慢慢地摸排，果然为所里破了不少的案子。

　　宋学文分配到先锋派出所后，就跟着老杨学习社区工作。老杨经验多，脾气好，又爱和年轻人打交道，所以带徒弟再合适不过。用老杨的话说，要保持年轻的心态，就要扎根在年轻人中间。老杨在所里的日子不多，多数时间都穿着便服、骑着一辆快散架的摩托车在各村转悠。一星期五天，唯有在所里的每周例会上，才能看见老杨穿警服坐在那里。开完会，他又换上便服骑上摩托车，"突突突"地下村去了。老杨在所里资格最老，在群众中也很有威信，谁也不好多说他，何况局里不少领导还是他同一批转业的战友。

　　下村的次数多了，宋学文跟老杨的关系也熟谙起来，一些工作上和生活上的事情，都喜欢和老杨说说。老杨常教导他说："做事要多用心，公安这行，经验是最宝贵的。"

　　宋学文嘴上答应，心里并不认同："经验是时间积累的，要是自己干了十多年，经验自然也会丰富。"

每个月逢五和逢十是先锋镇赶集的日子，老杨肯定要去集市上走走。在乡下，赶集是个大日子，邻近乡镇的人都会聚集到这里，买卖什么的都有，而这个时候也是小偷最活跃的时候。不止本地的小偷，甚至外地的小偷都会涌到这里，谋划着在集市上大捞一笔。

天还蒙蒙亮的时候，集市上就已经有人开始把摊子摆出来了。到上午十点多钟，太阳蹿得老高，集市上已是人山人海。这时，老杨便带上宋学文出来赶集了。

抓小偷是老杨的强项，临近乡镇的小偷们基本上都在老杨手里"栽"过。以至于外面流传着一个版本，说小偷的身上都揣着老杨的照片，人手一张，他们出来干活，只要看见老杨，立刻就撤退。因为只要老杨在场，东西肯定偷不到手。老杨的眼睛就和鹰眼似的，老盯着人走。俗话说，莫伸手，伸手必被捉。这话用在老杨身上一点也不为过。但也有不少小偷就是冲着老杨的名声来的，如果能在老杨的眼皮底下偷到东西，又不被抓住，在道上名声就肯定能火起来，当然这都只是传说。

赶集时，来来往往的人都喜欢和老杨打招呼，男的女的，老的少的，认识的不认识的，老杨俨然一位名人，放在这里比镇长还管用。

"杨叔，您也一把年纪了，回去休息休息吧，别累着了。"

"杨叔，您怎么还没退休啊，您看您在这里，今天我们又要倒贴车费了。"

说话的是迎面走来的几个青皮后生，嬉皮笑脸的。

老杨也不恼，只笑着回骂："兔崽子，你们什么时候走上了正道，我立刻退休。你们还游手好闲，我就天天守着你们。哪天你们手伸错了口袋，就别怪杨叔我不留情面了！"

那几个人赶紧笑着保证："别，杨叔，您放心，您在一天，我们绝对老实一天。"

宋学文问老杨："他们怕不是好人吧？"

老杨笑笑，说："一群'老麻雀'，有本地的也有外地的，别看年纪小，因为偷东西，都在看守所里几进几出了，好几个还是我给送进去的。"

"那他们还敢来？"宋学文不解。

"怎么不敢，他们都认识我，但我认不全他们，特别是他们带的那些徒弟，真正动手的也是那些人，'老麻雀'只负责把风。"老杨说。

宋学文突然想起关于老杨照片的传闻，看来还真有那么回事。他刚想到一半，集市对面的一个摊子上，突然传来女人的哭声："有贼啊，我的钱包不见了，有贼！"

宋学文立刻朝那边挤了过去，老杨紧跟在后面。

被偷的是一个抱小孩的妇女，大清早就过来了。这会儿，她摊子上的草药已经卖得差不多了。她说卖草药换来的一千多元现金用黑布包着，放在自己右边的裤子口袋里，刚才孩子一哭，她急着抱孩子，等哄好了孩子，一摸口袋，发现裤子上被划了个洞，包钱的布包已经不见了。

"这可怎么是好啊，那可是我老公住院的救命钱啊。"说着妇女又哭了起来。

老杨拨开人群走过去，仔细地检查了一下妇女被划开的裤子口袋，然后问起丢钱的细节。

人群里有人认出老杨，立刻喊起来："杨叔来了，警察来了，都别吵了。"

大家立刻安静下来。

老杨往人群中扫了几眼，然后说："我已经知道是谁偷的，这个贼是个新手，就在我们中间，我希望他把东西主动交出来，第一次我可以考虑从轻处罚。"

人群中骚动起来，大家互相充满疑惑地对视。

"而且，我估计我们中还有人的东西被偷了，就在刚才大家闹哄哄的时候。"老杨又不紧不慢地说。

大家一阵紧张，全都下意识地去摸自己的钱包。

宋学文也不例外，他伸手向衣兜里的包摸去。不摸不知道，一摸，只感到头皮一紧。放着身份证、警官证，还有几百元现金的钱包不见了。

宋学文大喊出来："我的钱包也被偷了。"

大家齐刷刷地把目光投向宋学文。

就在宋学文说话的同一时间，老杨突然向人群中的一个中年人扑去，大家还没有搞清楚是什么事，老杨已经把他摁倒在了地上。然后他指着男人对面的方向大喊："小宋，那里还有一个，别让他跑了。"话刚出口，一个穿灰衣服的年轻伢子转身就跑，宋学文还没冲过去，年轻伢子就被身边的群众扑翻在地上。

年轻伢子躺在地上左右挣扎，不住地喊着："我不认识他，我没有偷。"

"我又没有说你偷了，不打自招。"老杨上前一搜身，年轻伢子怀里果然藏着妇女的布包，还有一截刀片。

"杨叔果然是杨叔。"人群中一片赞叹。

"那我的钱包呢？"宋学文把年轻伢子提过来，又从头到尾搜了一遍。

"你当然找不到，因为钱包在我这里。"老杨从兜里变戏法似的掏出个黑色钱包来，宋学文一看正是自己的。

人群中又是一片疑惑之声。

老杨扬扬手，示意大家安静，然后解释起来："刚才根据丢钱者说的话，和查看割开裤子的洞，我判断小偷是个新手，而且没有走远。新手绝对不会一个人出来，肯定还有望风的，所以我故意说出小偷就在我们中间。大家互相猜疑、相互乱看时，真正的小偷却是在小心地掩饰自己，也就是在这个时候，我注意到了这个伢子，他只看着一个地方，也就是中年人所在的位置，但这只是猜测。接着我提醒大家注意自己是否丢了钱包，大家在低头检查自己钱包时，只有这两个人在看别人，这是因为贼会下意识地关注别人放钱包的地方。等我同事说出自己钱包不见时，大家都望向丢钱人，而这两个贼却不约而同地望向了对方。他们肯定相互怀疑是对方做的，眼神里充满愤怒，认为对方想独吞。也就在这时，我肯定了自己的判断，然后抓住老的这个，并大喊要我同事抓另一个。年轻人没有经验，见同伴被抓，当然慌不择路，一逃跑更露出了马脚。好了，现在麻烦大婶，还有那个帮我们抓住贼的好心人，同我们一起去派出所做笔录，谢谢大家。"

听完老杨的分析，人群中先是一片寂静，接着爆发出一阵热烈的掌声。

回所里的路上，宋学文对老杨简直佩服得五体投地，他问："杨叔，那么细微的眼神变化你都能捕捉到，简直和电影里的侦探一样。"

老杨微微一笑："我瞎扯蛋的，你也信？告诉你，事实的真相只有一个，那就是中年人以前被我抓过，他一看见我说人群中有贼，就准备走，所以我才上去抓住他，然后我随口说他有同伴在人群里，接着那个年轻伢子露出了马脚。"

"那我的钱包怎么去的你那呢？"宋学文感到有点难以置信。

"你这个马大哈，谁要你听见别人喊有贼就跑那么快，钱包掉出来也不知道，幸亏被我捡到了。"老杨哈哈大笑起来。

"于是我的钱包也成了你'表演'的一个道具。"宋学文的嘴巴，完全张成了一个"O"型。

老杨拍拍宋学文的肩膀，说："真作假时真亦假，假作真时假亦真，这就是经验，你跟着我慢慢学吧。"

快年底了，又是一年一度人事调整的时候，宋学文问老杨："杨叔，难道你愿意在这里搞一辈子？"

老杨仰天大笑，说："我怎么就不能在这里搞一辈子呢？！"

宋学文

说宋学文是个新警察，他听了肯定不乐意。掐指算算，宋学文已经在先锋派出所工作一年半了。

宋学文是个很"会来事"的人，"会来事"是刘所长对他的评价，意思是会想事、会做事、能把事办周全。也因为"会来事"，一年半的时间里，宋学文就迅速地从一个刚入行啥都不懂的毛头小子，变成了全局年度优秀社区民警。

"会来事"的宋学文，在所里是个"万金油"，也就是啥都能干的意思。他的专职工作是管理社区，他走遍了社区的各个村落，进行过社区内的人口普查，去过厂矿、企业进行消防检查，清查过社区内的特种行业、娱乐场所，调解过邻里纠纷，接待过上访群众，帮村上的大爷大妈上过户口，办理过二代身份证。同时，他也办过各类行政或刑事案件，参与过所里的统一行动，去过上海、广州等城市追捕犯罪嫌疑人。他还兼职当过内勤民警，处理过各种来往的文件。他熟悉计算机操作，会搞宣传报道，还特别"会来事"，与上下级的关系都处理得恰到好处。这个"恰到好处"也是刘所长评价宋学文的话，亲则近，疏则远。工作这么久，竟然能做到没有一个人说他的闲话，这很不简单。

　　刘所长曾开玩笑说：宋学文生来就是做警察的料，搞公安就是与人打交道，特别是与形形色色的坏人打交道，要是"会来事"的宋学文不搞公安，他的才华就真是被埋没了。

　　话虽这么说，但是当初刘所长并不看好宋学文。怪只怪那天局里开中层干部会议，刘所长的车在半路上爆了胎，延误了时间。在会上，局里把新招进来的三十二名民警进行了简单的分配，各个派出所都选到了满意的新同志。等到刘所长换了车胎赶到局里时，就只剩下被挑剩的宋学文了。当然，这只是宋学文分配到先锋派出所众多版本中的一个，不能完全当真。

　　宋学文身高一米七零，身材单瘦，看上去文文弱弱，白皙的脸庞上还匀称地长着几点雀斑，第一眼看上去确实不像当警察的料。而且，宋学文还不是科班出身，他大学读的是中文系，学的是文秘，特长是写作，简直和公安行业风马牛不相及。望着其他派出所分配的新民警，一个个虎背熊腰、高大威武，有的虽然个子矮点，但皮肤黝黑、肌肉发达，刘所长只有往肚子里咽口水的份。

　　领着宋学文回所里的路上，刘所长是有牢骚的。先锋派出所管辖乡镇面积大、人口多，辖区和外省交界，治安情况复杂。所里人手一直不够，民警常年疲于奔命。自己曾多次向局里打报告要求增派人手，但一直没得到答复，这次好不容易赶上局里扩编的机会，却分来了一个学中文的愣头青，怎能不让刘所长郁闷。既然是当作文秘招进来的，放在机关里面写写材料、搞搞宣传报道不就行了。这基层派出所要的是能吃苦、能打硬仗的男子汉，分个书呆子过来，还美其名曰基层锻炼，这不是添乱吗？可还没等刘所长找局里反映，老局长就把刘所长拉到一旁叮嘱，说宋学文是局里招进来的笔杆子，要好好培养，业务方面要专人带，等基层经验丰富了，就调局里来搞宣传，到时候再给你们所派两个有经验的小伙子。话都说到这份上了，纵使刘所长满腹委屈，也不能说牢骚话了。

宋学文知道自己的短处，他学的是中文，人长得瘦弱，打架抓人自然不行。但在处理各方面关系上，宋学文是行家。下社区时间长了，大到厂矿老板、公司老总，小到饭店、超市里的打工仔、营业员，或者是街上没有工作、成天想着怎么发财的无业人员，基本上都和他打过交道。人认识得多，自然有用的线索也多。谁喜欢赌博，谁喜欢吸毒，谁有小偷小摸的毛病，宋学文了解得清清楚楚。他把这些信息分门别类地储存进所里唯一的一台电脑里，附上该人的前科资料和照片，列出一张详单，随用随取，又可以随时更新。只要社区里一出事情，就可以比照这些线索，为所里破案节省了大量的时间。他还在社区警务室门口，专门设立了一个宣传栏，隔三岔五地就把社区里发生的一些事情写在纸上贴出去，如社区发生盗窃案，应该如何预防；办理二代身份证应注意什么事项；冬季如何防火，等等，宣传栏边上还安了一个群众意见箱，加强了和群众的联系。很多社区内发生的盗窃、抢劫案子，都从群众那里得到了重要线索，为以后的侦破工作提供了帮助。年底时，他的警务室被当作全局示范警务室受到表扬，给所里挣了不少面子。

刘所长对这些感到很高兴，经常拍着宋学文的肩膀说："小伙子，好好干，什么事我都撑你的台！"

宋学文更厉害的"武器"，就是他那支化腐朽为神奇的笔，如跨省追凶抓获毒贩、抢劫团伙 24 小时覆灭、雇凶杀人事败被擒等大案子；更有当街抓扒手、群众踊跃相助等小事，只要经过宋学文的笔，就变得险象环生、妙趣横生，不出两天就刊登在本市的报刊上。刚开始，刘所长并不看好宋学文写这些稿子，按他的说法，有这么多写东西的时间，还不如下社区多摸点有用的线索、破点案子。但随着先锋派出所的名字和照片频频上报，派出所得到了局里甚至市里的高度重视，风头甚至盖过了城区内的很多一级派出所。在全局资金相当紧张的情况下，先锋派出所竟然得到了政府部门的大力支持，获得了一笔不小的专项资金。派出所那栋二十世纪七十年代四处漏雨的办公楼被推倒重建，民警的住房问题得到了解决，所里添置了警车、电脑，驻村警务室的条件也得到了大大的改善。局里开会，大会小会都要点名表扬先锋派出所和刘所长，这些都让刘所长受宠若惊。

刘所长对宋学文的态度自然来了个一百八十度的大转弯，他觉得宋学文就是一匹千里马，自己则是发现千里马的伯乐。他开始鼓励宋学文多写、多发。每次写完后，自己还要先读一遍，改动一两个标点以示重视。宋学文当然也懂得其中的奥妙，很多次干脆把自己列为第二作者，第一作者写上刘所长的名字。起先几次，刘所长还感到不好意思，后来干脆拿来宋学文的稿子，亲自改动一遍，再要宋学文拿去报纸投稿。刘所长也常常邀约一些新闻界的朋友出来玩玩，联络感情，为宣传派出所做一些情感投资。看着自己的名字一次次地变成铅字发表到报纸上，看着整洁干净的办公大楼，看着坪里停着的崭新的警车，刘所长很有成就感。

年末时传来可靠消息，局里几个部室的领导都到年纪了，将退居二线，空出了好几个职位，刘所长很有希望往上提。

过了年，局里果然进行中层干部调整，刘所长调到局宣传科当副科长，宋学文仍然留在所里当社区民警。

宣传科属于清水衙门，比起管辖一方的派出所所长，职位虽是平调，实权却小多了。刘所长很委屈，怎么是这样的结局？他看见宋学文比他还要颓丧。

有人带话给刘所长：先锋派出所地处偏僻乡下，软硬件条件都一般，属于市里的三流派出所，刘所长你也太"会来事"了，大事小事上报纸宣传，市里一开会，提到公安局必提到先锋派出所，提到先锋派出所必提到你。市里拨给局里的专项资金，市领导一句话就直接放到你们所去建了房子，要是再让你搞两年，估计认识你的人比认识局长的还多，那还得了！

大冷天的，听了这番话，刘所长的后背都湿透了。

是宋学文让他沾了光，还是宋学文耽误了他？连他都想不明白了。

当初，分到他们派出所的，怎么会是宋学文呢？而且一干两年，怎么就不把他调到宣传科去呢？

派出所的故事

杨所长

先锋派出所有两个副所长,一个叫杨大成,一个叫刘奋强。按称呼习惯,我们称他们为"杨所""刘所"。

杨副所长主管社区工作,刘副所长主管刑侦工作,平日里两个人各管一摊,各尽其责。

杨所今年三十有五,正是忙事业的旺年。他年纪不大却长相老成。小眼睛,鹰钩鼻子,平日里不苟言笑,眉宇间透出一股莫名的怒气。与人说话时,他喜欢眯着眼盯着对方看,那眼神很犀利,让人心里发憷。被他瞧一眼,就好像被医院放射科里的 X 光扫过一样,从脚底到脊背都凉飕飕的。当然,最让人过目不忘的还是杨所的头发,乌黑浓密有光泽。我们常恭维杨所,说他可以去当"发模",上电视拍广告为那些洗发水做代言人。

杨所对于养发有一套很专业的理论,比如要多吃绿色蔬菜,特别是薯类、豆类;不用刺激性的洗发液;要经常梳头,梳子宜选用牛角、桃木等材质的。有一次杨所还一本正经地给我们上课,说:"梳头养生,自古就有,并不是女人的专利。北宋人陶谷撰著的《清异录》里提到,'有二事乃养生大要:梳头、洗脚是也。'到了明朝,在《修龄要指》一书中提出了'十六宜',其中第一宜就是'发宜常梳'。经常梳头不但可以缓解压力、畅通经气、改善血液循环,还能滋养头发、减轻疲劳。牛角本身就是具有凉血、息风、镇静作用的中药,经常用牛角梳子梳头,可消炎镇痛、治疗头疼,还能祛屑护发、治疗失眠。现在的专家还有一种观点,就是多梳头能长寿,为什么女人的寿命普遍高于男人?这和她们经常梳头不无关系。"

这一番话让我们大开眼界,谁也没想到杨所有如此渊博的知识,更没想到梳头还有那么多的考究。

在那段时间里,派出所的男女同事们,人人随身带着一把梳子,有事没事就拿出来梳头。梳子的种类自然也是五花八门:牛羊角的、黄杨木的、檀香木的;有柄的、没柄的;宽的、窄的、长的、短的;黑白相间的、通体透明的……就连食堂做饭的大姐,都要在城里打工的丈夫买回一把黄牛角梳子,没事时一边哼歌,一边梳头。

好景不长,派出所民警天天梳头的事情引起了周边群众的议论。有一天,派出所开例会,所里的一把手王所长发了火:"一个派出所,十几个大老爷们,天天没事就梳头,这像什么话!以后上班时间一律不准梳头,抓到一个罚款100元!"

100元啊!我们咂咂舌,这可是一把上等牛角梳子的价钱。王所长看来是真动怒了,大家赶紧将梳子收了起来。

但杨所的梳头理论已经在派出所深入人心,我们只要看见杨所那一头乌黑浓密的头发在眼前晃动,心里就像被猫爪子挠过一样,痒得难受。恨不得立刻将藏在口袋里、提包里、抽屉里的梳子拿出来,猛梳几下头发。硬是忍不住的时候,就和王所长玩起了"躲猫猫"的游戏。或者躲在办公室、厕所里,或者躲在楼梯的转角处,趁着没人看见,拿出梳子来猛梳个十下、八下,然后再若无其事地继续回岗位工作。梳头如同注射兴奋剂,梳了头后浑身都是力气。还好,这样的状态并没有持续多久,因为杨所又教给我们一套用手指梳头的指法,虽然没有用牛角梳子梳头效果那么好,但也算差强人意、聊胜于无。

其实拥有一头乌黑浓密的头发,对于满头白发的王所长同样具有吸引力。他不到五十岁,却因公安工作的特殊性,忙得心力憔悴。他经常熬夜，三餐又不准点，头发虽然健在，却白了不少。特别是近段时间，这些白头发大有一股欲将黑头发歼灭殆尽的趋势。

有一次，我去王所的办公室送文件，他刚换完制服在接电话，示意我在边上等等。我看见他衣柜的柜门没有关紧，便走过去想将其带上。关门的那一瞬间，我看见王所衣柜里的架子上放着一把带手柄的红褐色木梳。后来我上网查看，按照同样的颜色和款式，那应该是一把上好的紫檀木梳，网上标价要800多元。我这才明白，怪不得王所每天来派出所的第一件事，就是关门换衣服，而且要换那么久，原来他也在梳头养生呢。

杨所主管社区工作，需要经常下社区走动。平日里他在派出所待的时间不多，不准梳头的禁令一下，他在所里的时间就更少了。先锋派出所地处本市的南郊，管辖下面四个乡镇，地域面积宽广，路况曲折复杂，开车随便去辖区内转一圈，就要好几个小时。杨所早上出门办事，中午肯定来不及赶回所里吃午饭，于是常跟着那些辖区里的公司经理或者厂矿老板在镇上的饭店里解决。这些老板和经理对杨所很尊敬，甚至带着一点献媚。做生意的人，难免会遇见各种各样的事情需要和派出所打交道，如果能和杨所搞好关系，对于他们来说，无异于多了一根致富的"定海神针"。所以每次到了中午的饭点，他们就会盛情邀请杨所出去吃饭。如果杨所推辞，反倒成了不给他们面子，让场面变得难堪。

先锋镇地理位置偏僻，却因祸得福，躲过了城市现代化的污染。镇上的农家饭菜干净卫生，原汁原味，在本市小有名气。特别是蛇肉和鱼肉的独特做法，享誉久矣。一到周末，大批的食客从城里开着汽车成群结队地来到先锋镇，他们在这里休息、钓鱼、吃饭、打牌……玩得舒心惬意，吃得酣畅淋漓。

因为长期在外面吃饭，油水充足，杨所的肚子比刚来派出所上班时大了好几圈。他现在最常做的事情已经不是梳头发，而是坐在值班室的凳子上，用手揉肚子。一边揉，还一边自我打趣地说："哎，又胖了，下次说什么也不能再吃这么多了。"可这话也就说说而已，过不了两天，杨所又会从外面吃得红光满面地回来，然后一屁股坐在值班室的凳子上，一边揉肚子，一边继续后悔。先锋镇的饭菜太好吃了，少有人经得住诱惑，特别是到了周末的时候，满镇的饭菜飘香，鱼肉、蛇肉、土鸡、土狗……光闻闻香味就让人口水四溢、食欲大增。

关于杨所为什么会调到先锋派出所来上班，我曾听不少民警谈论过，但都说不出一个所以然来。杨所来先锋派出所之前，在城里的一个派出所工作，也是担任主管社区工作的副所长，且已有四五年了。他曾创立"勤走、多聊、互动、互助"的四大社区工作模式，还在局里被当作先进经验推广。按常理说，杨所是"多年的媳妇熬成婆"，也该上个台阶了。却不知道为何，在上一次的调整中被调到先锋派出所，仍然担任副所长。先锋派出所是什么地方？穷乡僻壤，山高路远，很少被局里的领导关注。派出所的拨款少、编制少、待遇差，所领导难以提拔，民警也不被重用。调到这里上班的民警，除了一些新参加工作像我这样的"愣头青"，就是一些工作上犯过小过错，或者不听领导话的"刺头"，而且基本上调进来后就很难再调出去。当然，这都是我工作了一段时间之后才知道的情况，我恍然大悟，怪不得杨所圆圆胖胖的脸上，总有一股怀才不遇的怨气。

我参加工作后的第一个单位就是先锋派出所，担任社区民警，杨所就是我的直属上级。据我猜测，杨所对我这个跟班应该是满意的。那段日子，他天天带着我在辖区里转悠，手把手地教我开展工作，登记核查镇上流动人口的信息资料，检查厂矿的消防设施有无过期，查看旅馆住宿登记是否齐全，去废品收购站翻找是否有涉嫌销赃的物品……更多的时候是我陪着杨所，坐在镇上的集市里或是村长、村书记家门口的晒谷坪里，一边晒太阳，一边和老乡拉家常，搜集一些对破案有用的线索。

上午忙完了工作，我便跟着杨所在镇上吃饭。吃饭前，杨所总不忘将我隆重地介绍一番："这是小叶，新调过来的大学生，我们所的笔杆子。他现在是先锋镇的社区民警、我的兵，以后你们要多多关照。"

饭桌上的人听完了杨所的介绍后，纷纷站起来和我握手，打招呼,说一些恭敬的话。

紧接着,杨所又话锋一转,调侃道:"不过现在的这些大学生,细皮嫩肉,缺乏锻炼,根本不能和我们那时候比。我刚参加工作那会儿,身体又黑又壮。有次办案抓捕一个毒贩,一米八高的犯罪分子被我一下摔翻到地上,然后给他带上手铐。你们再看看现在这些大学生,细胳膊细腿,哎……"杨所边说边晃悠着他的大脑袋看着我,很有一副恨铁不成钢的样子。

在座的人又一起附和,说:"是啊,是啊。"然后顺着这个话题在饭桌上聊天,吃饭的气氛变得一派祥和。

杨所这种先褒后贬的开场白,已经成了我们每次出去吃饭的必演节目。这让我很是纳闷,不知道他到底是要介绍我呢?还是要批评、鞭策我?不过日子长了,我也就习惯了。在饭桌上我会主动配合杨所,做出很诚恳的样子说:"是啊,是啊,我要多向杨所学习。"

杨所听后,眯着眼很开心地看着我,还不忘记拍拍我的肩膀,给我的碗里夹上一大筷子狗肉。

2006年的时候,电脑已经开始慢慢普及了。局里分配给先锋派出所两台电脑,供民警日常工作使用。因为传统的纸质媒介办公速度慢、效率低,遇到差错,还要涂改,影响美观,我便尝试着用电脑软件制作各种电子表格和文档,并逐渐取代纸质媒介。从去辖区搞检查的各种检查表到群众来报案的报案登记表,或者是记录报案人、犯罪嫌疑人谈话内容的调查笔录,我都在电脑里制作出相应的电子文档,其他民警需要的时候,只要从电脑里打开这些电子文档,按照不同的内容在电脑上填写,等填写完毕确认无误后,再打印出来即可,既方便随时修改,又可永久保存。到月底总结工作的时候,用电脑一分析,各项数据一目了然。这种用电脑办公的方法,受到所里不少民警的好评。

但那个时候,"无纸化办公"只是少数人心中的一个理念,特别是在先锋派出所那种天高皇帝远的地方。所以杨所知道后,在所里的大会上狠狠地发了一回脾气。他不点名地批评说某些新民警,工作上怕苦怕累,一天到晚想着偷懒。还说新民警要虚心向前辈学习,下班后要多出去寻找破案线索，而不是闷在宿舍里看书、写小说。最后，杨所还从养生的角度，说电脑屏幕辐射严重，天天坐在电脑前，轻则掉发、厌食、视力下降，重则影响生育能力！

我不知道杨所为什么会发那么大的火，但我知道杨所已经很久没有带我去镇上吃饭了。我赶紧端正了自己的态度，上班填表格写材料全改用钢笔，下班后也不敢待在宿舍里，而是去辖区里到处转悠。我也很久不碰电脑了，特别是有杨所在的时候，我离电脑远远的。

杨所对我的印象有一些改观，偶尔在人前还是会发发牢骚："我就看不惯现在的年轻人，字都写不好，却天天想着用电脑偷懒。以前没有电脑的时候，我们不是照样破案，照样抓人……"

杨所对我的批评，派出所里的一些同志并不买账，刘所就是其中一个。有一次休息的时候，刘所和我聊起杨所。他说杨所是市书法家协会的会员，一直以公安局第一书法家的身份自居。杨所初学的是钟绍京的楷书，后又从欧阳询、黄自元的楷书得法，在行书上追学黄若舟的笔法，逐渐形成了自己的风格。能写一手好字是好事，但不懂低调做人就是坏事。杨所的签字和领导的签字排在一起，这让领导面子往哪里搁？杨所也是三十好几的人了，却还像个"愣头青"一样，人前人后地夸自己写的字如何好，评价领导的字如何差，好像全世界只有他会写字一样。

刘所说这话的那天，所里刚破了一个大案，他破例地喝了白酒，有点喝高了。

我被刘所的话震住了，钟绍京、欧阳询、黄自元、黄若舟哪一个不是历史上赫赫有名的书法大家，刘所能将他们的名字和特点脱口说出，一听就知道他也是行家里手。

刘所看了一眼我惊讶的表情，也不解释，随手拿出一支钢笔，在桌上的一张白纸上写下"虚心竹有低头叶，傲骨梅无仰面花"的联语。他写的是行书，字体清新脱俗、灵动飘逸，用笔如行云流水，一气呵成。我突然发现，这和刘所平时签字时用的那种呆笨的字体判若两人。

写完后，刘所笑着对我说："不是抖出来的才叫本事。"随后，他将白纸拿起来撕碎，丢进了废纸篓里。

转眼到了 2008 年，电游赌博在本市风靡起来。好像一夜之间，电游赌博机不期而至，出现在先锋镇的各个超市、网吧、杂货店、饭店、宾馆里面。电游赌博成本小、赔率高、操作简单，吸引了很多镇上的居民。他们没日没夜地沉迷在电游赌博里，连麻将都不打了。那阵子，在镇上随处都可以听到"哗啦哗啦"的硬币在电游赌博机里面滚动的声音。赢钱的人笑得合不拢嘴，输钱的人则急红了眼，吵架、打架的事情时有发生。后来，镇上还连发了两起因电游赌博引发的持刀抢劫案。

随着电游赌博机的泛滥，市里下发了打击电游赌博的文件，公安局展开了专项行动。所里借着这股专项行动的东风，远赴外省将持刀抢劫的犯罪嫌疑人，连同本地开设电游赌博机的老板等一干人全部抓获，收缴电游赌博机一百余台。我也适时写了一篇《跨省追击电游赌博，快速破获两起刑案》的消息，发在了本市报纸上。在其他单位还处于动员部署阶段的时候，我们先锋派出所已经漂亮地打响了专项行动的第一枪。

市里领导打来电话进行表扬，市局在先锋派出所召开了全市的经验交流会，派出所被树为打击电游赌博的典型。王所长高兴坏了，整天笑得嘴巴合不上。只要一见到我，不是拍我脑袋，就是拍我肩膀，夸赞我消息写得好，用词准确、宣传及时。先锋派出所好多年没有这么出过风头了，他感到很是扬眉吐气。

派出所弄出了这么大的成绩，却有一个人不高兴，那就是杨所。电游赌博机出现在他的管辖区里，他负有监管不力的责任；派出所破了抢劫案，抓了犯罪嫌疑人，功劳属于主管刑侦破案的刘所；局里有传言，专项行动结束后，王所长就会高升，空出来的位置，将在他和刘所两人之间选择，而现在的局面显然对他不利。况且杨所还批评过我写东西属于不务正业，可现在我的不务正业却让先锋派出所获得了表扬和关注，这让他脸上很是挂不住。在后来的很长一段时间，他都不和我说话，成天阴着脸，遇见了我也只是"哼"的一声，侧着脸和我擦肩而过。

专项行动结束后，局里果然进行了人事调整。王所长调到市局的政治部当科长，级别上去了半级。刘所调到局里的刑侦大队当副大队长，级别虽然未变，但岗位重要了许多。

杨所终于熬到了升迁的机会，而且连最忌讳的竞争对手也不在了。他脸上的阴霾一扫而光，整天神采奕奕的。在所里遇见我的时候，他都会亲切地和我打招呼，一副大人不记小人过的得意模样。

快过年的时候，局里为适应全省推进"电脑化办公"的要求，在全局开展了一次电脑摸底考试。考试分为三个项目：第一项为电脑基本操作，第二项是公安基础知识，第三项是检测打字速度。第三项被列为提拔的硬指标，民警必须在一分钟之内按照各自的年龄打出相应的字数，凡是不能达标的民警，在提拔上实行一票否决。

结果可想而知，杨所不但打字速度达不到标准，电脑操作也是一塌糊涂。

离过年还有几天的时候，我接到调令，调到另外一个城市去工作。因为接着就是过年，过完年上班又忙着熟悉新的环境，先锋派出所一下子被我抛到了脑后。后来我在节假日给派出所的老同事打电话问候时，才断断续续地知道了一些我走后发生的事情。那次电脑摸底考试，否决了一批不会操作电脑的民警，他们心生怨气，居然到处上访告状，其中闹得最凶的就是杨所。杨所变成了公安局里"刺儿头"的代名词，谁看见他都躲得远远的。

"那么后来杨所提拔了吗？"我问。

"电脑办公是时代发展的趋势，怎么可能因为杨所一个人不会电脑，就停止下来。你走后半年，局里及下属单位就已经完全实现'无纸化办公'，不管是填写表格、收发文件，还是接受群众报警、写调查材料，或者侦办案件、打印法律文书，全都必须在电脑上操作。那些不会电脑的民警在派出所或在刑侦队啥事都干不了，只能全部调往巡警大队，每天开着车在街上巡逻，处置一些简单的突发事件。杨所自然不会例外……"

我听出同事语调里的笑意。这个同事当年和我一起进入先锋派出所工作，是一名标准的"80后"，对电脑操作驾轻就熟。他是电脑化办公的既得利益者，在那次的考试中名列前茅，接着就被提拔到另一个派出所当了副所长。

我想象着胖胖的杨所，坐在警车里巡逻的样子。他有丰富的社区工作经验，懂得很多的养生知识，还写得一手漂亮的钢笔字，但现在却只能在马路上巡逻了。只是不知道杨所的头发，是不是还那么乌黑浓密，他的脸上，是否还笼罩着那股挥散不去的怨气……

刘所长

刘所是先锋派出所的副所长，主管刑侦工作。他是本地人，在先锋派出所已经工作许多年了。

在人们的普遍印象中，搞刑侦工作的警察，肯定身材魁梧、肌肉发达，身上遍布着执行任务时留下的各种伤疤；他们会武功，懂擒拿，一个人对阵两三个犯罪分子毫不怯场；他们的腰里别着手枪，开枪时百发百中；他们通常在夜间活动，潜伏在暗处，在意想不到的时候跳出来给犯罪分子致命一击；他们不苟言笑，神情冷峻，双目能看透人心，让人不寒而栗……

等我来到先锋派出所工作，遇见主管刑侦的刘所，我才发现那些从电影、电视里得来的刑警印象，和现实完全是两码事。刘所刚过不惑之年，中等个子，健康但不健硕，腰板还有点儿弯。他理着小平头、穿着短袖T恤，模样显得很年轻。他的脸上总挂着笑意，那个笑不同于职业微笑，是一种发自内心的愉悦，像阳光一样，很能感染周边的人。

在不同的场合，刘所有各种不同的笑：和我们说话是开怀的笑，让人觉得轻松愉快；和群众说话是温文尔雅的笑，让人觉得平易近人；就连审讯犯罪嫌疑人的时候，刘所的脸上也带着笑，那是一种高深莫测的笑，带着点讥讽、嘲弄、玩世不恭，他的笑让犯罪嫌疑人害怕、纠结、忐忑不安，最终心理防线崩溃、举手投降。

有民警问他："刘所，在这穷乡僻壤，你哪来那么多高兴的事情？"

刘所笑着回答："工作嘛，哪里都一样，先要苦中作乐，然后才能乐在其中。"这话听起来豁达开朗，但仔细回味，里面含着些许的无奈。

先锋派出所在公安局被称为"流放发配"之地，一是因为派出所地理位置偏远，交通不便，领导很少来视察指导；二是因为管辖的乡镇经济落后，民风彪悍，钱不多事却不少。派出所得不到局领导的关注，所里的民警自然难以提拔；经济环境落后，又导致民警待遇低下。久而久之，就形成了一个惯例：所里的民警出不去，外面的民警不想来，除了那些刚参加工作的"愣头青"和那些曾犯错、违纪的角色外，谁也不会来先锋派出所。刘所已经在这里工作了二十二年，其中担任副所长十年，就是最好的例证。

形容一个人长相独特，我记得有两种说法：一种是"南人北相"，一种是"男人女相"，刘所属于后者。在史料记载中，我国古代就有"男人女相者为贵"的评断，意思是男人如果有近似女人的容貌，则非富即贵。我以前对这样的长相也只是听说，等见了刘所，才发现世界上还真有这样的相貌。刘所虽然是个男人，但他五官清秀，细眉毛，大眼睛，说话时脸上带着浅浅笑意，乍一看去，还真有那么几分女态。特别是他不说话侧着脸盯着你笑的时候，竟然会让人产生一种妩媚的感觉。我在心里暗自叹息，刘所怎么会长期待在先锋派出所这样的地方？这和"非富即贵"的说法反差太大了。

刘所虽然是先锋镇人，但他说话和当地人不同。当地人说话都是大嗓门，一开口就像放鞭炮，噼里啪啦的，语速快、声调高。几个当地人在一起聊天，听上去就和吵架一样；而刘所说话慢而平稳，像是山涧里缓缓流淌的小溪，偶尔还带着那么一点俏皮味，如同溪水翻起的美丽浪花。

杨所受不了刘所的腔调，他不止一次地说："那个娘娘腔，连说话都没有力气，也不知道他怎么去办案子！"

这话传到刘所的耳朵里，就像是落进水塘里的一片树叶，连一点水花都没有溅起来，只换来了他微微一笑。

刘所不抽烟、不喝酒、不打麻将，却对下象棋喜爱有加。我曾和他对弈过几次，他总是让我先手落子，还要让一"车"一"马"。就算我有这么大的优势，也赶不到四十步。刘所下棋，格局虽大，却草蛇灰线，伏脉千里，于无声处起惊雷，让我这棋坛小辈望尘莫及。

刘所拍着我的肩膀说："你基础不错，但眼光不够长远。年轻人，笑到最后才能笑得最好。"

在无事的时候，刘所喜欢捧着象棋古谱在办公室里细细研读，或者闭着眼睛仰靠在椅背上，双手交叉胸前，陷入假寐的状态。我知道那是刘所在脑子里下盲棋，他喜欢享受这种运筹帷幄之中、决战千里之外的感觉。

洗脚是刘所的另一个爱好。杨所的养生理论里提到过："有二事乃养生大要：梳头、洗脚是也。"刘所对梳头没兴趣，却对洗脚无比热衷。每次抓到犯罪嫌疑人，破了大案以后，刘所都要带上办案有功的兄弟们，去城里的洗脚城享受一番，而且是自掏腰包做东。我曾有幸跟着刘所去享受过一次，富丽堂皇的房间，宽大舒适的按摩椅，放一首轻柔舒缓的音乐，点一支檀香，然后将双脚浸泡在灌满各种药材的温水中……在那一刻，我们忘记了工作的劳累和烦恼。

只可惜这种破大案的机会太少了。先锋派出所地处本市远郊，辖区以村镇为主。平日打"110"报案的多是一些鸡毛蒜皮、邻里纠纷的小事。遇见打架伤人的案件，双方当事人肯定有不出五服的血缘关系，村长一出面，事情就协商解决了。偶尔发生盗窃案，那也是一些偷鸡摸狗，顺手拿邻居一件衣服、一条裤子等上不了台面的事情。这些案子都达不到刑事案件的立案标准，不用刘所负责。

只要局里不搞专项行动，刘所的日子就比较清闲。最近一段时间，刘所迷上了研究各类电子产品，如数码相机、录音笔、手机、电脑，等等。按说他四十多岁的年纪，应该属于传统文化的追随者，可他正好相反，变成了现代科技的忠实拥趸者。他用手机看新闻，用数码相机拍摄案发现场，热衷上网聊天，还弄了微博、博客等新潮玩意。

我没去辖区搞检查的时候，刘所常喊我到他办公室帮忙。刘所的办公室和我的办公室都在一楼，但一个在南边，一个在北边，中间隔了四个房间和一个楼道。刘所找我的时候，不像我们一把手王所长，会直接打我的手机，然后在电话里说："小叶，你来我这里！"话语里透着无限的权威；他也不像杨所，站在走廊里扯着喉咙喊："小叶，过来帮忙！"好像要让所有的人都知道他在做事一样。每次刘所找我的时候，都是走到我办公室的门外，用手指敲敲门，门开后，笑着对我招手说："小叶，我有个东西不会弄，你来帮帮我。"他的声音不大，却恳切真诚。遇见这种情况，不管有多忙，我都会放下手里的活去帮他，有时是在电脑上制作表格、修改照片，有时是教他一些软件的使用方法。刘所对电脑的兴趣很浓，一有时间就在办公室里把键盘敲得"啪啪"作响。刘所常说："不与时代接轨，就会被时代淘汰。"

　　这话说得太新潮了，完全不像是刘所这个年纪的人说的。

　　刘所不好意思地笑着说："这话是从别人的微博上看到的，觉得不错，就当成了自己的座右铭。"

　　花了一个多月的时间，刘所和我一起将先锋派出所历年来的案件信息都录进了电脑，再按照发案时间、地点、案件种类、作案手法等分门别类地做成数据图表。然后，我们利用电脑对其进行分析比对，从中找出破案线索。例如，有一段时间，有一个村晚上发生了两起摩托车盗窃案，而在一天之后，另外一个村也发生了一起摩托车盗窃案。这三起摩托车盗窃案都发生在午夜，地点都在国道边，都是以"暴力开锁"作案，将一个特制的钥匙片插进摩托车的钥匙孔里，将锁心破坏后，再换上另一把摩托车钥匙，将车发动骑走，整个作案过程不到三分钟。而且这两个案发地相距十公里，有一条国道相连。那么我们就可以大胆地推测，这三起案件是同一伙人所为，最少有三个人；第一次作案和第二次作案只间隔了一天，他们很有可能选择在两个案发地的中间地带休息或者消费。按照这个思路，我们立刻调取公路沿线周边的录像，又对中间地带的旅馆、饭店、超市展开排查，重点查找三人团体。果然我们就发现了线索，破获了一个来自外省的流窜盗窃团伙，抓获了三名犯罪嫌疑人。

这种利用电脑分析案件的方法，不但可以破案，还能预防案件的发生。有一次，城里好几个地方都发生了入室盗窃案，盗窃时间均为凌晨两点左右，手法都是使用口香糖开锁。我们利用电脑分析，发现案发地从北向南一直在不停地迁移，十有八九是流窜作案。按照分析，这个盗窃团伙将会在近期经过先锋派出所的辖区。那几天晚上，刘所带着我，每天凌晨一点出门巡逻，开着警车、亮着警灯在辖区里面到处转悠，到三点以后才返回所里休息。用刘所的话说，能抓住他们自然是上上策；如果抓不住，能吓跑他们也不失为中策；要是被他们偷了东西，提高了派出所的发案率，则是下下策，我们万万不能允许这样的情况发生。果然，在我们的巡逻下，先锋镇一直风平浪静。又过了几日，邻近的派出所辖区发生了入室盗窃的案件。我们知道，这个入室盗窃团伙避开我们这里"安全过境"，往更南边的地段作案去了。

2009年，局里在全市开展打击电游赌博的专项行动，并将侦破和电游赌博相关的案件情况列入年底的考核之中。

那一阵子，先锋镇连续发生两起由电游赌博引发的持刀抢劫案。局里开大会，局长点名批评了先锋派出所，并要求限期破案，否则将所长就地免职。王所长急得嘴巴都长了泡，天天在派出所骂人，并要求我们放下手里的一切事情，全力侦破此案。

当大家还在着急上火四处寻找线索的时候，刘所已经利用电脑锁定了犯罪嫌疑人的逃跑路线及藏匿地点，然后带着我们赴省外将其抓获归案。刘所的电脑分析破案法，一下子在局里传开了，很多单位都跑来向刘所取经。局里的刑侦大队还专门成立了一个案件研判小组，安排专人操作电脑，并请刘所传授侦破案件的技巧……这种利用电脑分析情报信息、预防案件、侦破案件的方法，在现在已经普及，很多地方都设立了相关的部门，叫做警情研判中心或者叫情报中心，等等。不过，在那个时候，先锋派出所可出了一回大风头。

可没等这股热乎劲过去，先锋派出所就出事了，具体的说是刘所出事了。

那天早晨八点，刚刚开始上班。我突然听到办公室外传来了嘈杂的声响，先是叫骂声，接着是摔东西的声音、巴掌打脸的声音，然后是女人的哭闹声。

我三步并作两步地跑到走廊上，看见刘所办公室门口围着很多人，声音正是从那里传出来的。

我冲过去，扒开人群，刹那间被眼前的场景惊呆了。办公室就好像经历了一场地震，桌子、柜子、椅子东倒西歪地躺在地上，各种各样的案件材料、数据表格杂乱地丢得到处都是。我看见刘所木然地站在墙角，他的衣服扯烂了，脸上有红红的巴掌印，一个穿花衣服的女人坐在地上，一边打滚一边声嘶力竭地叫喊。

"还愣着干什么，快把你们的嫂子扶起来！"杨所的断喝声从身后传来。

"嫂子？"我又一愣。

"发什么呆，她是刘所的老婆，你们快把她扶起来。"杨所从后面推了我一把。

这是我第一次看见刘所的老婆。刘所是先锋镇本地人，他老婆也是本地人，但没想到刘所这么一个有涵养的人，老婆却是个泼辣货。

在杨所的指挥下，我和几个同事想一起上前去搀扶她。可没想到，刘所的老婆根本不领情，她躺在地上大声嚎叫，身体扭来扭去，还将双腿对着我们乱蹬，让人无法靠近。场面失控持续了五六分钟，对我来说，好像有一个小时那么长。我无法想象站在墙角的刘所的心情，刘所长恐怕比死还要难受。

杨所看我们无法扶起刘所的老婆，便上前扯着刘所，要把他带离办公室。这时，刘所的老婆突然从地上坐起来，一把抱住刘所的腿大叫："你不准走，你这个不要脸的，你在洗脚城养小三，你是畜生……"

人群"哄"的一声，像炸开了锅。所有围观者的脸上，立刻浮现出复杂的表情，还有人掏出手机拍照。

"我操！你敢血口喷人，我撕烂你这张臭嘴！"刘所突然一声咆哮，将所有的声音都盖住了。我才知道刘所原来也是会生气的，我看见他愤怒得有点变形的面孔和那充满着杀气的眼神。我是第一次听刘所说出这么粗痞的话语，他就好像变成了一头愤怒的狮子。

"你电脑里面就有证据，别人告诉我的。"刘所的老婆显然也被镇住了，她声调低了八度，只是言语里并不服气。

"我天天加班忙工作，吃在派出所，住在派出所，所里的人谁不知道？好，我现在就把电脑打开，你给我把证据找出来！"刘所愤怒地说。

"哎，都是自家人，何必弄成这样。嫂子，起来吧，家丑不可外扬，大家都冷静冷静。看热闹的都出去吧，出去吧！"杨所说着打圆场的话，上前去扶起刘所的老婆，然后催赶那些站在门外看热闹的人离开。

我不经意间瞟见了杨所嘴角的冷笑。

"姓杨的，你少在这里放屁，什么叫家丑不可外扬？这里的所有人，一个都不许走，谁敢走别怪我不客气。"刘所话没说完，左手提起办公室的一条木椅子，右手一拳砸在椅背上。一把完好的木椅子，"咔嚓"一声被砸得四分五裂。

人群里"啊"地传出一片惊叹声，我也倒吸了一口冷气，刘所这手上的功夫，可不是一朝一夕可以练出来的。

刚才还吵吵嚷嚷的场面，瞬间安静下来，连同整个办公楼都鸦雀无声。没有一个人敢动，也没有一个人敢说话，在场的所有人都被刘所镇住了。

我看见杨所惨白的脸上，豆大的汗珠从额头上流下来。

"小叶，你去开电脑。"刘所对我说。

"好。"我赶紧走上前，手忙脚乱地将电脑的各个部件从地上捡起来，接好线，再连通电源。好在电脑还经摔，按下开机键，正常运行起来。我长舒了一口气，脊背后已是汗淋淋的了。

电脑里自然不会有关于小三的证据。我对刘所的电脑很了解，里面全是案件资料，还有各种发案现场的照片，刘所聊天的内容也多是和各地的刑侦民警聊如何查找线索，如何提取证据，等等。刘所这一个敬岗爱业的人，大家平素都看在眼里，刘所的老婆是从哪里听来的小道消息？

"证据在哪？你给我说。"刘所看着他老婆，再次愤怒地问。

"我、我是听别人说的。"刘所的老婆低着头坐在地上，声音小得像蚊子一样。

"你听谁说的？"刘所又飞起一脚踢在柜子上，"哐当"一声巨响，把在场的人吓得一颤。

刘所的老婆浑身发抖，抬起头看看刘所又看看我们。那一刻我看清了她的脸，已经没有了蛮横和泼辣，而是布满了恐惧和不安。

"是谁？"刘所再次咆哮道。

"扑通"一声，一个人影蹲到了地上。

大家的目光转了过去，蹲在地上的竟然是杨所。

"刘哥，我糊涂啊，我也是听别人说的。于是就随口和嫂子说了，只是让她留个心眼。我没有想到会这样啊！刘哥，我对不起你！"杨所整个身子瘫软在地上。我感觉到杨所的身体和声音都在颤抖。

"王八蛋，我和你拼了……"好像是晴空一声霹雳，刘所的老婆举起拳头扑向了杨所，两个人滚打在一起，场面再次失控……

为了这事，刘所和他的老婆差点离了婚。这事闹得很大，一直闹到了局里。后来是先锋镇的镇长出面，又请公安局的局长做担保，还刘所一个清白，刘所这才作罢。

也不知道是因先前的案子破得好，还是因这件事的影响，年底人事调整的时候，刘所被调到了刑侦大队当副大队长。刑侦大队的案件研判小组正式升格为情报信息中队，下面有八个民警，全归刘所调配。

杨所因为这件事，受到了一个行政警告处分。他沮丧地请了一个月的病假，听说他有一根肋骨被刘所的老婆给打断了，脸上也挂了彩。待到他来上班，我们还看见他的脸上，有指甲划过的长长的伤痕。

不久，我调离了这个城市。于是，先锋镇、先锋派出所，一下子离我非常的遥远了。

好些年后，我和几个先锋派出所的老同事吃饭聊天，说起当年的事情。我说，没想到刘所那么老实的人发起怒来，竟然那么凶狠，当时把我给吓坏了。

在座的一个朋友听了后，笑了起来，说："刘所可一点都不老实，我们当年都被他耍了。他和他老婆关系一直很好，怎么可能会因为别人的一句话把事情闹得这么大，最后惊动镇长出面，并要局长给他做担保才罢休呢？刘所当年下了一盘很大的棋，我们都傻傻地充当了他的棋子。"

听他这一说，我才想起那件事发生后，局里派出几拨人来到先锋镇，向民警和群众打听刘所日常的工作情况和生活情况。大家同情刘所的遭遇，说的全是刘所的优点。就连和他一直有隔阂的杨所，也不敢说他半句坏话。

这个朋友还补充说："这些年，刘所的仕途一路顺风顺水，真是多亏了当年那个事情给他提供的契机。他从刑侦大队的副大队长，提拔为大队长，接着担任副局长，最后调往省公安厅。刘所把妻子、孩子也接去了省城，他和我们这些以前的老同事也不联系了。"

我一仰头，将杯中的白酒倒进了肚子，在心里喊了一声："是个人物！"

派出所的"一姐"

先锋派出所的厨师姓王,所里的民警都叫她"王姐"。她还有一个外号叫"一姐",这是镇上的人给她取的。

"一姐"这个词是新潮玩意,以前只在港台娱乐界流行,形容某女明星名气大、粉丝多、身价高,是这个圈子里能呼风唤雨、跺脚都能让天地颤两下的第一号人物。后来传到内地,含义得到了极大的扩展。比如说某某歌星,是内地歌坛的"一姐",说某某节目主持人,是本地主持界的"一姐",甚至某个部门的女领导,也可以说成是这个部门的"一姐",等等。还相对地衍生出了"一哥""一嫂"等称号,王姐就是先锋镇女性中的第一号人物,也就是"一姐"。

虽然喊"姐",但王姐早已不年轻了,她和大多数女人一样,细心地守护着自己的真实年龄,谁也不肯告诉。但我们还是私下使用公安局的户籍查询系统,知道王姐已经年近半百。记得先锋派出所刚成立的时候,她就应聘到这里工作,一晃就过去了十余年。记不清迎来送走了多少位民警,换了多少任所长、教导员,又培训了多少实习的警校学生,唯有派出所那栋二十世纪八十年代的老房子还风雨飘摇地立在那里,派出所饭菜的口味一直没有变过。

先锋派出所地处县城的北郊,管辖着包括先锋镇在内的三个乡镇。所里民警不多,两只手伸开,十个指头就能把人数完。王姐属于派出所聘用的编外人员,平日里负责民警早中晚三餐的伙食。

派出所的工作机动性大、突发情况多,所里的民警们因为出警、办案，三餐常常不准时。特别是碰上了大案子，熬夜更是家常便饭。每天在所里吃饭的人数也不好把握，有的时候全所民警都在，黑压压一大群男同志，一锅子饭都不够吃；有的时候，所里民警又走得一个不剩；还有的时候，本来说好了回所里吃饭的人，半道上遇见事情不回来了。为了安排好伙食，王姐没少费心思。先得记住所里每天的值班表，知道今天谁值班，谁在所里吃饭。还要掌握所里的工作动态，如最近社区检查，所里的社区民警都下村了，中饭、晚饭都在村上吃；掌握一些民警的思想动态，如所里的小圆正和乡政府的一个小伙子谈恋爱，晚上不在所里吃。王姐的记性特别好，心里有一本清清楚楚的账。

平日里，为了给民警改善伙食，又不增加所里的财政负担，王姐带着我们几个年轻民警，把所后面的空地开垦出来，种上丝瓜、黄瓜等蔬菜；又从村里抱来几条小土狗，拴在院里，专门消费那些剩余的饭菜；等狗养大了，还可以给大家打打牙祭。王姐还曾动过在后院盖个猪圈、摆几个鸡笼正经养猪养鸡的念头，不过只停留在嘴巴上，毕竟派出所是国家单位，怕被外人说闲话。

时间长了，我知道了不少王姐的往事。别看王姐现在体型像一个竖立着的葫芦，脑袋圆，身子胖，一身的赘肉，年轻的时候她可漂亮了，是先锋镇有名的"一枝花"。王姐性格很要强，她不甘心一辈子守着先锋镇，初中毕业后，便加入了去沿海打工的队伍，狠狠地在外面打拼了好几年。她在工厂上过班，去茶楼、饭店当过服务员，做过化妆品推销员、售楼小姐，应聘过酒店大堂经理，等等。王姐尝试过许多的行业和工作，却一直没有发迹。随着年龄越来越大，王姐顶不住家里人的压力，回到先锋镇，找了个本地的男人结婚生子，安心度日。

我常想，像王姐这么精明能干的人，怎么在沿海发不了财呢？

除了安排伙食，王姐还几乎承揽了所里杂七杂八的各种事情，如派出所宿舍楼屋顶漏雨，她喊来了泥工师傅；派出所茅房里的粪池满了，她喊来了挑粪师傅；派出所窗户、门坏了，她喊来木匠、锁匠。派出所有什么安民告示，或者宣传通知，出门买菜时，她也帮着贴到墙上。王姐在所里当了这么多年的编外人员,她这份自始自终敬岗爱业的精神,让我们肃然起敬。所以,只要是王姐请我们帮忙办理的事情,都会优先帮她办理;她来打听的事情,只要不违反纪律,多少也会透露给她一点。于是王姐成为了派出所和镇上居民的纽带,传递着大大小小的消息。

有一次,村头老王的儿子,把老夏的儿子打伤进了医院,老夏家报了警。事情并不大,但把老王给吓着了,他就一个宝贝儿子,怕被抓进派出所去,于是连夜将儿子送往外地的亲戚家。然后他又托关系到派出所打听,最后找到了他的本家王姐这里。经过我们调查,老夏儿子的伤情并不严重,只是因为门牙被摔断了,满口流血,看上去吓人而已。而且两人都是在校的学生,又是互相动手,都有过错,我们派出所还是偏向于以调解为主。王姐便把这个意思辗转透露给了老王。老王心里有了底,赶紧带着儿子,备了礼物去老夏家,赔礼道歉,又赔偿了全部医疗费,两家也就和解了。

这个事情从头到尾,王姐并没有做什么,抓不抓人也不是她说了算。但镇上的人觉得,这是因为王姐本事大,有能耐。她在派出所工作这么久,所里的人给她面子,所以才把打架的事情轻易摆平了。这个说法刚流传起来的时候,大家只是一笑了之,但传的人越来越多,而且越传越神。王姐越是解释,别人越觉得王姐谦虚,更显得不简单,最后连王姐自己都认可了,别人爱怎么说就怎么说去。于是,大家背地里开始喊王姐"先锋镇一姐",简称"一姐"。说只要是"一姐"愿意办的事情,就没有办不成的。

到了后来,连我们也开始开王姐的玩笑,说:"王姐,你现在可是'一姐'了,在先锋镇,你可要带好头啊。"

这时候,王姐总会像小女人一样,脸红起来,拿个筷子敲打我们的脑袋,说:"你们这几个鬼崽子,拿长辈开玩笑,该打。"

王姐的男人叫"黑皮",是镇上临时聘用的水电工,长得又黑又瘦。王姐被大家叫做"一姐"后,他来派出所的次数也多了起来。我们遇见他,不喊他外号,都尊称他一声"黑哥",这个是比照着王姐称呼来的,"黑哥"也很享受我们的尊敬。平日里,我们在镇上遇见他的机会很多，他或蹲在马路边的水管处，或爬在高高的电线杆上。看见我们，他总是隔着老远就拼命地挥手，很热情。

每次"黑哥"来所里，身后总是跟着好几个人，他是这些人请来帮忙办事的。"黑哥"的最大特点就是，未见其人先闻其声。人还未走进办公室，声音老远就传了进来。他的衣兜里每次都揣着高档香烟，在所里见人就发，也不管你抽不抽。接着，他还会利索地给自己点上一根烟，然后很内行地向我们打听一些案件的发展，或者告诉我们某个案子的所谓内幕，在跟着他来办事的人面前，显出与我们关系的亲密。镇上的人也早就不喊王姐的男人叫"黑皮"了，大家都跟着我们一样，喊他"黑哥"，就连比他年龄大的人也不例外。

"黑哥"认识的人越来越多，人脉越来越广。他动了心思，然后不止一次地劝王姐说："派出所工作辛苦，工资不高，吃力不讨好。我们现在认识这么多人，要加以利用，开个饭店，是最赚钱的买卖。"

年底的时候，王姐禁不起他男人的鼓动，辞了所里的工作，盘下了派出所对面两层高的酒楼，转行当了老板。王姐现在是先锋镇的"一姐"，人缘好，还有派出所做后盾，她对未来充满了信心。

我们都劝王姐，说开饭店是大事，要三思而后行。但王姐说，她这一辈子都要强，想发财。现在老了，不拼最后一次，心不甘！

王姐的"先锋酒楼"开业的那天，镇上有头有脸的人物都被邀请去了，我们派出所也单独设了一桌。鉴于王姐在我们派出所这么多年的贡献，全所民警吃饭时便装出席，送了花篮，放了爆竹。

开业后的一个月里，酒楼的生意都很火爆，很多时候，隔着一条街，我们都能听见对面酒楼里王姐开心的笑声。更高兴的就要数"黑哥"了，他辞掉了修水电的工作，一下子变成了管着十几名员工的酒楼大老板。他耳朵上总是夹着一根高档香烟，腰上挂着鼓鼓的皮包，并且老是喜欢一边打手机，一边用手指头点着员工吆来喝去，很有指点江山的气势。他的声音比以前更洪亮了，就好像那个成语形容的"财大气粗"。

派出所的日子仍然不紧不慢地往前走着，所里聘了一位新厨师，我们该干什么干什么，谁都有忙不完的事。王姐和我们打交道的次数比以前少多了，她事情太多，饭店要打理，要做宣传，做菜要采购原料，菜谱要经常更换，她还要忙着应酬各方面的人。酒店刚开张的时候生意还不错，但等到新鲜劲过去了，生意也就慢慢清淡下来。毕竟先锋镇只是一个镇子，人口不到两万，比不得大城市，谁也没有那么多闲钱天天下馆子请客，何况还有好多家别人开的大小饭店。虽然王姐想了很多办法，但生意终归没有持续地红火下去。

我们也经常凑份子去"先锋酒楼"聚个餐，有时候是同事生日，有的时候是因为破了个好案子，更多的时候是为了照顾王姐的生意，去聊聊天、坐一坐。不过王姐从来只肯收成本费，我们硬要照菜谱给钱，她就生气。她说："你们就那点工资，我还不知道？你们的心意我领了，几顿饭还是吃不穷我王姐的。"

王姐不肯按规矩收钱，我们原本想去照顾生意，反变成了耽误她的生意，我们哪里还好意思再多去"先锋酒楼"。

"先锋酒楼"的生意一天天暗淡下去了，很多次我们出警回来，隔着一条街，只看见酒楼里坐着一两桌客人，远远不够酒楼的开支。

离开派出所的王姐，还是先锋镇的"一姐"吗？当然不是，镇上的大多数人对此嗤之以鼻。

半年不到，"先锋酒楼"因为入不敷出，只好歇业。王姐出让了酒楼，辞退了员工，和我们匆匆地打了个招呼，就和"黑哥"去了省城，住到儿子家去了。我们百般挽留，要她重新回到所里上班，一切照旧，但她红着脸，低下头，婉言谢绝了。

我们知道，王姐一定后悔当初不该轻易离开派出所，是派出所才使她有了那么旺的人脉，一旦离开，她和镇上的人就没有什么区别了。她之所以不肯留下来，肯定是出于深深的羞愧。

偶尔，王姐会从省城打电话给我们，问问所里的近况，比如后院的地现在还种菜吗？养的狗生了几个小崽子？派出所有没有人员的调整？还说，她在省城挺清闲的。

过年的时候，我们突然接到了王姐的电话，她说，她在省城一个农贸市场内，发现了网上批捕在逃的一名逃犯，要我们火速赶过去。

我迅速报告了所长，并在网上就王姐说的情况进行了信息比对，确认那个人确实是我们先锋镇的一个逃犯，现在正躲在省城。在当地公安机关的配合下，我们成功地抓住了逃犯，王姐立了一个大功。

在省城再次遇见王姐的时候，看见她的脸白了，更胖了，很有福气的样子。我们都为她高兴。

我们再一次邀请王姐回先锋派出所工作，她谢绝了。她说她在离开派出所后，还能为所里做这些事情，已经很开心了。她现在喜欢在电视、电脑网络、报纸上，搜索和先锋派出所有关的所有信息，她时刻关注着我们。

坐车离开的时候，天下起了小雨。王姐站在马路边朝我们不断地挥手。她的身影在雨中一点点地缩小，最后变成一个黑点，眨眼间就不见了。

我在心里默默地祝福："王姐，好人一生平安。"

刘　所

当先锋派出所所长刘铁柱带着两个值班干警，顶着正午硕大的日头，赶到先锋小学时，事态正在进一步发展。

从警车上下来，刘所长抬眼便看见郭小满和人扭打在一起。周围站满了看热闹的人，叫喊声、嘻笑声弄得场面乱哄哄的。

"真是烦什么来什么！"刘所长轻轻地咕嘟了一句，一抹脖子上的汗，快步地向人群走了过去。

郭小满在先锋村是个狠角。当地习惯把村里有名气、会挣钱的人称为角色，而在角色里面，最厉害又叫做狠角色，简称狠角。这个词很形象，让人带点敬畏，又带点神秘感。郭小满初中毕业后，把家里的田丢给老人种，自己带着两件衣服就出了门。他在外面走南闯北地折腾了好几年，听说挣了点小钱。去年回到先锋村后，经过上下打点，在年底的村委会改选中，顺利地当选了村上的治保主任。接着郭小满招募了一批本族的砌匠、泥瓦匠，成立了先锋村工程队，打着村委会的旗号，开始在村里四处拉业务，帮人家砌房子、盖猪圈、修围墙，业务弄得红红火火。

去年刘铁柱调到先锋派出所当所长，他老婆是郭小满的堂姐，而且两家之间时常走动，关系还相当不错。那以后，郭小满更是打着他是刘所长小舅子的牌子，耍手段挤走了临村的其他几个工程队，又垄断了村里的沙石业务。周边的人知道他和派出所的关系，凡事都只好睁一只眼闭一只眼，只要不被郭小满欺负就算万幸，谁也不敢轻易得罪他。

节假日里，郭小满常去堂姐家串门，刘铁柱没少旁敲侧击地教育他，但话也只能点到为止，毕竟郭小满是个亲戚，又是村上的干部，不能等同于自己管的犯人，况且派出所很多事情还要村上配合。凭心而论，郭小满当治保主任，派出所的很多工作开展起来就顺利不少。只要郭小满不违法乱纪，抢点业务、砌个房子什么的，也没有什么大碍。

和郭小满打架的人，叫老何，是城里顺发工程公司下面一个施工队的队长。去年他们公司通过竞标拿下了先锋村的道路改造工程，当时也和村民闹出了一些矛盾，最后通过先锋派出所才解决问题。这次，估计又和先锋小学教学楼重建招标的事情有关。

人群中有孩子率先喊了起来："警察来了！警察来了！"顿时，刚才还热闹非凡的场面突然安静下来，人群如潮水一般往两边退去，从中间分出一条路来。刘所长看见老何满脸是泥地抱着郭小满倒在地上，两人手抓着手，脚缠着脚地箍在一起，这一切都因为一句"警察来了"，被瞬间定格。

"都起来。"刘所长扫了一眼周围，威严地说道。

声音让眼前静止的画面晃动了一下，人群好像感受到一种压力，都不自觉地晃了晃。郭小满和老何松开了紧抓对方的手，各自从地上爬起来。他们衣服上沾满了尘土，嘴里喘着粗气。

头顶上的太阳又大又毒，空气就好像粘连在一起了，稠密得让人呼吸都感到困难。没有人说话，只听见人群中一阵阵此起彼伏的喘气声。

"大中午的，两个男人抱在一起打滚有啥意思？有劲回去找媳妇使去。"刘所长看了看郭小满，又看了看老何，说道。

人群中有人笑出声来，刚才还充满火药味的气氛，缓和了不少。刘所长是先锋派出所的所长，全名刘铁柱，大伙都叫他"刘所"，到先锋村派出所工作刚满一年。别看先锋村地方不大，工作环境却相当复杂。村北面与临市的A县接壤，西与临省的B市交界，一条国道穿村而过。在马路边随意拦一辆汽车，就可以轻松地到达外省外市，这让很多犯罪分子把先锋村当作一个理想的停留地或中转码头。他们躲在这里观望情况，一旦案发，就迅速远走高飞。有这么多危险分子与先锋村相关，这一带治安环境当然不好。赶集时小偷小摸的，翻窗入室顺手牵羊的，抢劫的士司机，盗窃摩托车的，隔三岔五就会在这里出现。虽然流动人口多，但本地人也不好欺负。先锋村民风强悍，自古有习武之俗，常常为一点小事便大打出手，打断人手脚或致人伤残的事时有发生。当地人酷爱上访，只要觉得派出所工作没有做好，少则一两人，多则几十人，跑到市里去告状，常常弄得所领导的脸色很不好看。

先锋村的事情，让公安局伤透了脑筋，先不说发案率居高不下，频繁的上访也让人大为光火。先锋派出所的所长一年一换，谁也干不长久，不是主动打报告申请调离，就是被告状告得不得不走。去年市局中层干部调整，局里对刘铁柱寄予厚望，把他调整到先锋派出所当所长，希望他能打开一个新局面。

刘所今年刚满四十岁，平头，国字脸，剑眉，双眼大而有神，像是两个大铜铃，和人对视的时候能射得人睁不开眼。刘所到了先锋派出所后，马上动手改变现状：先是制定每日的巡逻计划，不定时地开展清查行动，接着安排民警在发案率高的地段蹲点守候，还定期在国道上设岗盘查过往的车辆。一段时间下来，连续抓获了一批负案在逃的犯罪分子，破获了一批大案要案。同时，针对先锋村民风强悍、氏族观念浓厚的特点，刘所经常带领民警下村下组，和村长、组长、村民有针对性地一一交谈，化解了几场大规模的械斗。为此，他身上受过伤，还流过血。但他前脚出医院，后脚就回到岗位上，该抓的人，抓；该放的人，放。不漏掉一个，也不抓错一个。去年，先锋派出所不但圆满地完成了局里分配的各项任务，还赢得了先锋村群众的信任和尊敬，做到年内上访率为零，刘所也成为第一个连任的先锋派出所所长。

先锋小学教学楼重建招标的事情，刘所知道。老教学楼还是二十世纪的产物，在去年被鉴定为危房以后，相关部门就积极地筹备重建事宜。今年年初的时候，教育局通过招标，最终选定了最具实力、报价最低的顺发工程公司承建。郭小满的先锋村工程队也参与了招标，只是在投标中，他们提出的每平方米197元的承包价格，大大地高于顺发工程公司每平方米175元的报价，被淘汰出局。

　　前两天放暑假了，老何的施工队正式进驻先锋小学。没有想到才开工一天，郭小满就带着人跑来阻工。郭小满认为招标过程存在暗箱操纵，所以他的工程队才没有中标，他要求教育局给出此次招标符合公平公正原则的证据，否则就天天带人来阻工。今天之所以发生冲突，是因为老何他们中午去校外食堂吃饭时，郭小满乘机给学校铁门加了把锁，把老何等人锁在了校外。老何进不了学校，便只有砸锁，郭小满出面阻止，于是两人由最开始的口角，上升为拳脚相加，出现了开始的一幕。

　　刘所真烦郭小满，就他的工程队那点斤两，平时也就能盖个猪圈，修个围墙，砌平房都怕有危险，现在要盖四层高的教学楼，不出事才怪了。要是换了平时，刘所直接骂郭小满一顿，要他回家该干嘛干嘛去，这事就算了结了。但现在不行，现在郭小满不是以小舅子的身份，而是以先锋村治保主任的身份出现的，他代表的是那一族人的利益。

　　"姐夫。"郭小满递过来一根烟。

　　刘所摆摆手挡了回去，说："满伢子，你给我出难题，我哪还有心思抽烟啊！"

　　"姐夫，我说这事你就别操心了，我肯定会办妥，不行还有村委会，再不行我才去派出所找你。"郭小满给自己点了根烟，又把烟丢向后面一起来的族人。

　　看着现场闹哄哄的样子，刘所招招手，抚着郭小满的背，把他带到人群外。

　　有这么多人看着，刘所只和自己一个人说话，郭小满觉得很得意："姐夫，你看，这大热天的，让您亲自过来，真不好意思。回头去我家，我整一桌好菜，咱俩喝喝酒。"

　　"先别说喝酒，今天这事你知道多让我闹心吗？"刘所眯着眼睛看着他。

"姐夫，这事不怨我，没有招到标，大伙心里都有意见，我只是带个头而已。"郭小满说着，对后面的人群望了望。

"有意见可以走正规渠道处理，这样闹能解决什么问题？"刘所反问。

"姐夫，您就别管了，反正也没有你们派出所什么事。"郭小满说。

"怎么没有我的事啊，满伢子，你今天可是存心和我、和派出所过不去。你在这里闹，又是打架又是堵人家校门，别人都反映到市里去了，严重影响正常生产秩序，是违法的。"刘所的话语重了起来。

"这话你和我姐说去，你要因为今天这事把我抓走，他们不答应，我姐也不会答应。"郭小满用手一指他带来的村民，变得蛮横起来。

"我会和你姐说，还会和你媳妇说，但不是说今天的事，是关于上个月三十号星期六晚上在城里的那档子事。"刘所满不在乎，轻轻地从嘴里溜出一句话。声音不大，却让郭小满听得浑身一颤。

"啊，姐夫，这事你可是答应了我的，千万不能让我姐和我老婆知道啊。"一提起这个事，郭小满的声音一下子低了下去。

上个月月底时，郭小满打着和别人谈业务的幌子，把自己"谈"进了城里的按摩院，被警察清查时抓了个正着。当时就准备以"嫖娼罪"送拘留所拘留十天，同时还要通知家属来签字。别看郭小满在外面飞扬跋扈，在家里却是个有名的"妻管严"。他老婆是个四川妹子，年轻漂亮，脾气火爆，平时夫妻吵架，每次都能让郭小满浑身挂彩。要是这个事让老婆知道，后果不堪设想。情急之下，郭小满赶紧报出了刘所的名字。毕竟是一家人，接电话后，刘所只好去派出所领人，鉴于郭小满认错态度较好，拘留改成了罚款。刘所还作为家属代签了字，当晚就把人给领了出来。

"那个派出所里还有你的罚款记录，询问笔录上还有你的签字和手印。这事要是说出来，你姐肯定生气，你媳妇嘛……"刘所摇摇头，慢条斯理地说。

"别说了，姐夫，我懂了。招标的事情我们有意见，可以通过正规渠道提出，不能无理阻工，我这就带他们回去。"郭小满的连连点头。

"满伢子，这就对了，我知道你是个讲理的人。"刘所说。

刘所和郭小满转身走进人群里，大家连忙围了上来。

"刘所。"老何抢上来就想说话。

刘所摆摆手，说："老何，我们不是第一次打交道了，你相信我不？"

"当然相信，只是……"老何看了看边上的郭小满，眼神还是有点疑惑。

"你们相信我，那就听我的。关于这次招标合法不合法的问题，我已经和郭主任说清楚了，要通过合法的正当的渠道反映意见，阻工绝对是不行的，也解决不了问题。是不是，郭主任？"刘所说完，拍了拍郭小满的肩。

"是是是。刚才我和刘所谈了半天，觉得阻工是不能解决问题的，我们有意见还是要通过合理的途径反映，今天我们还是各自回家吧。"郭小满态度来了个大转弯，他的话让跟着他一起来的族人全都一愣。

"郭主任，来也是你喊的，现在就这样空手回去？我们工程队好多天没有接活了，家里还等米开锅呢，没有事做，我们喝西北风啊？"人群中爆发出不同意见。

郭小满尴尬地看着刘所，不住地搓手。

刘所摆摆手，示意大家安静下来。

"郭主任和我说了工程队的现况，我都了解。最近派出所准备重修澡堂和厕所，房屋外部也要装修。这个业务说大不大，说小也不小，刚才我和郭主任商量了一下，在这里我拍个板，优先交给先锋工程队来负责。这可是样板房，将迎接市里、省里的检查，如果质量过硬，将是先锋工程队一次扬名的好机会。"

"好。"刘所刚说完，郭小满带头鼓掌，喊出声来，紧接着带起一片呼啦啦的掌声。

两个月后，郭小满承包的派出所工程完工了，不过郭小满可不怎么开心。派出所业务，刘所交给一位副所长全权负责。这个副所长是个细致人，要求甚严，郭小满一点也不敢打马虎眼。材料、人工，哪儿也不敢偷工减料。工程弄完了，算下来只挣了点人工费。好在不久，在迎接省、市两级检查中，先锋派出所工作成绩突出，硬件设施也达标，被顺利地评为国家二级派出所，先锋工程队还得到了"质量信得过单位"的锦旗，这着实让郭小满炫耀了一把。

与此同时，先锋小学的新教学楼也正式投入了使用。

每天清晨，刘所总是喜欢推开窗子，先锋村村头小学的朗朗读书声，一阵一阵地传了过来，他听着听着，禁不住笑了。

先锋警事备忘录

耿直与病死猪事件

耿所是先锋派出所里出了名的急性子，本名耿直，刚过三十岁。平日里耿所说话直来直去，做事风风火火，和他的名字搭配得又直观又贴切。

先锋派出所里的民警对耿所又爱又恨，爱的是办案时可以从耿所身上学到很多办案技巧，他简直就是一本活动的办案百科全书；恨的是只要和耿所一起值班，连吃饭睡觉也难以安稳，耿所的急性子让人一刻也不得消停，只要有案子发生，不管是吃饭吃到一半，还是睡觉睡得正香，他都会立刻拖着值班民警赶赴现场。

来先锋派出所之前，耿直还不是耿所，而叫耿队。他在公安局里的刑侦大队担任技术中队队长，之后才被提拔到先锋派出所当副所长，干的还是他的老本行：刑事侦查。

关于耿直调到先锋派出所来的原因，私底下流传着很多版本，传得最神的是说耿直本来准备竞选刑侦大队副队长，他技术过硬，工作踏实，得到的荣誉证书和奖状有半个抽屉那么多。但因为他脾气火爆，做事耿直，以致局里个别领导对他颇有微词，于是借局里人事调整的机会，将他调至先锋派出所当副所长，美名其曰"磨练磨练"。

先锋派出所是公安局里公认的"冷宫",除了新招进来的年轻民警,谁也不愿意主动调到这里来。同事们都开玩笑说这里就好比是后妈的孩子,姥姥不疼,舅舅不爱。

之所以称先锋派出所为"冷宫",大概有两个原因。第一是因为先锋派出所地理位置偏僻,位于本市西郊,离市里有个把小时的车程。穷乡僻壤,山高路远,很少被上级领导关注。没有领导关注所导致的直接后果,就是派出所领导难以提拔,民警不被重用。所里拨款少,编制少,待遇差,久而久之,把民警调到先锋派出所就衍变成了一种变相的处罚。凡是那些工作上犯了小过错,或者不服从调配的民警全被调整到先锋派出所里来。用领导的话说,眼不见心不烦。第二个原因是先锋派出所管辖地的治安环境复杂,村民自幼有习武的风气,民风彪悍,家族观念浓重,遇见事情总喜欢用武力解决。处理这些打斗事件时,会牵涉到方方面面的利益,极易引发矛盾,一不小心就酿成群体上访事件。前几任所长个个被弄得灰头土脸,工作一年后都匆匆调走,生怕呆久了沾染上什么晦气。

这次调整对耿所不算是好事,却让我们这些年轻民警高兴坏了。耿所以前是公安局公认的三大破案能手之一,是众多年轻民警的偶像。局里流传着很多关于他的故事,说他能透过人的眼睛读懂人的心思,说他可以凭一个指纹还原一个人的模样,还说他拳脚了得,曾一个人空手制服三个穷凶极恶的歹徒。当然最具有传奇色彩的,是说他当年凭一己之力破获纵火杀人案。听说那个案件中,现场被完全烧毁,犯罪嫌疑人又具备一定的反侦查能力,没有给警方留下任何有价值的线索,连市里成立的专案组也没有查出任何头绪。当时在刑侦大队只是一个新兵的耿直对此案产生了浓厚的兴趣,他主动请缨调查此案,花费了半个多月的时间重新勘察现场,通过技术手段和耐心比对,终于在一个窗台的缝隙里提取到半枚犯罪嫌疑人的指纹,并且通过这半枚指纹还原出作案人的身高、年龄、体重,然后调取城区几百个监控探头的视频资料逐一比对,又进行了大量的调查走访,最终在发案那年的大年二十九日,他千里走单骑,远赴广州,根据自画的一张画像将纵火杀人的犯罪嫌疑人抓获。

三十岁的耿所，正当盛年，也许是过分脑力劳动的缘故，他的头发不像同龄人那样乌黑亮泽，而是稀稀拉拉的，有秃顶的前兆，这使他比真实年龄要显得老了许多。

平日里，我们在所里遇见耿所时，他总会隔得老远就大声发问："今天有人报警吗？有案子吗？"得到否定的回答后，他总是一言不发地摇摇头径直走过去，等我们回过神来，耿所已经走过去好远了。我们知道，耿所准是回他的"工作室"去了。在派出所的时候，耿所大多数时间会呆在他的"工作室"里，常常连饭菜都要我给他送进去。

先锋派出所不比刑侦大队，没有那么多大案重案。在这里，除了扯皮打架就是小偷小摸，都是些小得不能再小的案件。用耿所的话说："一点技术含量都没有。"偶尔发生一起入室盗窃案，案子凌晨刚发，晚上他就已经将犯罪嫌疑人抓捕归案，干净利落，一点也不拖泥带水。

耿所刚来派出所时，挺不适应，从原来的繁忙到现在的清闲，让他浑身痒痒，不知道力气往哪里发泄。左思右想后，耿所决定在派出所里修建一个像局里刑侦大队技术室那样的"工作室"。有了想法后，他立刻带领我们清理出办公楼一楼端头的杂物间，在里面装上大功率的日光灯，用布帘将窗户封死，在墙上装上黑板、壁灯，寻来桌子、椅子，然后用木板把房间隔出几个小间，并给每个隔间编上名字。有药剂间，里面堆满了瓶瓶罐罐和各种味道怪异的药品；有化验间，放满了各种化验工具和仪器；有电脑分析室，电脑里存满了各种破案用的视频和音像资料；还有物证间，里面堆满了他出警时弄来的鞋子、手套、被撬坏的门锁、打架用的弹簧刀或者粘着指纹的水杯等。完工后，耿所找了个木牌钉在大门上，木牌上周正地写着"刑技工作室"五个大字。我们在这里看耿所做实验，学习从各种物品上提取指纹；从案发现场搜索线索，看他分析案情破解犯罪人员的心理。工作室里的每一件东西在耿所眼里都是宝贝，对破案都有意想不到的帮助。

偶尔，耿所会把在"工作室"里钻研出来的一些成果拿出来试验。比如，他会在中午吃饭的时候弄点自制的药剂，混在饭团里喂给左邻右舍的看门狗吃，弄得那些狗从派出所里走出去时，不是东倒西歪像喝醉了酒，就是一整天趴在大树底下拉肚子。惹得家住派出所门口的李嫂子好几次站在家门口开玩笑地说："耿所，你这药可真够劲，哪天我男人再出去打牌，你也给他吃点，让他蹲一天茅坑。"话一说出来，惹得大家哈哈大笑。耿所也跟着我们笑，一副没心没肺的样子。

其实我知道，耿所并不快乐，起码没有表面上我们看见的那么快乐。好几次我去工作间送饭，看见耿所坐在椅子上望着黑板出神。黑板上贴满了本市主要地段发生的各类案件的简介，有报纸上剪下的新闻报道，有网上下载、打印出来的案件进展情况，还有一些不知道从哪里弄来的现场照片。耿所边看边口中念念有词，还不时地用笔在纸上比划着什么。我猜，耿所在先锋派出所里，更多的感受是一种有力无处使的寂寞。

耿所展示的机会终于来了。一个冬天的凌晨，正轮到我和耿所值班。我接到"110"派警，说先锋村郊外和邻县接壤的地方发生了一起杀人抛尸案。通过电话联系，报警人说看见半夜有汽车开到塘边，几个人抬着东西丢进了水塘，他还依稀听见"绑紧点""别被人发现""死了"等字眼。

杀人抛尸案。这是我来先锋派出所后遇见的性质最严重的刑事案件，我飞奔向"工作室"，将情况告诉耿所。我看见耿所的眼神一下子变得炯炯有神，他认真地听完我的叙说，一拍大腿，差不多是喊了出来："终于碰见大案子了。"

"快，背上枪，多带两个手电筒，我去开车，我们立刻去现场！"

耿所把警服往身上一披，拔腿就往门外跑去。

耿所把汽车开得飞快，车灯的强光，像一把在茫茫的夜色里飞速劈砍的利剑，随着颠簸起伏的山路上下挥舞。大概跑了四十分钟，随着"吱"地一声急刹，我们到了。

这个水塘位于先锋村的南郊，再往前一公里就和邻县接壤。周围全是大山，方圆几公里看不见人烟。案发地的水塘不大，不到20平方米，报案人是一个年过六旬的老伯，住在塘边的茅草棚里。

"先勘测现场，你配合我。"耿所拍拍肩膀示意我。

我举着手电在前面照亮，耿所在后面仔细地给车轮印和脚印拍照，边拍边分析："作案的车是越野车，四轮驱动，车轮印很深，抓地很牢，所以在泥地里不打滑。从脚印看，下车的有三个人，分成两拨，分别抬东西的两头。其中一个人力气很大，他一个人抬一头，走得很稳重，鞋子是43码，身高估计在175~180厘米，体重有70公斤。另外两个人相对矮小，鞋印都是40码，脚印有点凌乱，估计偏瘦弱，力气不大。"

"看这烟头。"耿所用镊子从草丛边小心夹起烟头，装进随身带的塑料袋里，继续分析说，"他们三人丢完东西后，走到这里休息了一根烟的长度，大概三四分钟。东西要三个男人抬，丢完后又休息这么久，说明抬的东西很重，三个男人都有点吃不消。这烟头是本地烟，10元钱一包到处有卖，三个人经济条件都很一般。"

我在一旁边听边连连点头，耿所的分析就好像侦探小说一样，一环扣一环，有条有理。

"那我们接着干什么？"我问。

"打捞尸体。"耿所说。

"我们捞吗？要不等局里派人来再说？"望着这一潭又脏又臭的死水，我试探着问。

"废话，就这么个小水潭，还要等局里来人，那起码在两个小时以后了。你去问老伯家有没有长竹竿，在前面绑个钩子，我们捞！"耿所说话风风火火。

"好。"我知道耿所的脾气，赶紧去找老伯。

东西拿来了，老伯也跟来了。耿所根据现场脚印找到抛尸地点，脱了裤子就踩到水里。他用钩子一阵试探，不一会儿，就把一个黑麻袋从水底勾了出来。因为被水浸泡，麻袋非常沉。我们三人费了好大的力气，才把麻袋拖上岸来。

耿所戴上口罩和塑料手套，迎着手电筒的灯光，小心翼翼地解开捆住麻袋口的尼龙绳。麻袋刚露出一个小口，一股恶臭便扑面而来。

我看见口袋里露出来的白花花的肉，把我恶心得天旋地转。

耿所的眼睛炯亮炯亮，脸却如石佛一般，没有任何表情。他埋头继续将麻袋完全打开，一个肥硕的猪头从麻袋里显露出来。

我忍不住叫了一声，又赶紧捂住嘴巴。

耿所撇过头来看了我一眼，我看见耿所的脸由红润转为苍白，最后白得没有一点血色。他缓缓地站起来，从口袋里摸出烟，给自己点上，仰头深深地吸了一口。我和老伯都僵在那里，一动也不敢动。

突然耿所像是领悟了什么，猛地抬起头来，朝汽车走去，边走边对我喊："你向所长汇报一下这里的情况，然后给镇上干部打电话，问问附近有没有养猪场，我们马上到养猪场去。"

电话打通后，信息飞快地反馈过来。临镇的郊区，离先锋村不远的地方确实有一个无证养猪场。耿所叮嘱老伯不要破坏现场，然后带着我开车奔向临镇。病死猪事件可不是小事，特别是深夜偷偷摸摸地跑出来处理死猪，这里面肯定有巨大的猫腻。

我们到达临镇养猪场的时候，正是凌晨三点。整个养猪场灯火通明，远远地就看见很多人在里面跑来跑去地忙碌。养猪场老板对于警车的突然到来没有任何思想准备，却蛮横地带领着五六个工人提着杀猪刀挡在门口，不准我们进入养猪场。他一口咬定自己没有犯法，公安没有进去检查的权利。

耿所一言不发，上前抓住老板的领口，右脚突然插到他的身后，双手向前一带，"噗咚"一下就将身高一米八几的猪场老板摔在地上，然后将他的手扭到背后，又用身体顶住他的腰，掏出手铐指着那些工人说道："你们老板凌晨的时候，将一头病死猪丢在隔壁先锋村的水塘里，将水塘高度污染。那水塘边还住着人，如果喝了被污染的水，肯定会有生命危险，你们要是现在还敢帮他，而且袭击警察，那就犯大事了，你们谁担得起这个责任？"

耿所的举动让我大吃一惊，他怎么会这样鲁莽？怎么会对这个死猪事件如此看重？是不是耿所的心里萌生了什么玄机？

周围的人被耿所的气势震住了，没有一个再敢上前。老板被耿所一说，也吓坏了，但嘴里还在不断地叫嚣："你有什么证据说我把病死猪丢到水塘里，你这是栽赃陷害！"

"你要证据？"耿所抓住老板的脚，把他脚上的皮鞋脱了下来，说，"这鞋子上的泥还在吧？这鞋印总不能造假吧？你今天凌晨一点左右，开一部越野车，带着你的两个伙计到先锋村处理死猪，你还想怎么抵赖？你现在只有赶紧配合我们工作，否则，别怪我不通情理。"

猪场老板一听，立刻软了下来。他不断诉说自己经营猪场步履艰难，好不容易生意有了起色，又来了一场猪瘟。他说这些猪都是被人预订了的，天亮就会有人来拖货。他把那头死猪丢了，把一些病猪杀了，只是想减少损失。这些猪肉被用户买回去，反正要下锅油炸，高温消毒，吃了也不会有事。

"我知道你也不容易，我们也不是故意来找你麻烦。你现在先把被感染的猪隔离开，把那些病猪的猪肉封存起来，把损失减少到最小，然后再计较你丢病死猪的问题。"

耿所说话又硬又软，把猪场老板"套"了进来。

接着耿所朝我一使眼色，做了个打电话的手势。我立刻明白了，耿所是想把这件事闹大的，先锋派出所寂寞得太久了，需要闹出一点大动静来！

我假装上厕所，找到一个僻静处，给市里检疫部门、卫生部门等好几个单位打去了电话，说我们派出所查处到一个病死猪屠宰场，有若干病猪肉天亮后即将流入市场，请他们速来人督查。

两个小时后，相关部门的车辆陆续来到养猪场。跟着他们来的，还有电视台的记者和公安局的领导。

事情办得很圆满，病死猪肉被集中销毁，无证养猪场被查封，老板受到了法律的制裁。耿所却一点也高兴不起来，他原本想破一个大案子，可最后遇到的却是一个病死猪事件，这让他很丧气。出乎耿所意料之外的，这虽然不是一起凶杀案，却制止了大量病死猪肉流入市场，不亚于破了一个大案。市里面的领导很高兴，点名表扬了公安局，当然也表扬了先锋派出所。

先锋派出所第一次受到了前所未有的重视，市里的领导亲自到先锋派出所颁发奖状，参观了耿所的"工作室"，并给予了很高的赞誉。接着局里的领导也来了，然后是各个兄弟部门，走马观花地来先锋派出所参观学习。先锋派出所一下子火了，耿所的"工作室"也火了。

病死猪事件过后不到两个月，耿所调到市公安局刑侦支队。又过了半年，耿所调到了省公安厅，去了一个专门从事刑事技术研究的部门。

再次见到耿所，已经是五年后了。那是在省里的一个技术专题座谈会上，当天会议的主讲是耿处，他现在已是省厅某处的副处长了。耿处的头发比以前更显稀疏，鼻梁上架着一副金丝眼镜。他性子还是和以前一样，风风火火地来到会议厅，风风火火地说完话，散会后又风风火火地离开了。

刑技工作室还留在先锋派出所里，所里的民警没事时，都喜欢进去坐坐，大家说这间房子是派出所的风水宝地哩。

周泰与缉毒大案

在先锋派出所上班的民警可以分为两大类，一类调动很频繁，今年调到先锋派出所，半年或者一年后，又换去其他的部门；另一类则正好相反，调到先锋派出所后，就好像生了根，一干就是五六年，甚至十几年也不挪窝。耿所属于前一类，而周所属于后一类。

周所是先锋派出所的正所长，名叫周泰，今年四十一岁。周所来先锋派出所当所长时刚满三十五岁，正是意气风发干一番事业的年纪，没想到在这里一干就是六年。手底下的兵换了一批又一批，只有他在这里当上了"常委"，再也没有动弹。平日里，偶尔喝茶喝得高兴时，周所也会调侃一下自己的名字，说："周泰，周泰，否极泰来。"

在先锋派出所里，周所是脾气最好的一个。他说话的时候总是不愠不火，不急不慢。白白净净的菩萨脸上，堆满了笑，让人一看就没有了脾气。他从不骂人，就算批评人的时候也是和颜悦色的，以讲道理、举例子为主，谈古论今，纵横上下五千年。他可以从秦始皇统一天下说到科索沃战争，从关公走麦城说到现在的日本大地震，思维活跃，口才极好。不但把我们这些小伙子说得哑口无言，就连常来派出所的那几个老上访户也被周所说得服服帖帖的，再也不来派出所无理取闹。

任所长前，周所曾担任公安局办公室副主任，因写得一手好材料，颇受领导器重。年底调整时，周所被破格提拔到先锋派出所当正所长，原本只是在派出所过渡一下，然后再换其他部门。可哪里想到，人算不如天算。第二年，局里人事状况风云大变，领导班子换了大半，最关键的是器重周所的那位领导也去外地走马上任了。周所一下子像是被人遗忘了，遥遥无期地搁在先锋派出所所长的职务上，这一搁就是六年。望着那些同级别的三十岁左右的小字辈，四十一岁的周所常常发出"冯唐易老，李广难封"的感叹。

抱怨归抱怨，周所把先锋派出所的工作还是弄得井井有条。在他来之前，先锋派出所外号叫"三破派出所"：破房子、破厕所、破澡堂。两层高的办公楼是二十世纪七十年代的产物，红砖灰瓦结构，历经多年来的风吹雨打，墙体老化开裂，房顶到处残破。只要是雨雪天气，二楼的宿舍就会不同程度的渗水或者漏水。房间里潮湿阴冷，长期住在这种环境里，民警个个苦不堪言。

所里厕所的历史，追溯起来比办公楼还要早，它还是那种最原始的茅房，下面是一个大粪池，粪池上面用木板搭出几个蹲位。上厕所时，身体只能保持半蹲状态，以免被下面的粪水溅到身上。在春夏季节，无数乱飞的苍蝇、蚊子和遍地乱爬的蛆，吓跑了好几位来先锋派出所视察的领导。

所谓的破澡堂，其实就是一个格子间。这还是之前的所领导考虑到所里民警的卫生问题，找村上的泥水匠砌的。地点选在派出所食堂隔壁的杂物间里，用砖头和水泥沿着墙角砌出一道矮墙，围出一个一平方米大小的格子，再在格子上方安装一个热水器。我们洗澡时，常常可以看见巴掌大的蜘蛛和壁虎在墙上爬来爬去，让人洗澡也难以放心，老是担心它们会掉到头上。

前几任所长也曾想摘掉派出所"三破"的帽子，但心有余而力不足。先锋镇本来就是穷乡僻壤，镇上一没企业，二没厂矿，世世代代都是脸朝黄土背朝天的农民，靠民间赞助根本不可能。局里财政又不给予照顾，派出所这么多年来，民警换了好几批，可"三破"却依旧存在，真是"年年岁岁花相似，岁岁年年人不同"。

周所来这里任所长后，充分发挥了他口才好的优势，多次去局里找领导，要编制、要资金、要政策。经过他孜孜不倦的软磨硬泡，局里领导个个都被他说"怕"了，不但答应给先锋派出所调来年轻民警，还下拨了一笔专项经费用于派出所重建。拿到钱后，周所立刻专款专用，只用半年时间，一栋四层高的办公大楼在原址上拔地而起。办公室、会议厅、民警宿舍、食堂、浴室、图书馆、健身房等一应俱全，先锋派出所彻底告别了以前的"三破"历史。

有了新办公楼，又增加了新人，民警的待遇也在周所的关照下得到了提高，大家有了积极性，做起事来个个争先恐后，所里呈现出难得的繁荣景象。周所又利用平日空闲的时间，带着我们在派出所周围栽上树苗，种上花草，先锋派出所的形象，让人耳目一新。

天气好的时候，周所总会早早起来，在派出所的前坪里打一套太极拳，然后坐在花坛边上，端着他的紫砂杯慢慢喝茶。遇到来所里办事的群众，他会和别人拉拉家常、说说闲话。先锋镇包括临近的村子有好几万人，很多人不认识市长，不认识乡长，可没有一个不认识周所。他那么好的脾气，又那么好的口才，任再急躁的人到他这里也会心平气和，任再急躁的事情也能迎刃而解。

周所在所里的这几年，派出所从未被群众上访投诉，也没有发生过一起群体性事件，就连历年来先锋镇积压的一些复杂问题，在周所这里也得到了妥善的解决。先锋镇的男女老少都喜欢周所，都佩服周所。先锋派出所跟着也沾了光，警民关系得到了明显改善，很多村民开始积极主动地给派出所反映情况，寻求咨询或者帮助。

牛二家的大儿子，在外面打工时和别人发生纠纷，将别人打成轻伤后逃跑，随后被网上通缉。周所知道情况后，多次到牛二家给他们夫妻讲法律条文，说道理。一去就是一整天，一边喝茶一边劝慰他们，说轻伤案件可以治安调解，只要赔钱，可以免于坐牢；说孩子还小，不能因这个事情躲一辈子，一辈子抬不起头；说孩子不懂事但大人要懂道理……最终牛二夫妻被周所说服了，他们陪着孩子来派出所投案自首。在周所的调解下，牛二家赔偿了对方的全部医疗费用，对方也不再追究此事，双方皆大欢喜。

李嫂子家和王寡妇家一直不和睦，不是今天李嫂子的鸡吃了王寡妇家的菜，就是王寡妇丢石头砸了李嫂子家的玻璃窗，两个女人经常站在门口对骂，打架也时有发生。为他们的事，派出所不知道出过多少次警，做过多少次工作都不顶用。周所了解情况后，喊来村上的书记、主任和李嫂子、王寡妇在村委会一起协商解决此事，他请大家喝茶，看两家互相指责、争吵。周所也不劝，笑眯眯的，不急不慢地一杯接一杯地给她们添水，任她们吵够了、吵累了，这才谈解决的办法。一天时间就解决了两家几年来的纠葛。大家评价周所高明，他的太极功夫已熟练地运用在生活的各个方面。

除了打太极拳外，周所还有一个嗜好就是喝茶，茶杯从不离手，在他的熏染下，全所的民警都开始戒烟戒酒改喝茶。血压高的喝降血脂的苦丁茶，上火的喝菊花茶，喝醉酒的喝绿茶，办案累了困了喝红茶。遇到了棘手的案子，一时间想不到对策的，周所也喊我们一起喝茶，几个人聚在一起，一杯一杯地喝，思路清晰了，办法出来了，案子自然也破了。

过年时发生一起"杀人抛尸案"，我第一时间用电话向周所汇报情况，并请求增派警力，周所在电话里只说："先行调查，不急于定性，一切到现场看后再说。"果然，这次又被周所说中，一个简单的丢弃病死猪事件，和杀人案相差十万八千里。

偶尔，我们同事间也会聊聊天，谈论一下领导。大家聊到周所时，无一例外全说好，找不到缺点。硬要说找缺点的话，那可能就是性格太绵了，没有棱角。不过，在这个年头，有棱角可不是什么优点，像耿所那么厉害的人还不是因为有棱角，才被调到了先锋派出所。

快过年时，全市搞统一行动，集中清理"黄赌毒"案件。破案的事情，自然非耿所莫属。周所组织大家开了动员会，又布置了行动方案，剩下的就是耿所带领大家具体实施。不久，我们就根据掌握的线索抓获了一伙吸毒人员，然后根据他们的交代，抓出了外地提供毒品的上线。这个案子破得干净漂亮，大家连续加班一个多月，抓获贩毒、吸毒人员十余人，缴获了大部分的毒品和赃款，将先锋派出所多年来的晦气一扫而光。

周所亲自写了一个简报报到了局里，并为先锋派出所申请集体功。可等了半个月，却等来另一个结论，说局里某领导对案子有新的想法，要求派出所把案件全部移交给市局刑侦大队办理，还说这个案子牵涉面比较广，派出所难以应付云云。

累也累了，汗也流了，事情办好了，功劳却成了别人的，派出所每个民警心里都不好过。耿所听到消息后，更是气得掀了桌子。我们一起到办公室找到周所，要周所带我们去局里讨个公道。周所坐在办公室的沙发上，慢慢地喝茶，仍然是那副不紧不慢的样子。他看着我们，挥挥手说："山没垮，地没塌，急什么？都回去喝茶，我心里有数。"

移交案子的时候，耿所休病假去了，周所去外地开会了，两个领导在最关键的时候双双不在。派出所工作还是和平时一样，井井有条地进行着。大家各自做着分内的事情，忙进忙出的，好像没少一个人一样。案卷材料是刑侦大队派人来拿的，没有想到和他们同时来的还有日报、晚报、电视台、电台的记者。接受采访的民警变得都和周所一样，口才极好，采访的效果非常精彩。当天晚上，案子就在电视台法制频道播出了。第二天，日报、晚报也刊登了这则消息，新闻标题很醒目："先锋派出所破获特大贩卖毒品案"。文章内容非常翔实，从派出所如何发现线索、如何研究案情、如何布控、如何收网、如何找出毒品来源等，记者写得一气呵成。可见民警提供的素材，是经过周密准备的，再配上提供的相关图片资料，很吸引眼球。

新闻报道得到了市里主要领导和省公安厅的关注，他们分别给市局发来贺电。但有传言说，局里的某领导很生气，说先锋派出所没经过许可，就把案子"捅"到了媒体那里，毫无组织纪律。但这又能怪谁呢？周所在外地开会，耿所休病假，所里就那么几个普通民警，来了记者不接待行吗？

等到一切尘埃落定，周所才笑眯眯地从外地开会回来，好像啥事都不知道。当然，我们心里都知道，周所在外出期间，像一个幕后的总导演，一点也不露声色地用手机指挥着我们的工作进程，例如，如何联系媒体，如何接待记者，如何提供素材……周所的太极功夫，又一次运用得出神入化。

这个案子过后不久，局里人事发生了变动，先锋派出所突然之间变成了香饽饽，好几个部门都要到先锋派出所选调民警。有民警去了治安大队、刑侦大队挑大梁，有民警去了城区的一级派出所。周所也高升了，他调进了市政法委。听说，这次是市里某主要领导点了周所的名，说这样的干部还不提拔，那提拔谁呢？

周所离开先锋派出所的那天，先锋镇上几乎所有的人都来了，还有好多听到消息，从村里面赶来的男女老少，人群黑压压地把派出所前的晒谷坪塞得没有一点缝隙。

周所走时，还是那个样子，笑呵呵的，对着大家挥挥手，不急不慢地说道："有空，到我家来喝茶。"

先锋镇旧事

蛇王老白

"蛇王"老白是先锋镇的一个传说,关于他的故事三天三夜都说不完。

在老白还被人们喊作小白的时候,他就已经展露出了与众不同的一面。那时候先锋镇还只是一个偏远的小村子,叫先锋村,住户不到两百人。村民每天过着种地、养猪、闲暇时打麻将的日子。那时候,小白正上中学,他每天上完课写完作业,就背着竹篓,拿着砍刀,跟着父亲上山打猎去了。当时村子周边还有大片大片的荒山空着,山上野生动物很多。山鸡、野兔、狐狸、豪猪……当然,还有蛇,各种各样的蛇:菜花蛇、大王蛇、银环蛇、蝮蛇、五步蛇、竹叶青。有毒的、没毒的好几十个品种。小白和父亲每次上山都能满载而归,他们把大部分的猎物卖给来乡下收货的菜贩子,留一小部分供家里食用。所以,到二十世纪八十年代中期,小白家就盖起了村里的第一栋两层高的洋楼。高中毕业后,因为小白成绩不错,他成了村里第一个考出去的大学生。

八十年代末,随着城市化进程的不断加快,特别是一条南北走向的国道从先锋村穿村而过,将先锋村的经济带动了起来。南来北往的车队在带来大量灰尘、尾气的同时，也带来了滚滚的商机。国道沿线的饭店、宾馆、修车店、超市一家比一家规模大，生意一家比一家红火，大笔大笔的现金流入了村民的口袋，用"一夜暴富"来形容当时的村民一点也不为过。

那时候的小白已经大学毕业，他在外面闯荡了几年后，回到了先锋村。凭着眼力和经验，小白用极低的价格买下了村口的一栋两层高的旧楼房，然后将房子从里到外装修了一遍，开了一个"白家野味饭店"。饭店以吃野味为主，主打菜是蛇肉。掌厨的是小白从外地请来的一个大师傅，熟悉各种野味的烹调，并且对蛇肉的烹制特别有研究。饭店开张后，生意异常火爆。那些在城里吃腻了的食客们，一到周末就从四面八方开着汽车赶到小白的饭店。山鸡、野兔、麻雀、鹌鹑、豪猪、野狗……当然，还有各种各样的蛇，清蒸、红烧、小炒、油炸，让食客们吃得口水四溢，赞不绝口。小白那几年明显地发福了，脖子上挂了一根粗重的金项链，手腕上戴着一块劳力士金表。他的脸上总是红扑扑，堆满了压抑不住的笑。大家已经不喊他小白了，都喊他白老板或者老白。

随着吃蛇的人越来越多，蛇菜价格节节攀升，周边饭店也都相继推出了吃蛇的项目。于是，上山抓蛇的人也成倍地增多。有那么一段时间，先锋村的田地荒着，家家户户的门关着，街上静悄悄的，全村的人都在山上抓蛇。若干年后，老人们回忆起当时的情景，还流露出一种惶恐的神情，说："那真的是一场浩劫啊！漫山遍野都是抓蛇的人，连老鼠都吓得跑光了。"

白老板依然是抓蛇队伍中的佼佼者。不过，每次出门他绝不和别人同行，是地地道道的独行侠。他背着竹篓，拿着特殊的抓蛇工具（这工具是什么样子，谁也没有见过），天还没有亮就悄悄上山了。等到中午大家还在山上到处找蛇的时候，他已经满载而归。没有人知道他在哪里抓的蛇，也没有人见过他是怎么抓的蛇。到了后来，别人在山上抓不到蛇了，白老板依然可以每天从山上抓回数条蛇来。有人曾偷偷地跟踪白老板上山，但跟着跟着就跟丢了。那人说，别看白老板身体那么胖，在山上却走得飞快，只见他在树与树之间来回穿插，就像蛇一样，一眨眼就不见了。那人还说，为什么别人抓不到蛇，是因为蛇都躲起来了，只有白老板去的时候，蛇才会爬出来迎接他。白老板是蛇精变的，就和电视剧《白娘子传奇》里面的蛇精一样，到山上打一声口哨就会有蛇出来。这个传说有点神话色彩，听得大家哈哈大笑。

白老板不但会抓蛇，更做得一手好蛇菜：脆蛇冬瓜汤、番茄蛇粉汤、双菇炖南蛇、猪肉蛇饼、山蛇煲老鸡、蒜香蛇花、爆炒蛇皮等。但白老板很少亲自下厨，除非心情特别好，或是店里来了贵客，他才会一展手艺。传说白老板手里有一本全蛇宴的菜谱，有四十多种蛇菜的做法。平常来的客人，他最多只做其中的一道，或者两道。有一年县领导款待香港老板，下了重金，又托了好多人情，白老板才亲自下厨做了一桌全蛇宴，共有十六道菜，每道菜都和蛇有关，吃得香港老板眉飞色舞，在饭桌上就和县里签订了好几个投资项目。当年有幸目睹那场全蛇宴的人说，那真叫一个群蛇乱舞！一桌菜用了近10条蛇，整个包厢都盈满了蛇肉的芳香，光看看、闻闻都让人垂涎三尺。说话的人边说边咂吧着嘴巴，让周围的听众都忍不住咽了一把口水。

传说后来老白离开先锋镇的时候，为了不让蛇菜的独门技艺失传，曾把镇上所有饭店老板都召集到一起，将那本记载着四十多种蛇菜制作方法的全蛇宴菜谱让大家传递观看。等所有人观看完毕后，老白就当着众人的面一把火烧掉了菜谱。按老白的话说，这就叫命随天定，记住哪个菜的制作，也就是哪个菜选择了你，是有缘；记不住的，则是没有缘分。所以，后来镇上有的饭店老板记性好，做的蛇菜样式多，生意火爆；有的老板记性差，就记得那么一两个做法，也够养家糊口。食客们若想把四十种蛇菜全吃遍，就必须从镇头吃到镇尾，要换几十个馆子，吃几十餐饭。

抓蛇的人多，被蛇咬伤的事件自然也时有发生。有一次，村头王大妈的儿子三宝，在上山抓蛇时被毒蛇咬了手腕，当时就口吐泡沫，双眼翻白。等大家把他抬到镇上的医院时，他整条胳膊已经变黑，人也失去了知觉。医生做了一番检查，两手一摊，说镇上医院设施简陋，无能无力，只能送市里医院救治，并说半小时内不接受治疗就准备后事吧。在这千钧一发时，不知道是谁通知了白老板。等他圆滚滚的身体冲进镇医院手术室的时候，三宝已经只有出的气没有进的气了。白老板来到三宝面前，将三宝从病床上扶起来，然后要旁边的人抓住三宝的双腿双手，自己则抓住三宝的胳膊一顿搓揉，接着抓住伤口就吸了起来，连着吸出十几口黑血后，白老板再从衣服口袋里摸出一个玻璃小瓶子，将里面绿色的液体倒进三宝的嘴巴，再倒一点敷在伤口处。不到一刻钟，三宝胳膊上的黑色慢慢退去，人的生命体征也恢复了平稳。王大妈和亲戚看着转危为安的三宝，一起跪在白老板面前磕头感谢，这件事也成为了蛇王老白传说的一个精彩部分。

　　我到先锋镇派出所上班的时候，已经是2007年，先锋村升级为先锋镇，住户从最开始的两百人，发展到了两万人。因为交通便利，饮食业已经成为了先锋镇的一个支柱产业，特别是蛇菜的名声远近皆知，就连先锋镇镇长、书记在外面吃饭时，都免不了给先锋镇打广告，说我们那里不需要其他产业，只是蛇王留下的菜谱就够我们吃一辈子了。

　　我和同事们隔些日子就要去镇上的饭店打打牙祭，那些土鸡土狗，池塘里养的草鱼，菜地里种的蔬菜，吃起来确实比城里的饭菜多了一份爽口，当然，蛇菜是必吃之物。有次我们去的是"李家土菜馆"，菜馆的招牌菜叫"龙凤斗"，说白了就是蛇炖鸡。同事特意给我介绍："这个菜，是以前蛇王老白开店时的拿手菜，在蛇王的全蛇宴菜谱里面排名前五。那时候，这个店子叫'白家野味饭店'，以蛇菜最为人称道。后来蛇王走了，才改名为'李家土菜馆'，可惜你没有机会吃到蛇王亲自做的蛇菜。"

　　"那蛇王去哪里了呢？"我问。

　　"蛇王老白后来娶了一个漂亮的城里妹子，却一直没有生育孩子。据说是他杀多了蛇，报应到了下一代。于是，他把镇上的房子、店子转让出去，然后和老婆搬到省城发展去了。听说他赚了大钱，开的是和蛇有关的保健品连锁店。"另一个同事说道。

　　故事的结尾很圆满，我想象在气派的连锁店里，白老板带着眼镜坐在柜台后面看书喝茶，柜台里站着美丽的老板娘，这一切都很温馨很祥和。

时间一晃就到了 2012 年年底。有一天早上我接到报警电话，说村后的山坳上抓到了一个偷电缆线的小偷。放下电话，我立刻和刘所长开着警车，赶往事发地点。

小偷是一个五十多岁的老头，穿得脏兮兮的，被村民围着蹲在空地上。他的身边放着一个麻袋和一把长铁钳。老头脸上青一块紫一块的，看来没少挨村民的揍。

等我们将老头带回派出所里，他哭着申起冤来。他说他是本村人，姓白，就住在村后的小溪边，平日里以捡垃圾为生。今天上山他本想抓点野味，正好看见电线杆倒了，旁边又长满了杂草，就想这么久都没有人来收拾，应该是没有人要的。于是他就把电缆线从杆子上扒下来，想拿到镇上的废品收购站换点钱。可没想到刚把电缆线弄下来，那几个村民就出现了，不由分说就是一顿暴打，然后问他要五千块钱私了，他拿不出来，于是村民报了警。

"你这么大年纪了，上山能抓什么野味，你骗谁啊？"我打断他的话。

"我看看有没有蛇抓。"

"你也会抓蛇？"我不禁仔细打量了他一眼。

"会抓会抓，我年轻时就抓过。"老头连连点头。

"白冲喜是你什么人？"站在一旁的刘所长问。

"就是我、就是我，我就是冲喜啊，大家叫我老白。"老头像遇见了救星，猛地从凳子上弹起来，抓住了刘所长的手连连摇动。

"熟人？"我诧异地问刘所长。

"他就是蛇王老白啊！"

"白冲喜？老白？"我差不多惊呼起来。这个身材矮小单瘦，说话唯唯诺诺，没有一丝阳刚之气的老头，和我想象中的蛇王形象相差太远了，我心中有太多的疑惑，一下子却不知从何问起。

老白在派出所呆了整整一天，他说了很多话。他离开的时候，已经傍晚了。老白是提着他的麻袋走的，另一只手拿着铁钳。他的身材很瘦小，影子在夕阳下却被拖得很长。

老白因为没有生育能力，老婆和他离了婚，他染上了毒瘾，家业被他败光了，省城呆不下去，只好回了老家。他不好意思和过去的邻居打交道，便在村后溪边的一座破茅屋里过日子，平日里以捡破烂为生，偶尔上山抓一两条蛇去城里卖了换钱用。那些关于他的传说，都只是一种噱头，最初是为了帮他的饭店招揽顾客，后来则是为了让先锋镇的饮食业长盛不衰。

老白的话哪些是真，哪些是假，我无法辨别。他抓蛇真有那么神吗？他做的蛇菜真有那么好吃吗？他真有那么一本神奇的全蛇宴菜谱吗？他是否去过省城，又是否开过连锁店呢……这一切都是谜。只有关于蛇王老白的传奇故事，还在先锋镇一年一年地流传着，人们还在不断地添油加醋进行神化，吸引来一批又一批的食客光临。

但我知道，我心中的蛇王已经不在了。

傻子阿一

阿一是个傻子。

傻子阿一待在先锋镇已经有些日子了。

阿一不在先锋镇出生，在镇上也没有亲人，他就像风吹来的一样，不知道是哪一天，镇上的晒谷坪里就多了一个睡在草垛上的外乡人。没有人认识他，也没有人知道他从哪里来。阿一自然不是他的本名，大家问他话时，他"啊啊咿咿"的怎么也表达不清楚，大家便干脆喊他"阿一"。

第一次看见阿一是我刚到先锋派出所上班的时候，汽车顺着马路开进先锋镇，刘所长指着路边歪站着的那个人说："那个傻子叫阿一，是镇上的一个麻烦人物，以后你会常和他打交道。"

我又不是傻子，怎么会经常和傻子打交道。我当时只把这句话当成一个玩笑。

没想到刚一上班，刘所长的玩笑就成真了。阿一就像一个烫手的山芋，给我带来了无尽的麻烦。在先锋镇上，他一个人一个月引起的报警数，就占了派出所月报警总量的一半以上，少的时候一天一个，多的时候一天两三个。报警的内容则是五花八门，如阿一拿石头砸坏了邻居家的窗户玻璃；阿一坐在饭店门口不走影响了生意；阿一穿走了别人晒在外面的衣服；阿一把镇上的树苗摇断了，等等，都是鸡毛蒜皮的小事。但因为摊上阿一这个说不清道理的主，大家都会第一时间拨打"110"电话报警，而作为管区民警的我，只得一趟又一趟地开着警车赶往事发地点。

　　出警的次数多了，阿一从最开始的惶恐、害怕，逐渐变成了漠然、淡定，甚至后来变成了欢欣雀跃。他向呼啸而来的警车挥手致意，甚至在我下车后，还会一脸傻笑地迎上来，并试图张开双臂，用他那不知道多久没有洗过的沾满鼻涕和口水的衣袖来拥抱我。

　　我能怎么处理呢？登记报警人信息，听他们诉说事情发生经过，接受他们的埋怨，安抚他们的情绪，最后将阿一带上警车，送他回余伯的家里。人人都知道阿一是傻子，谁能和一个傻子较真。他们报警只是希望我能赶紧将阿一从他们那里带走，至于带到哪里去、怎么处理，没有人关心这些。

　　听派出所的老民警说，阿一刚到先锋镇的时候，他们曾开着警车将阿一送往县城的救助站，可没想到，半个月后，阿一又重新跑回了先锋镇。没有人知道他是怎么走回来的，他的衣服很脏，被树枝刮得稀烂，裤角和鞋上全是泥，两只手黑乎乎的，像猫爪子一样。先锋镇距离县城有五十公里的路程，开车要半个多小时，走路的话要半天的功夫。像阿一这样的傻子，不会问路，也看不懂路牌，走回先锋镇不知要吃多少苦头。

　　镇上有好心人，拉着阿一到水龙头下洗了脸，有人找来了旧衣服、鞋子给他换上，还有人拿来了热腾腾的包子给他填肚子。大家把阿一放在派出所歇了一晚，第二天民警再次将他送往救助站。可谁也想不到，一个月后，阿一又奇迹般地出现在先锋镇上。他一身脏兮兮的，看见警察来了吓得浑身颤抖，抱着路边的大树，谁碰他就咬谁。正巧那天余伯从路边经过，说来也奇怪，他走过去，拍拍阿一的脑袋，阿一竟然出奇地温顺下来。

那次之后，阿一便开始跟着余伯生活了。余伯早年死了老婆，两个儿子都在外地打工，一年都难得回来一次，家里只有他和一条老黄狗做伴，日子过得很寂寞。我们派出所和镇上的干部一起去他家做他的思想工作，于是余伯同意帮忙看管阿一，唯一的条件是给阿一弄一个户口。在派出所、镇政府和村委会三方的努力下，特事特办，不到一个月就把户口弄妥了。阿一更名为"余阿一"，为了补偿余伯的伙食，每个月村上还发给他五十元的补助。

虽然阿一是个傻子，但身体没有什么毛病。他跟着余伯生活后，一日三餐有了着落，身体渐渐壮实起来。天气好的时候，他跟着余伯，还有家里的老黄狗，在镇上四处溜达。镇上人都可以看出，余伯很喜欢这个干儿子，他们总是形影不离地在一起，种菜的时候，赶集的时候，或者是坐在晒谷坪里晒太阳的时候。

余伯年龄大了，背有点驼，步子走得很慢。阿一小脑协调有问题，走路时身体一摇一摆地，跟在余伯后面一步的距离，最后面则是那只老黄狗，欢快地在两人之间穿来穿去。夕阳下，这幅场景很温馨，也很感人。

因为有了阿一，余伯的日子也比以前有意思多了，他没事就喜欢和阿一聊聊天："今天累不？"

阿一摆摆头回答："啊！"

"中午吃饭吃饱了没？"

"啊！"

"电视好看不？"

"啊！"

阿一的智力永远停留在六七岁的样子，这也使他永远保持着孩子的天真。

我来先锋镇的时候，余伯的身体已经大不如前了，大多数的时候他坐在躺椅上，在门前的水泥坪里晒太阳。老黄狗趴在他的脚边打盹，阿一则蹲在路边玩小石子。余伯今年快六十岁了，晒着晒着，他就睡着了。没有人管的阿一，便在镇上四处玩耍，然后引发无数的小事端。

阿一有那么一段时间很喜欢扔石头，特别是往马路上扔。也不知道这些南来北往的汽车是怎么惹到了他，只要看见有汽车驶过，阿一就激动得"啊啊"乱叫。扔石头砸汽车可比在镇上砸猫、砸狗、砸窗户玻璃危险多了。试想一辆汽车以每小时一百公里的速度从公路上驶过，哪怕只是一个微小的石头打中汽车的前挡风玻璃，碰撞的威力都不亚于一颗出膛的子弹。让人又可气又可笑的是，阿一经常举着石头站在路边，摆出一个准备投掷或者虚假投掷的姿势，这个姿势比他把石头投出来更吓人，谁也不知道他手里的石头何时飞出来或者飞向哪里，吓得过往的司机减速、鸣笛、叫骂、打"110"报警，乱成一锅粥。镇上的居民则在边上笑得前仰后合，阿一在他们眼里全然是一个超级笑料，让他们每天开心不已。看着我们出警将阿一带回家，则是他们的另一个笑话。

到了后来，也不知道是镇上谁教给阿一的馊主意，阿一成天拿着一个饭盆在马路边上晃悠。当他看见汽车过来，就一歪一歪地挪到马路中间，挡在车前，右手举着拳头拍打汽车，左手伸出饭盆作索钱状，不给钱就不让路。他那歪着的大脑袋、呆滞的双眼、留着口水的嘴巴，加上嘴巴里"啊咦啊咦"的叫唤，让来往的司机又气又笑。但谁能和一个傻子较真呢？万一汽车被傻子拍出印子或者弄花油漆，那可就太不划算了。所以大多数的司机都会从车里丢个几角钱、几元钱出来，权当交过路费。阿一也不在乎钱数的多少，只要你给他钱，他就马上让路。天气好的时候，阿一在马路上站一天，也能收到个三四十元钱。等到天擦黑了，阿一便用这些钱在路口的超市换一些零食，然后边吃边一摇一摆地走回家去。

阿一的问题已经不是简单的扔石头，或者拦路要钱的问题，他已经成为了我们辖区里的一个安全隐患。阿一天天站的这条马路，是市里连接下面几个县的唯一一条重要马路，每天在这条马路上往返的汽车有上万台。近几年，镇上的经济水平不断提高，大家抱着"靠山吃山、靠路吃路"的方针，在马路两边建满了高高低低的宅院，然后或出租或改建，变成饭店、宾馆、修车店、超市等，有的楼房离马路不过一两米，远的楼房也不过五六米，它们从两边不断地向马路中间挤压，把马路挤压成细细的一条线。现在再加上阿一时不时地在马路周边丢丢石头，拦车要钱，弄得本来就拥挤不堪的马路更加隐患重重。每年发生在这条公路上的交通事故，少则十几起，多则几十起。先锋镇已经成了交通事故的高发地带，让司机们闻风色变。

　　但镇上的居民不这样看，他们乐此不疲地享受着马路带给他们的一切。先锋镇因为马路的通达，路边的饭店、宾馆、修车店、超市很火，南来北往昼夜穿梭的车辆带来了无数的商机。靠路吃路的居民房子越建越高，装修越来越豪华。有交通事故的日子，更是镇上居民的节日。遇见外地汽车撞了路边的大树，轧了镇上人家养的猫狗，撞了房子或者院墙，镇上的居民会自发地成群结队地从镇上各个角落钻出来，扣住肇事车辆，围住肇事的司机，不谈到一个满意的赔偿价格就不会让对方离开现场。如果肇事方稍有不良言语更会引发村民的群起而攻之，这些因交通事故引发的流血纠纷每年都有好几起，让我们派出所在处理的时候很是头疼。更加诡异的事情是，几乎每一场车祸的现场我都可以看见阿一的存在，他蹲在撞坏的车前发呆，他绕着救护车打转，或者他站在不远处看着肇事的汽车傻笑。我不敢说每一次车祸都是因为他而引起，但是那个阴影一直留在我的心里。我曾和刘所长说起这个事情，被他劈头盖脑一顿训斥。

　　"你别吃饱了饭没事瞎联想，外面出了车祸，谁都爱凑热闹，傻子也一样。"

　　为了处理阿一的事情，我没少花力气。我将关于阿一的事情写了一篇五千多字的情况说明，内容涵盖阿一的身体精神状况，近一年来他引发的各类纠纷数据，带来的安全交通隐患，以及建议如何处理的对策等。这份材料层层上报，从派出所到镇政府、县政府，又传递给民政局、社保局、交通局等相关部门。三个多月后，上面给我的答复是还在研究。

　　阿一拦路要钱引发交通隐患的事情，终于还是引起了上级的注意。据说是某领导视察的车队从我们先锋镇过路时，被阿一拦住了，差点还出了交通事故，坐车的领导很生气。三天后，我写的洋洋洒洒的那份五千字的情况说明，带着各级领导的批示绕了一大圈后，又回到了派出所刘所长的办公桌上，不同的只是上面写满了各级领导的指示，盖上了各种公章。

一个派出所能有什么解决的办法？如果有解决的办法就不必写情况说明了。于是，我仍然忙碌在阿一引发的琐事的出警路上，继续重复着安慰司机朋友也是安慰自己的话："他是个傻子，你别计较。我们会将你的问题反馈给上级部门，领导正在研究，这个问题很快就会得到解决……"在我的内心深处，甚至有一种不祥之兆：阿一总有一天会被汽车撞死，就好像镇上那些被撞死的猫、狗一样。每天马路上这么多车，假如遇见一个醉酒或者冒失的司机……这只是一个时间问题。

阿一真的出事了，来得很突然。头一天，我还在调解他和邻居家孩子打架的事情，第二天一早，就听说他被车给撞了。那是一辆外地牌照的大货车，司机是个年轻小伙子。他说早上开车的时候，一只黄狗突然从路边蹿到马路上，他下意识地打方向盘躲闪，没有想到路边还有一个人，货车刹车不及，直接把人给撞飞了。交警来看了现场，阿一当场死亡，货车司机因为超速、超载、疲劳驾驶，负全部责任。

我们也赶到了现场，拉起了警戒线。殡仪馆的车运走了阿一，保险公司的工作人员和交警在勘测现场，货车的老板在指挥工人转移货物，修理厂的拖车拖走了肇事车，一切都在有条不紊地进行。不到一个小时，公路就恢复通车了。保险员走了，交警走了，现场只剩下了一滩殷红的血迹，和闻讯而来的余伯。看着余伯呆呆的样子，我们怕他受不了刺激，坚持将他送回了家。

因为事故责任划分明确，双方又没有附加条件，保险公司的赔偿金很快就到位了，二十万元打到了余伯的账户上。这个消息在镇上一下传开了，大家都惊呼余伯发财了！有人懊悔不已，说当初自己瞎了眼，怎么没有把阿一养在自己的身边。更多的人则是嚷着要余伯为阿一做丧事，大伙可以蹭一顿免费的大餐。

一直对余伯不闻不问的两个儿子在外地听到消息，也赶了回来，他们帮着处理阿一的后事，接待亲戚朋友。虽然是丧事，气氛却很欢腾，余伯的两个儿子，还有来吃酒的远亲近邻，每个人都吃得红光满面。这不像一场丧酒，而更像是一场喜酒，二十万元就像是一支兴奋剂，让所有人都疯狂了。大家纷纷向余伯的两个儿子表示恭喜和羡慕。连村长都吐着酒气，拍着余伯的肩膀说："余老头，你儿子阿一上户口，我可是帮了不少忙的，这次村委会建房子，怎么说也要赞助一点……"

　　余伯冷冷地看着这一切，他什么也没有表示，早早地回屋里休息去了。

　　阿一走后的第三天，两个儿子敲开了余伯的房门，他们向父亲摊牌，要平分那二十万元。余伯让他们打电话喊来了村长、村书记，还有我——先锋镇的管区民警，然后带着我们一起来到了后山阿一的墓前。

　　"你们也来看看你们的弟弟吧，还有他留给你们的东西。"

　　余伯缓缓说完，然后从怀里掏出一个布包来。我想那一定是那个存着二十万元的存折，余伯希望我们见证分钱的过程，做一个证明人。我看见村长、村书记大张着嘴巴一动不动，我看见余伯两个儿子的眼睛直勾勾地带着渴望。

　　打开布包，里面果然是一个红色的小本，但却不是存折。

　　余伯将本子递给我，示意我读出来，我接过红本，念道："捐助荣誉证书。先锋镇余为民同志向希望工程捐款二十万元，为表彰其支持公益事业的善举，特颁此证。希望工程特许项目管理中心。"

　　"什么？"余伯的两个儿子同时惊叫起来，他们从我手上抢过荣誉证书，仔细地看着，那眼神凶狠异常。村长和村书记的眼里，全是失望。

　　"村长、书记、叶警官都在，你们可以作证，阿一的钱我已经全部捐献给希望工程，这本证书你们如果想要，可以一人一半。"余伯缓缓地对两个儿子说。

　　谁也没有料到是这个结局。

　　下山的路，大家都走得很慢，每个人都有自己的心事，唯有老黄狗围着我们跑前跑后。

　　我今天才知道余伯的全名叫余为民，我觉得这个名字挺好记的。

乡村场景

爱笑的老木

我不喜欢老木。不单是我不喜欢老木，我们这里的人都不喜欢老木。记得电视里曾有过这么一句经典的台词：喜欢一个人不需要理由，不喜欢一个人同样不需要理由。但如果有人问我为什么不喜欢老木，我肯定能立刻从嘴巴里哗啦啦地吐出千百条理由来。

老木今年四十岁，职业是混混，也叫"打流的"，正式的称呼为无业人员。在乡下村委会的档案资料中，他的身份仍然是农民，毕竟像老木这种人在乡下多少都有点田地，只是他们从来不去耕种，而是租给别人去春种秋收，靠收租金和租谷过日子。每个地方都有老木这样的人存在，他们的共同点就是好吃懒做，不务正业，成天在街上晃悠，脑壳里面想的就是哪天能突然发一笔横财。

老木不高，人长得很壮实，身上肌肉一块一块的，像铠甲一样紧紧地贴在身上。最特别的是他的拳头，比平常人要大一圈，又黑又硬，他在和人聊天时，为了表示亲密，常常用他的铁拳在你身上捶那么一下，他虽然没怎么用力，但捶到别人身上还是贼疼贼疼的。据老木说，儿时他练过武术，有相当的功底，可以同时对付七八个人的围攻。平日里没有事做，老木就爱和一帮子志同道合的混混在镇上晒太阳，遇上别人家扯皮打架的事就上前去主持个公道，做个见证，然后混包烟蹭口饭吃。

关于我和老木是怎么认识的，我是想不起来了。记得刚到镇上派出所上班时，就发现这人老喜欢在所里窜来窜去，好像镇上发生的每一件案子都和他有着千丝万缕的联系，他总是能提供一些似是而非的"线索"。而且他见谁都自来熟，和别人说话时不是拍对方的肩膀就是捶对方的胸，开口闭口就是和某某乡长是哥们，又和某某局长沾亲带故，脸上总带着一种很炫耀的笑。老木的笑声很大，常常是不见其人就先闻其笑，让人以为他是镇上什么了不得的人物。

时间久了，我才发现老木和我的第一印象相去甚远。别看老木笑得大大咧咧，说话牛气哄哄，其实很多人都不爱搭理他，嫌他黏糊，就好像牛皮糖一样，被他一黏上就甩也甩不掉。老木在镇上根本谈不上是什么了不得的角色，反倒是连一般的人都不如，别说买车买房，就连基本的一日三餐有时候都不能保证。早几年，老木因为打群架伤了人，被公安机关处理过，在看守所蹲了半年放出来后，老婆早卷了家里值钱的东西跟人跑了，丢下一个孩子和老木相依为命。因为以前的案底，也没有人愿意要老木做事，老木只好天天在镇上混着，靠出租田地的收入拉扯着孩子长大。听说连老木的儿子也看不起父亲，在中学寄宿读书，吃住都在学校里，虽然离家很近但很少回家。

老木知道我是他们镇上的管区民警，一有时间就跑到我办公室来，打着哈哈和我摆龙门阵，套近乎，有事没事都可以坐一两小时。他是个闲人，时间多的是，而我却奉陪不起。次数多了，我就有点烦他。不过中国古训有云：伸手不打笑脸人。我自然不好为这种小事放下面子驱赶他，便常常找借口躲开。老木却很不以为然，我不理他，他就自顾自地坐在我办公室里看一上午报纸，或者找点笑话和办公室里的其他人逗趣，再不然就用我们的值班电话和别人聊天。老木只要看见我们值班室没人，就会溜进去，找个凳子，然后掏出电话本一本正经地和人"煲"起电话来，他开口的第一句话永远都是："我是老木，我在派出所呢。"老木为他能用派出所的电话而感到光荣，好像经常能从派出所打出电话来，就能证明他老木有无限的能耐。

值班室里进出的人总是很多,也很杂。老木打电话的次数多了,自己也知道难为情。但他却是坚决不改,只是再打电话时先要自言自语地解释一番:今天手机没电,明天又是忘带电话什么的,一边很不好意思地笑笑,一边继续打他的电话。老木打电话的话题相当广泛,国际国内的政治、经济、体育、军事,样样都能侃出点道道,这自然和老木天天怀里揣着那个过时的半导体收音机,走到哪听到哪不无关系。有一个老木这样的"极品",就已经够让我们烦心的了,没想到他竟然还能在电话里找到志同道合陪他聊天的人!我们无不感叹:真是林子大了,什么鸟都有。

老木一般来所里的时间都掐得比较好,基本上都是在吃饭前的两个小时以内,来所里的时间太长会无所事事,时间太短,一进所里就吃饭又显得仓促,所以吃饭前两个小时来我们所里是最恰当的。老木一般先到各个办公室问候一下;然后跑到我的办公室里来坐一阵,看看今天的报纸;或者瞅着值班室没人,他就大大方方进去打个电话,忙了一圈出来就差不多到吃饭的时间了。接着,老木就可以很自然地端个碗和我们一起去食堂里吃饭。老木饭量很大,用我们的话说"战斗力相当惊人",每次吃饭,都要战斗到最后一粒饭、最后一点菜才肯罢休。平日里他的那个嘴巴唧唧喳喳地老响个不停,可一到吃饭的时候就完全哑了火。老木也知道自己是来蹭饭的,不好意思占位子,总是随便拣个角落蹲着吃。吃饭时他喜欢卷起裤脚和袖口,抓起个大瓷碗,狠狠地舀上大半碗饭,再夹小半碗菜,狼吞虎咽地吃。他的脸上堆满了笑,别人说话他决不搭腔,只笑着点头。等到其他吃饭的人都走光了,老木才从角落里走出来,坐到桌子边继续吃。厨房里的张师傅时常讥笑他,说只要是老木来了,连半点菜星子都不会剩下,十足一个饿死鬼转世。

老木老是在所里窜来窜去,又蹭饭又打电话的,他自己也知道不好,便常常向我们请战,说自己在镇上人缘如何如何了得,需要什么破案线索他都可以去帮忙查找。正巧前阵子我管区下面发生了几起入室盗窃案,发案地点都比较偏远,作案时间又是凌晨,给破案工作带来了不小的难度。虽然我和同事连着一个多星期下去通宵蹲守,仍然没有什么头绪，反而管区内又有一户人家被盗。连续发生的盗窃案，像一座座大山压得所里的每个人都喘不过气来。所领导在会上发了几次火，就差没有点着我的鼻子开骂了。我自然不敢歇着，写笔录，看现场，和几个同事不分白天黑夜地扑在这个案子上。正巧老木那段时间请战，我索性死马当成活马医，把一些外围资料和线索告诉老木，让他也去帮我查查，多个人帮点忙总没有什么坏处。

让老木参与到案子的外围侦察，老木感到非常的兴奋。那段时间他很少来所里，每天晚上我们在管区东边守着，他就拿根棍子守在西边，连白天也不休息，走家串户地寻找线索。偶尔他跑到所里，总会带来点零零碎碎的消息，比如刚从牢里放出来的二狗子最近白天不见人，晚上老出去活动，有作案嫌疑；又比如说吸毒的范大瓜好久都没有向邻居借钱了，也有作案嫌疑，等等。我被老木说得一惊一乍的，放下手头的工作就和他走村串户地下去了解情况。事实证明，二狗子最近确实是喜欢晚上出动，但不是偷东西，而是和别人家一个姑娘谈恋爱；而范大瓜早就没有吸毒了，当然不用向别人借钱。调查了一大圈，时间花了不少，有用的线索却一点没有。六月的正午，太阳晒在身上热辣辣的疼，我心里憋着老大一股火，这老木嘴里的话有几句是有用的？

老木倒是不急，脸上堆满了没心没肺的笑，一边抹汗一边还安慰我："二狗子这小子咋就不偷东西，改成谈恋爱了呢？你放心，我拍胸脯向党保证，下次一定给你弄到有用的线索。"我看着老木那敞开着的衣服里面，露出的毛茸茸的胸脯，我只好无奈地笑一笑。

这阵子我们天天晚上出去巡逻，镇上盗窃案好一段时间没有再发生。所里的压力小了点，但领导还是督促我尽快破案。因连续几个星期白天晚上的忙活，我累狠了，暂时没有下去蹲守，只是在值班室接接电话，写写材料。没想到就在这几天里，盗窃案的侦破有了奇迹般的进展。

那天晚上我正在所里值班，凌晨两点我突然接到一个电话，说老木正和别人在溪河里面打架，要我们赶紧去看看。接了电话我心里一肚子的火，自己还病着，老木又弄出了这样的破事！我说老木你不给我好好去弄线索，夜深人静地还跑溪河里打架，真是无可救药。

生气归生气，毕竟还得去看看。等我和同事开车到了现场，才发现事情远没有打架那么简单。当时老木和三个人在河里打成一团，警车一到，打架的人立刻四散奔逃，其中一个健壮的中年男子被老木死死地拖住脚摔在了溪河里。另两个刚爬上岸的青年则被我们抓了个正着。等到把中年男子和老木一起扯上岸时，才发现老木满嘴是血，额头上还肿起几个很大的包。事后我们得知，这几个打老木的人，正是最近这一系列盗窃案的主角。他们当晚实施盗窃时，正好被蹲守的老木发现，当时他们只是想教训老木一顿，警告老木不要声张。没想到老木却以命相拼，缠住了他们。这情景被附近的村民看见了，连忙报了警。

我们把老木搀扶上车时，老木拉着我的手久久不松。他脸上挂着孩子般兴奋的笑，一个劲地对我说："叶警官，今天没丢你的脸吧。要是换到我年轻的时候，我一个人打他们肯定没有问题，现在真是老了，很久没练了，连抓三个毛贼都费了老劲。"

我看着老木嘴角残留的血迹和身上被扯烂的衣服，突然觉得老木并不像想象中的那么令人讨厌。

连环盗窃案成功告破，老木无疑是第一功臣。老木头上被敲破了两个口子，身上还有多处受伤，按理说是要住院的，但老木却死活不去，只是在镇上的卫生院里做了点简单的包扎。我知道那是因为老木没有钱的缘故，我和所里说了老木的具体情况，所里立刻拿出了500元钱，作为办案奖励奖给了老木。镇上不少人自发去老木家里看望他，连看不起他的儿子也从学校跑回了家，逢人便宣扬他老爸的光辉事迹。这个事情很快被当地电视台和报纸知道了，他们说要给老木弄个专访。镇政府趁热打铁，抢先破格聘用老木为镇政府的联防队员，这样一来，老木就可以每天在镇政府吃饭，月底还可以领工资。大家都说老木的好日子开始了，工作有了，名声也响了，要说还缺什么？就缺个晚上暖被子的孩子他妈了。

记者来采访的那天，正赶上镇政府给老木颁发奖状。镇政府还特意在大院里摆了十来桌酒席，各村上的书记村长、镇政府的干部，还有我们所里的同事们，都被邀请前来赴宴，当时的气氛比过小年还要热闹。

在一阵猛烈的鞭炮声响过后，镇长把一个带框的红灿灿的奖状，交到了老木的手上，并要老木在台上说几句话。

老木木讷讷地上了台，又木讷讷地接过镇长颁发的红灿灿的奖状。他看看我，又看着台下的村民们，对着那照来照去的照相机和摄像机，木讷讷地站在那里半天没有出声。老木的嘴角微微上翘，想给大家来一个熟悉的笑脸，可嘴角却突然像不受控制似地抽搐起来，一抽一抽，不但没有笑，脸上还突然出现了哭的表情。他先是轻轻地抽泣，然后变成了号啕大哭。世界在这一刻好像静止了，没有谁去劝阻他。

40岁的老木就这样捧着奖状，站在台上忘情地哭着。眼泪大颗大颗地从他眼睛里滚出来，又大颗大颗地砸到地上。老木就这样卖力地哭着，好像要把这些年的眼泪全部倒出来。

我似乎听见了眼泪的声音。

进　村

秋天午后，黑色的皇冠车沿着水泥马路匀速地向城外奔驰，城市的繁华和喧嚣渐渐地远了。宁静的山冈、湛蓝的天空、黄灿灿的稻田和清澈的河流，这一切都让坐在车里的人陶醉。

空调呼呼地喷着冷气，车外是三十度以上的高温，车内却保持着如春的凉意。皇冠车里，坐在驾驶座上的是先锋村的村书记赵大年，副驾驶座上是先锋镇的牛镇长，后排则是牛镇长专程从省城请来的投资商诸葛云先生。按理说，皇冠车怎么也不会让村书记赵大年来驾驶，但因为这次准备投资的地方选在先锋镇的先锋村，赵大年曾经是部队里的汽车兵转业，对乡下的道路又非常熟悉，于是牛镇长点名要他开车。

一路上车里的气氛非常愉快，诸葛云和牛镇长是多年前的大学同学，只是毕业后一个奔了商道，一个走了仕途。久别重逢，自然有说不完的话。

车悄无声息地奔跑着，马上就要进入先锋村了。牛镇长的心紧了紧，又很随意地提醒了赵大年一句："前面弯多，开车慢点。"

"嗯。"赵大年心领神会。

这条通往先锋村的水泥马路一年前就建成了，横贯先锋村，和临县接壤。当时是为了响应上面各村各组通水泥路的口号，用上面拨的一笔修路款项，再加上每家每户集资，动用了村里的青壮劳力，花了一个多月的时间才修好。

俗语说："要想富，先修路。"先锋村的路是修好了，却没有为村民带来任何收益。倒是和先锋村相连的临县奋进村因为有了这条路，把本村山后的煤矿资源充分挖掘出来，一车车煤炭经过先锋村运进了城里。奋进村的土房变成了砖房，村民的口袋也越来越鼓。奋进村的山里全是煤，可过了村界到了先锋村这边，却是连点煤渣子也挖不着。当初支持修路致富的赵大年在村里的威望急速下降，那些为修路出钱出力，并指望着修路致富的村民们，天天在身后戳赵大年的脊梁骨骂。

赵大年把车开得很平稳，但他的心却跳得七上八下，握方向盘的手被汗水浸得滑滑的，后背也早已湿透了。先锋村修的水泥路并不宽敞，刚好能并排过两辆汽车。路是绕着山修建而成，所以转角很多，路面高低起伏，再加上村里的鸡、狗数量众多，平时又经常在路面上窜来窜去，所以开车从村里经过要格外小心。像到奋进村去拖煤从这里经过的货车，就隔三岔五的出事故，车子不是轧死了动物，就是因为躲避动物而翻下了路基。

远远地，赵大年可以看见先锋村的村口坐满了纳凉的村民。他们三五成群地坐在大树底下，摇着蒲扇，磕着瓜子，悠闲而舒适地聊天或者打牌。细伢子则在屋门前的坪里追逐打闹，用棍子把猫狗赶得四处乱窜。有几只老母鸡在马路上悠闲地踱着方步，老黄狗趴在马路中间打呼噜，不知道是谁把喂鸽子的食盆也丢在路中央，引得一大群的鸽子在马路上抢食。

赵大年放慢车速，心里恶狠狠地骂了一句粗话。他一边不断地按喇叭赶开挡在路上的动物，一边熟练地把方向盘打得呼呼作响。他的神经绷得紧紧的，一刻也不敢放松，汽车在他的驾驭下，就像是一只在石缝间穿梭游动的小鱼，在路上轻快地绕来绕去，总是让那些在车前窜来窜去的动物擦轮而过，绝不伤它们一根毫毛。赵大年看见村民们脸上露出失望的表情，他们恨不得汽车能立刻碾死鸡狗，甚至撞进他们自家的房子里。

赵大年的思绪略一走神，一个黑影"唰"地一声从路边蹿出来，笔直朝汽车扑来。赵大年一踩刹车，"吱"地一声，汽车猛地停在了马路中央。

"完了！"赵大年心里暗叫不妙，真是越怕什么越来什么。

车四周已经迅速地围过来一些村民，站在车正前方的正是叼着烟的村长三德子。

三德子的发迹缘于去年冬天的一场车祸。有天凌晨，一辆运煤的货车因刹车失灵，在拐弯时直接撞进了三德子家的土屋，三德子也就因祸得福地得到了一笔数目不小的事故赔偿款。他曾经在沿海打过工，脑子活，马上盯上了这门营生，开始在家里有针对性地饲养小鸡、小狗什么的，并专门把它们喂在马路正中间，等来往的车辆撞。一出事，再名正言顺地找司机理论，要求赔偿。这个方法在先锋村竟然屡试不爽。三德子因此首先富了起来，他家盖起了村里的第一栋三层高的砖瓦楼，并且，在年底的村委会选举中，他以微弱的优势压倒了竞争对手当选为新一任村长。之后，三德子一直高举"靠路致富"的大旗，带领着村里的人学着他的样子"致富"。

靠这样也能致富，那不是扯蛋！村书记赵大年打心眼里瞧不起三德子。三德子倒也知道自己那点歪门邪道上不了桌面，所以平日里对曾经当过兵的赵大年非常的怯怕。

"三德子，你搞什么鬼？"赵大年拉开车门就冲了下去。眼睛里嘶嘶地冒着火。

"啊！赵书记，怎么这……这是你的车？"三德子没有料到车里钻出来的会是赵大年，吓得嘴里叼的烟也掉在了地上。

赵大年不理睬他，径直往车头走去，还好车速不快，自己又及时刹车，三德子家的那头小黑猪并没有撞到，现在还扑在车前头啃一个小皮球呢。

不用说，这头黑猪一定又是三德子用什么不为人知的方法训练出来的。三德子坐在家门口看见汽车开过，就顺势把球向汽车丢去，猪则为了追球而冲上了马路。

"你知不知道，今天车里坐的是牛镇长，还有从省城邀请来的客商，是为了商量在我们村投资建厂来的。要是今天这事黄了，整个村整个镇都和你没完！"赵大年说话有点气急败坏。三德子这才意识到事情的严重，刚才那股神气劲荡然无存。

"没有撞到东西吧？"牛镇长也紧跟着下了车，接着是坐在车后座的诸葛云先生。

"没有，没有，只是一头捣蛋的黑猪。"赵大年赶紧回牛镇长的话，顺势剜了三德子一眼。

皇冠车前后已经围满了村前村后的居民，大家都在私下里嘀嘀咕咕的议论。

牛镇长用余光在人群中扫视了一圈，把右手一举，四周立刻安静下来。

"村民们，今天我牛富国到这里来，是给大家送喜的。从省城来的诸葛云先生将到我们村考察投资办厂，这是我们先锋村乃至先锋镇的福气。靠敲竹杠致富，不是正道，也没法真正富起来，连你们的细伢子出去打工、读书，都抬不起头来。下面，我请诸葛云先生给大家说说话，大家欢迎。"

牛镇长率先鼓掌，引出周围一片杂乱的掌声。

诸葛云先生对大家挥挥手，站上了路旁的一个石阶上。

"在没有来这里投资以前，我早对先锋村的一些事情有所耳闻，在外面大家都喊这里叫'竹杠村'，说这个村民风不好，村民不爱做事，尽等着过路的汽车'送'钱。每家每户都养鸡狗，但养鸡狗是为了让车撞死，好要赔偿款，所以我马上就打了退堂鼓，但后来经不住老同学牛镇长的一再邀请，我还是决定来村里看看。不过今天看来,并不像外界传言的那么严重。"

赵大年暗暗地松了一口气。

诸葛云望了望四周,接着说:"今天,我郑重地宣布本人将在本村投资建一座大型食品加工厂,开发村里的特产南竹笋,工人将在本村雇佣,月月拿工资,靠正当的法子富起来。"

说完,诸葛云先生和牛镇长重新坐上了汽车,他们还要为选厂址去山里考察一下。

"三德子,这就看你的了!"赵大年丢下一句,赶紧跟着上了车。汽车发动起来,向村后的竹林开去。

村民们让出了一条路来,目送着汽车渐行渐远。

村民的目光火辣辣地射向三德子,他的脸羞得通红。三德子突然跳上刚才诸葛云先生站过的石阶,大声地对村民们说:"我……我不是个蠢宝,有了正路我还是知道怎么领着大家走的。我宣布,从明天开始,各家管好鸡、狗,如果跑上了马路,一只鸡罚款20元,一只狗罚款50元!"

掌声响了起来。有人问:"三德子,要是你违规了呢?"

三德子胸脯一拍,大声说:"双倍罚款,决不赖账!"

掌声响得更激烈了。

乡村警务

雄鱼脑壳

"雄鱼脑壳"不是一道菜名,而是我们镇上一个"流子"的外号。"流"这个词语,在《辞海》中,有这样几种解释,与"流子"一语相关:其一,是"水行动"之状,如"川流不息";其二,"往来无定或流运不停";其三,"向坏的方向变,如流为盗匪,流于形式";其四,"古代五刑之一,把罪人放逐到远方,俗称充军"。"流子"基本上具有这些特征,只是他们还不是被放逐到远方的罪人,但湖南人认为"流子"在某种意义上来说,与被流放的罪人相差无几。他们是没有正经职业、居无定所、到处流浪、好吃懒做、不守法纪、寻衅闹事一类人的统称。"雄鱼脑壳"就是我们镇上"流子"中的典范,从十几岁"打流"到现在,转眼就是几十年光阴。

"雄鱼脑壳"的真名我一时半会想不起来了,只知道姓王,至于叫王德志、王大富,或者是王贵生,那都没有太多的意义,因为小镇上的居民只认得"雄鱼脑壳"这个称呼,你说出他的真名,反而没有几个人知道。"雄鱼脑壳"这个外号是什么时候出来的,这个也无从考证了,我只知道这和他本人的长相有很大的关系,更具体来说,主要是他脑壳的形状。他的脑壳整体自上而下呈圆锥型,上头小,下面大。到脖子那地方，一圈肉突兀地鼓出来，模糊了下巴和脖子的分界线。再加上他脸上的皮肤黑糊糊的，双眼往外凸出，说话时口水四溅，"雄鱼脑壳"这个外号放在他身上，真是贴切又形象，让人不得不佩服广大劳动人民那种无穷无尽的想象力。

"雄鱼脑壳"在我来派出所上班之前就已经是镇上的名人了，一提起这个外号，镇上居民眼神里都会流露出太多的复杂神情，欲言又止。直到我上班时间久了，和他们熟谙了，他们才零散地、小心地和我说起一些关于"雄鱼脑壳"的事情，那也是断断续续、谨小慎微的。

我第一次对"雄鱼脑壳"这个名字有印象，是和以前的同事办手续交接的时候，他特意把一份厚厚的档案放到我面前，要我对此人重点注意。翻开档案第一页，"雄鱼脑壳"四个字跃入眼帘，字体是四号黑体，让人记忆尤为深刻。在个人资料的旁边，附着一张他在监狱里服刑时照的大头照，光头，穿囚衣，双眼凸突，脑壳成三角型。再往下，是他的违法犯罪记录，密密麻麻地写满了一页纸，赌博、盗窃、寻衅滋事、殴打他人、敲诈勒索、吸毒……我掐指算算，今年五十多岁的他几乎人生的一多半时间都是穿梭在拘留所、看守所和戒毒所之间，进进出出的日子基本没有间断过。

接下来的工作中，我听到的关于"雄鱼脑壳"的故事就更多了，好像只要牵涉到他，镇上的每个人都有一肚子的话讲。"雄鱼脑壳"刚生下来，母亲就跟人跑了，靠父亲把他拉扯大。他父亲好赌好酒，脾气暴躁，常拿"雄鱼脑壳"出气。十六岁那年，"雄鱼脑壳"的父亲醉酒后打"雄鱼脑壳"，被"雄鱼脑壳"从三楼推下去摔死了，镇上人都觉得这孩子不吉利，谁也不愿意收养他，他被寄养在村里的养老院。没有人管，书自然也不肯读了。"雄鱼脑壳"成天跟着村里的一些坏孩子到处闲游乱窜。开始是偷只鸡，偷包烟，后来发展成入室盗窃，被派出所抓住后，批评教育过多次，也写过检讨，也拘留过，但他依然我行我素。等年龄再大点，"雄鱼脑壳"开始四处打架，整个镇子和临近周边，都变成了他的战场，他带领本村的孩子和邻村的争地盘、争女朋友、争面子。也许是"雄鱼脑壳"从小被他父亲揍惯了，所以每次打架他都格外拼命，好像要一次性地发泄被他父亲揍时积压的怒火。终于在一次混战中，"雄鱼脑壳"用刀把对方砍成重伤，被判刑四年，那时他才20岁。

四年后"雄鱼脑壳"从监狱里放出来，回到了镇上。他仍然没有一点改变的迹象，成天想着歪门邪道怎么样弄钱。他召集以前的旧部，在镇上开地下赌场，放高利贷，雇打手帮人收帐。逢年过节还带着一帮兄弟去镇上店铺、厂子里送印在纸上的"平安符"，说是可以保平安，收到"平安符"的店子必须拿出一些钱来进行答谢。给了钱的店铺不一定会平安，但如果没给钱，或者给少了钱，那店铺往后的日子就难过了，不是被人在晚上扔石头砸了玻璃，就是隔三岔五地丢东西，或者孩子出门玩被人家莫名其妙地揍一顿，再或者就是自己家的狗突然被毒死了。事情不大，但让人堵心，就好像被一只浑身长疮的癞皮狗跟着似的，处处让你恶心。所以，一到节日，镇上做生意的人家就人心惶惶的，不知道哪天"雄鱼脑壳"就出现在自家门口了。但这种事，派出所也不好处理，一是事情太小，一块玻璃、一个塑料手表，或者一包香烟，价值不会超过20元，小孩子被推一把摔一跤，全都是芝麻小事，想立个治安案件都立不上；二是报案的人少，就算警察找上门，也很少有人愿意做证，与其为这么点事得罪"雄鱼脑壳"，还不如花几百元钱买个家小平安，对"雄鱼脑壳"采取避而远之的态度，惹不起，躲得起。常在河边走，哪有不湿鞋的，不久，"雄鱼脑壳"就因为敲诈勒索罪被关了进去。听说这次他敲诈了一个很有身份的外地商人，对方一封信把他告到了省里，现在到处都在发展经济建设，"雄鱼脑壳"撞到了枪口上，被作为典型抓了进去，只轻轻一审，他就冒出了一身的问题，随便弄几条就足够关好几年的，于是"雄鱼脑壳"又进了监狱。

等到"雄鱼脑壳"再放出来，已经是九十年代末期了。"雄鱼脑壳"这次遇见了高人指点，他利用自己的威慑力，在镇上半胁迫半威胁地四处筹得原始资金后，在城里注册了一家建设公司，摇身一变成为商人，开始四处承包修路、盖楼房等基建工程，并垄断临近乡镇的沙石业务。他通过非正常手段把一些竞争对手清除出去，让自己的业务不断扩展开来。不到两年的时间，就垄断了临近七个乡镇的所有基建工程和沙石运输业务。"雄鱼脑壳"钱包鼓了起来，他买了小车，盖了新楼，娶了老婆，生了儿子，连外号也被人改成了"雄哥"。"雄鱼脑壳"开始穿梭于高档娱乐场所，和他爸一样，开始迷恋上了喝酒和赌博。打牌时，一晚上随便上十万元的输赢；喝醉了，什么事都敢胡乱答应。有人瞄上了"雄鱼脑壳"的家产，在他喝醉后，诱使他吸上了毒品。一回两回，"雄鱼脑壳"就上了瘾。不到半年时间，他的百万家业就被他给吸光了。"雄鱼脑壳"只得到处借钱，公司垮了，车子、房子也当了，老婆和他闹离婚，带着孩子回了娘家，他的那些徒子徒孙们也作鸟兽散。众叛亲离的"雄鱼脑壳"在被债主追得走投无路的情况下，只好把自己送进了戒毒所。

等我分配到派出所工作时，时间已经到了2007年。"雄鱼脑壳"正在劳教所接受一年半的劳动改造。我第一次真实地看见这个先锋镇的传奇人物"雄鱼脑壳"本人时，那已经是我上班后的第二年了。

那天"雄鱼脑壳"到所里来报到，这离他刚从劳教所出来不到一个星期。等我走到办公室的时候，"雄鱼脑壳"已经背对着门，坐在椅子上等待很长一段时间了。我边走进门边问："是'雄鱼脑壳'啵？""雄鱼脑壳"听见声音，迅速地回答："是。"同时站起来，转身面向我，挺直背，然后弯腰给我鞠了一躬，恭谦地说："领导好。"接着从深兰色的尼龙裤口袋里掏出一包五元钱的"白沙"香烟，摸出一根，双手给我递了过来。他这套动作做得又自然又规范，应该是在监狱里长久形成的习惯。我摆摆手，挡了香烟，说道："坐吧。""雄鱼脑壳"这才小小心心地坐到椅子上去。

我仔细地打量着眼前这个男人，圆锥脑壳，平头，往外凸的鱼泡眼，是"雄鱼脑壳"标志性的特征。他个子不高，身材偏瘦，也许是后来吸毒的关系，比档案里的照片瘦了一圈。他皮肤很黑，眼角处布满了皱纹，给人的感觉一点也不"雄"，而是一个很萎靡的乡下老头。他话不多，声音沙哑，但给人一种很沧桑的感觉，是那种阅历丰富的过来人所拥有的，也可以看作是一种见惯了风浪后的平静。我按程序对他的近况进行询问，做记录，然后告诫他回来后要遵纪守法，不能再做任何违法的事情。他一一点头答应,脸上带着很不好意思的笑容。末了,他走出门,又飞快地折回来,把那半包"白沙"烟丢在我的桌上,然后不等我说话,打飞脚地跑了。望着他离开的背影,我真的很难把他同我记忆中那个打架玩命、一晚上打牌输十几万的"雄鱼脑壳"联系在一起。

  日子很平淡地流逝着,"雄鱼脑壳"一晃就回来半年多了。这半年里,他在自家房子门口开了个摩托车维修店,靠修摩托车养家糊口。他离婚后,一直一个人过,这次他从外面领回来一个流浪儿,并给这孩子取了个外号叫"鱼嫩子",和他的外号相匹配。"鱼嫩子"在湖南口语中就是小鱼的意思。"鱼嫩子"有点呆呆的,反应有点迟钝,但一点也不影响"雄鱼脑壳"喜欢他。很多次我去"雄鱼脑壳"的修理店里,都可以看见这一老一少在乐呵呵地嬉笑,是那种很开怀、很没心没肺的快乐。我看过"雄鱼脑壳"的档案,如果不是离婚,他的亲生儿子也有这么大了。也许是他人老了,就希望找到一种精神的寄托吧。为了给孩子上户口,"雄鱼脑壳"没有少往所里跑。我知道他的情况,也处处明里暗里帮他,终于给孩子上了户口,又落到了他的名下。"雄鱼脑壳"对我尤为感激,在日常社区工作中便处处帮我的忙。先是隔三岔五地来派出所给我提供点小线索,比如谁家小子最近又偷东西了;哪两家人闹矛盾,不趁早调解就会出大事……后来又帮我下村去张贴"便民告示",发放宣传办理二代身份证的小传单。有"雄鱼脑壳"的帮忙,我的社区工作轻松了很多,还为所里破了不少案子。

  没车修理的时候,"雄鱼脑壳"喜欢在镇上到处乱蹿,他很努力地和邻居们改善关系,遇上别人家红白喜事他都要去打个下手。开始的时候,镇上的居民对"雄鱼脑壳"还是有忌讳的,不想和他多搭话,不会主动请他喝酒,但"雄鱼脑壳"常常不请自来,来了也不说什么话,送一个装着礼金的红纸"包封",然后就帮主人家忙这忙那。到吃饭的时候见没有人留他,又一个人静静地走了。次数多了,镇上的人多少都有点感动,再有红白喜事的时候,就会主动喊"雄鱼脑壳"来帮忙,忙完后请他入席,饭后告别时,还要给他包点食物带给那"鱼嫩子"。

"雄鱼脑壳"脸红润起来了，心情也好了，他恢复了喝酒的习惯，每次在别人家忙完了，都要美美地和主人家喝上一顿，然后踏着月光，迈着酒步，带着美食回家给儿子吃。他曾不止一次地对我说："叶警官，我真的满足了，我只希望在活着的时候，多补偿一些我亏欠的邻居们，死后也落个心安。"

镇上的人大多已经原谅了"雄鱼脑壳"年轻时候的错事，大家都改口叫他"老鱼头"，言语间多了不少亲切的成分。我很为"雄鱼脑壳"的改变感到欣慰，我把他以前的那些事情整理了一下，想写一篇关于他的正面报道，然后找家报纸刊登。

但没想到文章还没有写完，"雄鱼脑壳"就出事了：在一个平静的周末夜晚，一伙外地来的盗窃犯撬开了镇上先锋车行的大门，把里面的五台新摩托车洗劫一空，那一幕正好被喝酒归来的"雄鱼脑壳"撞见了。当时的情形我们已经无从得知了，只知道"雄鱼脑壳"身中四刀，然后在拦车的过程中，被车从身上轧了过去，当场死亡了。"鱼嫩子"等到半夜也不见父亲回来，出门去寻找的时候，才发现父亲死了。我们根据现场留下的搏斗痕迹和撞车时留下的车子碎片，只用了24个小时就破获了这起盗窃杀人案。据被抓的人交代，那天晚上他们四个人开一辆四轮小货车到达先锋车行，正把偷出来的摩托车往汽车上搬，就遇见一个喝醉酒的老头晃晃悠悠地沿着马路走过来。他们刚警告老头不要多管闲事，老头却跳起来问他们知不知道他是谁，要他们立刻滚出镇子。他们以为老头开玩笑，没有理他。哪知道老头扑过来就和他们打到一起，在打斗中有个同伙抽出刀子，把老头捅倒了。他们害怕出人命，赶紧开车逃走。哪知道老头突然爬起来，疯了似地挡在车前面，大喊大叫不让他们离开。当时开车的人一踩油门就撞了过去，谁也没有想到把老头给轧死了。

"雄鱼脑壳"在镇上除了一个养子，就没有其他亲人，他虽然以前犯过不少错，但毕竟在生命的最后时刻，在尽心地进行忏悔，我不想让追悼会过于冷清和尴尬。通过档案，我查到了"雄鱼脑壳"前妻的联系方式，并告诉她"雄鱼脑壳"的死因，还是希望她带着儿子，作为唯一的亲人来出席追悼会。

"雄鱼脑壳"的追悼会是在他死后的第三天,在镇上的大剧院里举行的。我请示了所领导,以派出所的名义,在灵堂里摆上了第一个花圈。紧接着,花圈越来越多。正式开会时,几乎镇上所有的人都来了。追悼会开得很隆重,老镇长对"雄鱼脑壳"这一辈子的评价很中肯,说了一些他的过去,更多地是肯定了他后来的转变,以及生命最后时刻的英勇行为。灵堂里不少人都哭了,"鱼嫩子"是哭得最凶的一个。

　　追悼会上,"雄鱼脑壳"的前妻和儿子也来了。那是一个干练的女人,一身青黑的装扮。她牵着儿子给父亲磕完头,然后同老镇长商量善后事宜。她听说了"雄鱼脑壳"的事情,并为他的转变感到欣慰。她说她不能看着没人带养的"鱼嫩子"再走"雄鱼脑壳"年轻时的老路,决心把"鱼嫩子"带到城里当亲生儿子抚养。她在城里开了个小商店,完全有能力养活两个孩子。至于追悼会别人送来的钱,她表示一文不要,都用来办理"雄鱼脑壳"的丧事,多余的钱就捐给镇上的希望小学。

　　"雄鱼脑壳"的一生,最终在先锋镇画上了一个圆满的句号。

　　翻开"雄鱼脑壳"的档案,在最后一页的考察表上,我认真地写下一段话:王德志,外号"雄鱼脑壳",又叫"老鱼头",2008年劳动教养结束后,回家在镇上开了一家摩托车维修店,表现良好,收入中等。平日里有悔改表现,邻里关系和睦。X 年 X 月 X 日凌晨,在先锋镇先锋车行门口与盗窃团伙的搏斗中,被刺身亡,属于见义勇为,时年54岁。我在这段文字的后面,贴上了我写的关于"雄鱼脑壳"见义勇为、英勇牺牲的一则新闻报道的剪样。然后,我郑重地合上档案夹,把封口小心地封好,放进了档案室柜子的最上一格。

"肥龙"与"瘦虎"

　　"肥龙"和"瘦虎"分别是两个人的外号,"肥龙"全名叫陈耀龙,"瘦虎"全名叫王大虎。

听同事们说，自从东乡交警中队成立，"肥龙""瘦虎"就在这里工作，等我大学毕业分配到东乡的先锋派出所时，他俩已是交警中队元老级的人物，那些南来北往的车主，国道上两边的住户，没有人不知道他们的大名。都说"铁打的营盘流水的兵"，整个中队十多个人，队长、副队长、民警换了好几拨，就连食堂做饭的师傅也换了好几个，但"肥龙""瘦虎"两个人却像扎了根似的，动也不动一下。一眨眼，就过去了十余年的光阴。

派出所和交警中队隔得不远，同一条街，斜对面，出门时大家经常打照面。两家本是同行，又经常搞些联合执法行动，日子一长，我便和"肥龙""瘦虎"熟识起来，这才知道，他俩并不是交警中队的正式在编民警。他们虽然平时上班也穿着警服，戴着警帽，也出警去看交通事故现场，但只是和交警中队签了合同，不过是合同工而已。合同是一年一签，对外叫交通协管员。在别人眼里风风光光，在队里却有点低人一等。毕竟不是固定的国家公务员，说不定哪天政策一变，或者领导不满意了，不再续签合同，那不管多大的岁数，也只能拍屁股走人。

"肥龙""瘦虎"在交警中队呆的时间长，对东乡方方面面的情况比其他同事都要熟悉，所以很多时候，队里民警出门处理事情或者看现场，都会带上他俩，因此他俩工作的时间要比其他人多出不少，特别是值夜班的次数。晚上出警处理交通事故是又累又危险的差使，大多数同志都不太乐意干，年龄大点的民警，或者队里的领导，都会把值夜班的任务交给"肥龙""瘦虎"。

当然，还有一个重要的原因，就是"肥龙""瘦虎"都是本地人，从太爷爷那辈就扎根在先锋镇先锋村，几代人繁衍下来，已经形成了一个庞大的家族。这里居民的家族观念比较重，村和村，组和组，都沾亲带故的，外人要想插进去处理事情，很多时候难以奏效。让"肥龙""瘦虎"这样的本地人出去办事，比别人无形中多出很多便利。两人中"肥龙"年龄稍长点，是大哥，"瘦虎"便是老弟。他俩还带点绕着弯的亲缘关系，自然比其他人显得亲密。

算起来，"肥龙""瘦虎"也都是三十好几的人了，却没有成家，一天三餐在中队食堂吃大锅饭，晚上则睡在中队的值班室里，一边守候出警电话，一边吹空调、看电视。无事的时候，他们则会跑到我们派出所来，和我们摆龙门阵。交警队到了晚上除了他俩，就剩下狗和耗子，自然无趣。我们派出所地方大，人多，大家又都是夜猫子，而且岁数相差不远，聊起来没有阻隔，等天南海北地聊累了，然后各自回去睡觉。

私下里我和"肥龙""瘦虎"关系不错，一是我家在外地，和他俩打交道的机会多。一个星期我最少有五天呆在所里，要是遇上周末值班，就连着两个星期不能回去，属于派出所的常住人口；二是我性格和他俩合得来，嘴巴也严实，不管听到什么话，从我耳朵里进去，就绝对不会再从嘴巴里冒出来，是倾听"牢骚话"的好听众。所以他俩在不值班的时候，便常常把我从派出所叫出来，然后三人一起去镇上吃夜宵、喝啤酒。"肥龙""瘦虎"都有酒后吐真言的习惯，一喝高，就爱乱说事。"肥龙"多次说到他的工作，干了十余年了，没有功劳也有苦劳，但还是个临时工，这是他最大的心病。我也不好怎么劝慰他，毕竟我一点忙都帮不上，只能一杯又一杯地陪他和"瘦虎"喝酒。

东乡交警中队人不多，加上"肥龙""瘦虎"也才十一个人，却管辖着东乡的十五个乡镇，将近三十万人口。东乡是连接外市、外县的咽喉要地，一条省级公路从这里穿过，承担着几乎所有东去西来车辆的过路任务。忙起来的时候，交警队的值班民警一天来回跑一百多公里，看七八起交通事故的现场，累得回到队里，一躺上床就能打出呼噜来。

大家老是喜欢喊他俩叫"肥龙""瘦虎"，我私下里觉得并不礼貌，不过我不好逆潮流，便也跟着大家一起喊。"肥龙"身高刚到一米六五，体重却有近两百斤；当他和身高一米八五、体重才一百三十斤的"瘦虎"站在一起时，"肥龙""瘦虎"的外号才名副其实。也不知道是队领导的安排，还是他们自己的建议，他俩总是在同一天值班。平日里执勤、出警、看现场，他俩都是同进同出，就像是人和影子一样。很多次我出门办事，看见他俩穿着制服，一高一矮，表情严肃地站在马路上疏导交通、勘测现场时，都会忍不住笑出声来。我觉得他俩要是在舞台上说相声，那真是绝配。

"肥龙"的外形很有特点，脑壳大，身体圆，站在人面前就像一堵墙一样厚实。他的皮肤是那种健康的古铜色，肩膀上和胸上的肌肉很结实，一块一块的，硬邦邦地绷在身上，拳头打下去，就好像击打在弹簧垫子上，对他来说不疼不痒。但如果"肥龙"回击对方一拳，那肯定没人可以承受。"肥龙"的拳头特别大，手背上的皮肤呈暗红色，很粗糙，手掌上全是硬茧，摸起来像一块生铁。听别人说，"肥龙"以前是练过功夫的，他可以用拳头轻而易举地砸断一口红砖，我估摸着要是揍在人的脸上，能砸出一个小坑来。"肥龙"说他这样的身材，属于社会遗留问题，小时候家里穷，事情做得多，营养却跟不上，特别是他自小就扛着扁担上山砍柴，让他苦不堪言。该发育的时候没有发育好，时间一长，个头压了下去。要是换到现在这个好时候，他肯定不会比"瘦虎"矮。说这话的时候，"肥龙"无不羡慕地瞅着"瘦虎"。

"龙哥，你可别羡慕我，你那身板一个可以顶我三个。我现在走在大街上，别人不是认为我吸毒，就认为我得了甲肝，个个都绕着我走。我是做梦都想有你这样的身坯。""瘦虎"说这话时，也回望着"肥龙"。然后两人都嘿嘿地笑了。

我听说过不少关于"肥龙""瘦虎"出警的故事，而且只要一说起来，就没完没了的，能让人肚子笑疼。说有一次，国道的某段发生了一起两车相撞的交通事故，恰逢那时交警中队的新队长刚上任不久，不熟悉情况，便带着"肥龙""瘦虎"一起出警。车到现场还没停稳，事故双方的人就围了上来，和"肥龙"又是打招呼又是握手，客气得一塌糊涂，他们都把大头大脑的"肥龙"当成了领导，却把交警中队队长当成了普通跟班给撇在一边。任凭"肥龙"怎么解释，别人也不相信，弄得"肥龙"异常尴尬，脸红得和猴子屁股一样。

还有一次，一个运饮料的集装箱货车翻到了公路下的水田里，几吨重的瓶装饮料滚得到处都是，村民中引发了哄抢饮料的事情。交警队到达现场后，也无法阻止事态发展。队长和民警劝说无效，急得直跺脚。这时候，就见"肥龙"带着"瘦虎"，把衣袖一捋，冲进了人堆。"肥龙"一手提起一个人，把那些抢饮料的人像丢鸡崽似的往一边丢去。"肥龙"那黑塔似的身躯和"瘦虎"高高的个子，往汽车的车顶一站，犹如天神下凡。"肥龙"对着人群大吼一声："都不准抢了，我们是交警队的'肥龙'、'瘦虎'，大家肯定都听说过我们。此前拿走的东西暂不计较，现在谁还敢抢，就是和我们兄弟过不去！"他说完，一拳头砸在货车车顶上，只听"哐当"一声响，硬是把车顶砸得凹了下去，这一招立刻让现场安静下来。有些还想造势的地痞、混混，一个个都不敢出声了，一场哄抢运动就这样妥善地化解了。这样的事情还有很多，为此，队里领导不止一次当面表扬"肥龙"，并教育"瘦虎"说："多和你哥学学，这才是当警察的料。"接着又叹口气，说："可惜你们不是正式民警，有机会我一定帮你们争取。"

"瘦虎"也曾想过改变一下自己的形象，这个想法不是一天两天了。也不知道是领导的话起了作用，还是"瘦虎"真的意识到自己身材单薄，后来一段时间，他吃饭总是第一个去，最后一个走，去的时候夹着一个特大的钢精饭盆，把饭打得满满的。"瘦虎"吃夜宵的次数也变多了，估计他认准了"人无横财不富，马无夜草不肥"这句话，所以每晚都要来点"夜草"。很多次我们晚上出去执行任务，都可以看见他和一帮子老的、新的朋友，坐在马路边吃夜宵。"瘦虎"总是很热情地打招呼，说："这么晚还行动啊？等下忙完了，过来吃点东西。"当然，这个时候他身边肯定坐着"肥龙"，不过"肥龙"只喝酒不吃东西，他是不需要增肥的。

为了让自己的身体壮实起来，"瘦虎"坚持着自己的增肥计划，除了早起锻炼身体，他还弄来了不少各式各样的补品，有电视里面经常打广告的，也有一些民间的方子。那段时间，我们只要遇见"瘦虎"，都会大声地问他："'瘦虎'，今天你肥了吗？""瘦虎"不太好意思地笑着回应："快了，快了。"

不久，我们辖区内接连发生了几起摩托车盗窃案，并由盗窃摩托车上升到持刀抢劫摩托车，在当地造成了极坏的影响。派出所被各方面的舆论所笼罩，全所民警早出晚归地在辖区内摸排线索，黑白颠倒地过着日子。回到所里时，我已经累得身心疲惫，自然再也没有心情去逗"瘦虎"。功夫不负有心人，半个月后，我们陆续地将这伙流窜盗窃团伙的骨干成员抓获归案，这才得以缓了口气。休息下来，我才发现，我每次出门都只看到"肥龙"一个人在马路上执勤，"瘦虎"呢？我忙去交警队打听，才知道"瘦虎"食物中毒住进了医院。他吃的东西太多太杂，其中有的食物和药物发生了冲突，导致他上吐下泻被送去洗胃，现在还在留院观察。我赶紧和所里的兄弟们，一起买了水果跑去医院看他。"瘦虎"被如此折腾了一番，我感觉他比以前更瘦了。不过，他的精神状态还不错，看见我们来，很高兴地从床上坐起身子，乐呵呵地说："吃东西也可以吃到住院，看来我是一辈子穷命，胖不了啦。"

五月份的时候，上面出台了一些新的政策，其中有关于解决临时工待遇的条款，说只要在基层工作十年以上，就可以经过内部考核破格录取为正式民警。大伙都为"肥龙""瘦虎"感到高兴，因为他俩都符合这个条件，这么多年来他们的辛劳大家看在眼里，终于可以熬出头了。队里的领导也不止一次地表态："好好干，转正的报告我已经帮你们递上去了。""肥龙""瘦虎"听了，整天像上足了劲的发条一样，做起事来干劲十足，脸上挂着灿烂的微笑。

晚上再喊我吃夜宵的时候，他们的话题更多了，话语里充满着对未来美好生活的向往。"肥龙"说自己从小就想当一名公安民警，成为正式民警是他最大的梦想，等他转正了，他就要认真地考虑自己的终身大事，找个好姑娘，生个胖小子，然后好好地过日子。"瘦虎"也在边上附和着，构思着自己未来的蓝图。我赶紧给他俩敬酒，三个人快活地喝着、聊着。

月底时，派出所接到了保卫通知，要我们配合交警队，第二天上午在东乡国道沿线执行护路任务。听说有重要领导要从先锋镇路过，去下面的县、乡视察，我们的任务是保证车队的安全，不出任何意外状况。

根据局里的统一部署，我们和交警中队的同志第二天早上九点整,准时在国道沿线上岗。派出所同志穿便服,交警队同志穿制服,分布在国道沿线的各个路口。上午十时整,车队准时从先锋镇开过,车队过去后,民警才能撤岗。这样的任务以前也执行过多次,谁也没有想到这次多了一点小插曲。

插曲发生在"肥龙""瘦虎"守卫的路口。按照正常的程序,只要在车队抵达他们所在的那个路段时,阻拦一下横穿马路的车辆和行人,并行注目礼,目送车队通过就可以了。可是,也许是那天"肥龙""瘦虎"的过度热情,也许是他们两人因为马上就要转正,心里充满了对上级领导的感激,或者是他们出于一种习惯,在车辆经过时,他俩竟双双向车队敬礼。那天也不知道是什么原因,领导的车竟然在那个路口停下来了。领导下车后和"肥龙""瘦虎"一一握手,慰问他们的辛苦,并亲切地询问他们是哪个中队的民警。随后而来的电视台、电台记者立刻进行了照相、采访。接着领导上了车,车队扬长而去,只留下"肥龙""瘦虎"两人还在那里发呆发愣。

市报第二天就刊发了领导在先锋镇经过时,下车慰问基层民警的通讯报道,还配发了照片。照片上,面对镜头的领导正和侧着身子的"肥龙"握手交谈。我们拿着报纸打趣"肥龙",说:"兄弟,这次你要请客了,被领导接见,还上了报纸,别说转正,弄个副队长当也不成问题呢。"

"瘦虎"在边上也乐得上蹿下跳,指着报纸对我们说:"你们都不知道领导有多亲切,一脸的笑容,这次我们转正肯定有希望了。"

我们笑着、闹着,就好像"肥龙""瘦虎"已经转正,成为了正式民警一样。

时间一晃,就到年底了,却久久不闻"肥龙""瘦虎"转正的消息,我们都感到疑惑。他们也坐不住了,找了不少人,拐弯抹角地去打听情况,颇费了一番周折。

过了一个多月,终于有了消息。

听说那天的护路任务,总的来说是不错的,领导下车慰问基层民警,以及后面的新闻报道都相当成功。不过,领导上车后,很随意、很亲切地说了一句:"这两个人的模样真逗。"跟随领导的人,一时弄不清这句话是什么意思，是批评？还是夸奖？或者是别的什么？

反正，"肥龙""瘦虎"转正的机会就这么给耽搁了。这个消息到底有多少真实性，则不得而知了。

细节往往会决定一个人的命运，此言不虚。

转正没有希望了，"肥龙""瘦虎"反倒轻松下来。他们说，临时工就临时工吧，现在出台了新的劳动法，只要签了合同，一样可以享受相关的待遇。只要能穿着这身警服，能做自己喜欢的事，也就满足了。

说这话的时候，还是在酒桌上，"肥龙""瘦虎"又有点喝高了。夜风吹过，让人感觉到凉嗖嗖的。"肥龙""瘦虎"各自端着酒杯，看着远方，眼睛里尽是惆怅，我知道这将成为他们一生的遗憾。

乡镇派出所档案

春伢子

当春伢子出现在派出所楼前的水泥坪里时,我便认出了他。虽然这是我第一次见他本人,但他那对小眼睛和尖尖的下巴,早就牢固地刻印在我的脑海里了。

我得承认,我对春伢子十分感兴趣,这份兴趣让我可以熟练地背出他档案里的任何一个细节:陈春花,别名春伢子,男性,汉族,1988年出生,先锋镇先锋村屋前组村民,初中文化。养父叫陈老姚,外号陈老鬼,是个单身老赌棍。陈春花两岁时被陈老鬼从村边捡回来,起了个"春花"的小名。陈春花从小吃百家饭长大,因没有人管教,性格叛逆,读书期间就多次被学校批评教育。初中一年级时他退学离校,曾被派出所多次处理。他档案里的最后一次记录是2006年,因聚众赌博罪被法院判了4年,那时他才刚满18岁。

在派出所里,整理档案是一项大家都不太喜欢的活计,看似简单,却很烦琐,总是机械地重复着填表、整理、装订几个步骤,简直能把人憋出病来。可当我站在另一个角度看待时,却乐此不疲。我喜欢边整理边翻阅这些档案,看着里面的文字,我就好像上帝般目视着这个人的成长,看着他一点点的改变。有的人是越变越坏,从最开始的盗窃、打架，发展为抢劫、杀人；有的人是偶尔地犯错，平稳地生活着却突然走上犯罪的道路，如交通肇事、小纠纷引发了血案；还有的则是监狱里的常客，从拘留所到看守所，从劳动教养农场到监狱，档案里写得密密麻麻的，一行连着一行，这属于无药可救的类型。

整理档案的时间，是在每个月的月底。我会将全所本月上报来的所有档案，分门别类地排列好顺序，填补里面缺少的数据，然后统一装订好，再打开楼上档案室的门，将它们塞进按年份标记的档案柜里。但春伢子的档案是个例外，我把它始终放在我抽屉的最里面，一直没有将它尘封进档案室，我心里总隐隐地期待着什么，或者说想真实地看一看这个人。

在先锋镇，春伢子是个"名人"，这个名指的是他的"赌名"，也是年少成名的"名"。陈老鬼年轻时候是个赌棍，一天不打牌就手发痒。捡到春伢子后，他外出打牌时便把儿子带在身边，赌到哪，吃到哪。那些年幼时无数次穿梭于牌桌之间的经历，给春伢子的童年留下了难以磨灭的印象，春伢子的赌瘾也应该是那时候养成的。

春伢子成名时才12岁。那年的某一天，陈老鬼代表整个先锋镇和外地的一位高手进行较量。赌博的方式是摇骰子，每人三粒骰子，比骰子加起来的点数多少。最后一局，双方都压上了全部的家当。陈老鬼摇出了十七点，即两个骰子是六点，一个骰子是五点，这已经是很高的点数。在大家都以为陈老鬼稳赢时，对方上来竟然摇出了三个六，十八点，反赢了赌局。

当对方收拾完桌面上的钱，正准备离开时，春伢子不知道什么时候摇摇晃晃地挪到了赌桌前，说："这几个骰子有问题，我也能丢出十八点。"说完，在众人的眼皮下，抓起骰子随手一丢，真丢出了三个六点，接着抓起再丢，又是三个六点。陈老鬼抢过骰子砸碎一看，里面果然藏着铅丸，用来控制骰子的点数。于是，春伢子一夜成名。

16岁时，春伢子已经成长为远近闻名的"小赌王"，镇上流传了他太多的传说。传说他曾在牌桌上连赌三天三夜，从麻将赌到扑克再赌到牌九，连赢了十几位从各地赶来挑战的高手。传说春伢子17岁时离开先锋镇，开始跟随陈老鬼外出四处拜访高手，学习赌术。春伢子最厉害的招数，还是摇骰子，只要骰子到了他手里，想摇出多少点，就可以摇出多少点来，而且他的听力异常敏锐，可以听出对方摇出的点数。传说澳门赌场曾出高薪聘春伢子去那里当"荷官"，但被陈老鬼以儿子年龄太小为由而拒绝。2006年，春伢子突然和父亲回到了先锋镇。他们的回归非常低调，有人传说他们因为被仇人追杀，无奈之下才躲了回来。

2006年，正是先锋镇赌博风气最浓烈的时候，上至八九十岁的老人，小到十几岁的孩子，人人都爱赌两把。赌的形式多种多样，麻将、扑克、牌九、字牌，连小孩子之间都猜石头、剪刀、布，猜硬币的正反面。赌注也可大可小，赌钱，赌房子，赌家畜、酒烟、衣服，甚至小孩子之间赌谁输了帮对方写作业。田里的活没有人干了，学校里的孩子也不认真念书了，整个镇子被弄得乌烟瘴气。这股歪风很快引起了有关部门的注意，最"出名"的春伢子，自然成了公安机关的重点打击对象。也就是在这一年，春伢子因聚众赌博被公安机关抓获，从此，人们再也没有在先锋镇见过他。

我看着一脸稚气的春伢子，夹杂在办身份证的人群里。先锋镇早已经忘记了这个年少时名震一方的"赌王"，他是那么的普通，和周围的环境融洽地统一在一起。我隔着人群朝春伢子招招手，把他喊到我的办公室里。

春伢子本人要比照片上略显白净，可能是由于常年缺少阳光照射，肤色里带着一点病态的苍白。他身材单瘦，眯缝眼，细眉毛，眉宇里掩饰不住的稚气，就好像他嘴角上那细细的绒毛一样，大大方方地呈现在外人面前。他和我脑海里那个在牌桌上叱咤风云的赌神形象相差太远，让我心里充满了疑惑和惊讶。

"春伢子你什么时候回来的，怎么没有来派出所报到呢？这可是违反规定的。"我严肃地问。

春伢子匆忙回答："我、我刚回来。前几天处理完家里的事情，今天就特意过来报到和办新身份证了，这是我的释放证明。"说完，他从口袋里掏出一张叠着的纸递给我。

我接过一看，释放证明上写着："陈春花因聚众赌博罪判刑四年，服刑期间表现良好，减刑半年，于某年某月某日提前释放。"

"今后有什么打算？"我问春伢子。

春伢子想了想，说："和父亲学修车吧，走一步看一步。"

春伢子被抓后，陈老鬼也戒了赌，他在镇上摆了一个修理摩托车的小摊，几年过去，现已发展成一个可以维修各种车辆的小门面。先锋镇有得天独厚的地理优势，省级高速公路穿镇而过，还和两个县市接壤，不愁没有生意。

"还打牌吗？"我想起那些传说，边问边做了个洗牌的手势。

春伢子摇摇头，把一直揣在口袋里的右手拿出来，脱掉手套，举到我面前。我的笑一下子僵在了脸上，那是怎样的一只手啊，右手上的五个指头全部被连根切断，只剩下一个手掌连在手腕上，活像鸭子的鸭蹼一样。

"那些传说都是真的？"

"四个字概括：九死一生。过去的都过去了，赌博这碗饭我不会再吃了。"春伢子苦笑着说。

自那次之后，春伢子就正式在修理店上班了。他和父亲一起修车、洗车，给汽车做保养，每天都忙忙碌碌的。偶尔，派出所的警车有了小毛病，我们也会把车开到他的店里，给瘪了的车胎加气，车胎坏了补胎，汽车换个机油什么的。春伢子见到我们，总会放下手头的事，热情地跑过来打招呼，优先给我们帮忙。春伢子已经适应了他的新生活，过去的一切，似乎都和他没有什么联系了。

日子不咸不淡地过着，上班、下班、吃饭、睡觉。眨眨眼功夫，春伢子回来就有大半年了。

一天晚上，我们派出所获知一个情报，说先锋镇下面的泰兴村里，有一个大型地下赌场，人气很是火爆，每天输赢的总额有十几万元，把周边的赌徒都吸引在那里。经过两天的侦察和布置，我们派出所的全体民警对该赌场进行了突然袭击，当场抓获参赌人员二十多人，扣押赌资二十万元。最让我们没有想到的是，春伢子竟然也在赌场。

回到派出所，我把春伢子单独叫到我办公室里，一巴掌使劲拍在他肩膀上，骂道："怎么回事，手又痒了？左手的五个指头也不想要了是吧？"

春伢子站在墙角一声不吭，过了片刻，他捂着脸蹲在地上呜呜地哭起来，哽噎着说："叶警官，我爸住院了，是肺癌。医生说现在治疗还有50%的希望，可手术费要15万元。我把店子抵押了，还差三万，我犹豫了好久，才决定去赌一把，可没有想到，今天刚去就被你们抓了。"

我呆了半晌，才想起真的很久没去春伢子家的修车店了，没想到他家发生了这么大的变故。

第二天上午，我和同事们在派出所里开展了一次民警自发的募捐活动，我带头将500元交到了春伢子手里，同事们也不甘落后，跟着纷纷捐钱。不到一刻钟，春伢子手里就有了四千多元钱。春伢子低着头，一个劲地道谢，我感觉到他那单薄的身体，因激动而在不停地颤抖。我刚要走过去，准备安慰他，办公室的门被推开了。不知道是谁把消息传递了出去，镇上的村民们都陆陆续续地涌了进来。老的、少的、男的、女的，都是和陈老鬼在一起住了十几年的街坊邻居，少的捐几十元钱，多的捐几百元，一直到下午天快黑时，捐款的人还在源源不断地往派出所里涌。

送走最后一个捐款人，时间已经是晚上八点。我们清点捐款，一共收到三万三千多元钱，而且所有的人都没有留下名字，他们说只要知道是老街坊或者老邻居的心意就行了。

望着桌子上那厚厚的一堆捐款，春伢子再一次哭出了声来。

第二天我们陪着春伢子去城里的医院交了手术费，在这个赌博的案子里，因为春伢子并没有参与赌博，又有旁边的人证明，我们免去了对他的处罚。

陈老鬼的手术很成功，不到两个月他就出院了。他说要感谢镇上的那些老街坊们，只要是镇上的人来修车，他都只收一半的费用，保个本就行了。

又过了不久，春伢子也谈对象了，对象是镇上的一个老实妹子。每次我们开车经过春伢子家的修理店，他都会老远就笑着和我们打招呼,那个妹子站在他的身后,脸上也洋溢着快乐的笑。

林妹子

第一次遇见林妹子的时候,我还在先锋派出所工作。记得那是一个冬日的午后,刚吃完中饭,离上班还有两个多小时的时间,整个派出所静悄悄的,阳光像细沙般温柔而均匀地铺洒在办公楼前的水泥坪上,暖暖和和。这段时间,正适宜午睡。

和往常一样,我搬出办公室的长条椅,摆在水泥坪里,和衣仰躺在上面,闭着眼睛享受阳光的爱抚。睡意像海潮般一阵一阵地漫上来,思绪渐渐地迷失在这片金灿灿的光影里,我就这么舒服地躺着,不知睡了多久。迷迷糊糊间,我感觉到有什么东西,在我的鼻子眼里钻动,痒得难受,鼻子里突如其来的一个喷嚏,震得我一翻身摔下了长椅。我一边揉着摔疼的胳膊,一边睁眼望去,只见一个穿大红色羽绒服、十六七岁样子的女孩,正左手拿着一根狗尾巴草,右手拿着一个作业本站在我面前,抿着嘴一个劲地微笑。

还没等我说话,女孩就先开口了:"大叔,能帮我看看这道数学题怎么做吗?"

"我有这么老吗?不会做就打电话给老师。"我没好气地咕噜一句。

女孩颇气愤地说道:"电视里都说了,有困难找警察,不帮拉倒,估计你也不会!"

我看着她故作正经的样子,不禁笑出声来,朝她招招手,说:"拿过来吧,让大叔教教你。"

从那天以后,我和这女孩算是认识了。我们交换了网络上的聊天号码,闲暇时开始聊起天来。在断断续续的交谈中,我知道她叫林妹子,家住先锋镇。她正在城里读高中,选的是文科班;她说学校宿舍的条件很简陋,但室友关系很和睦;她的前排坐着一个长得像香港明星一样的大帅哥;她月底考试英语又是第一名……在我的印象里,林妹子总是无忧无虑的,她家里条件不错,从来不用她操心什么,所以她肆意地挥霍着青春和快乐。

时间就像是一面反射阳光的镜子,它总在不停地转换角度,光线随着镜子的折射照到人的眼睛里,仿佛就是那么一晃之间,这一年就过完了。林妹子放了寒假,整天游手好闲地在镇上的网吧和KTV里晃悠,偶尔也会跑到派出所找我聊天晒太阳。她把头发烫了,卷卷地很时尚地搭在脑后,穿着小巧黑色的皮夹克,指甲上涂满了花花绿绿的指甲油,脖子上挂着一个很精巧的小手机,然后蹦蹦跳跳地跑过来告诉我她的手机号码。

"林妹子,你这也太'潮'了吧?"我嘴巴都惊讶成了"O"型。"潮"是网上的新鲜词汇,时尚的意思。

"大家都这样,我只是没有落伍而已。"林妹子辩解道。

林妹子变了,就好像先锋镇一样,一年的时间里发生了太多的故事。在这些故事里,林妹子父母的离婚是先锋镇的一大新闻。

林妹子的父亲是先锋镇上一个服装厂的老板,经营服装业务已经有好多年了。随着近几年来经济形势的大好,服装厂的生意也越做越大。他刚过四十岁,一直对没有儿子耿耿于怀,便利用在外跑业务的机会,包养了一个女人,并且偷偷地生了一个男孩。等到林妹子母亲发现的时候,对方已经抱着小孩闹上门了。林妹子的父亲为了儿子,义无反顾地选择了离婚。这场离婚分割财产的官司打了有小半年,弄得整个镇上都沸沸扬扬。这个故事的结局,是林妹子的父亲同儿子离开了先锋镇;林妹子的母亲接管了服装厂和女儿的抚养权。

关于离婚官司的事,我不知道林妹子是否知情,她那时候正在城里读书。我从没有听她谈过这方面的事情,也许她不知道,也或许是她不想说。

寒假过完了,林妹子又回城里读书去了。她家的服装厂也开始了重新运转,她母亲一个人忙里忙外,服装厂没有以前火爆了。因为镇上新开了好几家服装厂,瓜分走了大笔的业务。

网上再遇见林妹子的时候,她话少多了,老是说着"没劲"。她说她看不惯身边那些只会读书,什么事情都不想的同学,看不惯老是教训他们的老师。她说她很想念以前的日子，对未来感到很迷茫。林妹子再也不是那一副无忧无虑的样子了，我也不知道怎么安慰她。那段时间我为工作的事情奔忙着，无暇顾及他人。

六月的时候，我离开了先锋镇，调到了另外一个城市的公安局工作。一下子，先锋镇的一切都离我遥远了。新的环境、新的同事、新的工作，一切都需要我从头开始适应。

有天晚上，我在家里加班写材料，突然接到了林妹子打来的电话。那是林妹子第一次打电话给我。在电话里她说和母亲吵架，自己离家出走了。她说晚上不想回家，但身上又没有钱，想去我所在的派出所里看我。她还不知道我已经调走了，反复强调要我在派出所门口等她。我在电话里告诉她，我已经调离了先锋镇，甚至调离了她所在的城市。我工作的地方到先锋镇有两个小时的车程，而且现在已经是晚上十一点多了，坐车是不现实的事情。我要她不要和妈妈赌气，赶快回家，外面社会太乱了，一个女孩子在外面很危险。那天天气很差，窗外雷雨交加，电话信号很不好。在断断续续的通话里，林妹子一直在抱怨着父母，抱怨着学校，抱怨着身边的所有事物，她说现在很无助，又无家可归，只想随便找个人收留自己……我在电话里竭尽所能地安慰她，但空间的距离使我的安慰变得如此软弱无力。不知道在电话里说了多久，我突然听见电话里传来"嘟、嘟"的提示音，通话中断了。我再拨打过去只有"无法接通"的提示，估计林妹子的手机没电啦。

我推开桌前的窗户，外面瓢泼般的大雨，哗哗地砸在地上，又重又狠。明早八点单位要签到，上午要交总结材料，单位还有一大堆的事情等着我，我不愿意也不可能现在跑到林妹子那里。我只希望林妹子能听我的劝说，早点回到她妈妈的身边。

一晃又过了好几个月，我的工作终于上了正轨。我才记起自己已经很久没有上网，也很久没有林妹子的消息了。我掐指算算，林妹子应该高中毕业了，只是不知道她考到了什么大学。记得以前她曾说过，她在班里的成绩是前十名，考个大学应该不算难事。我拿出手机翻出她的号码，给她打了过去，里面传出语音提示"该号码已停机";我打开电脑,上网给她留言,也不见任何回复。我给先锋派出所以前的同事打去电话,一番寒暄后问起了林妹子家的服装厂,问起了林妹子,他们说镇上的服装厂越来越多,林妹子母亲的厂子很快就被竞争对手挤垮了;林妹子母亲改嫁去了外地,林妹子好像没有考上大学,也和她母亲一起走了。

  电话不知道是怎么挂断的,但我清楚地听见心里有根弦"嘣"的一声被拉断了。人海茫茫里,我想我和林妹子是再也难碰面了。

  又快过年了。

  年前的几天,全市开展打击"黄、赌、毒"专项行动,全市公安民警集体出动,对城区所有娱乐场所进行了地毯式清查,其中仅在"帝王洗浴中心"就查获"三陪小姐"三十多人。我陪同记者来到现场,对办案过程进行全程跟踪采访。我看着办案的民警,让这些女孩子站成一排,然后一个一个地钻进警车。突然,我在人群里发现了一个熟悉的身影,她也正转头望向我。就像所有老套的小说结尾,我看见她那烫过的卷发,手上那花花绿绿的指甲,她就那么弓着背低着头站在那群女子的中间,冷冷地注视着我和我周围的世界。我们之间那几步的距离,却仿佛隔着几个世纪那么远。

  "快上车。"有民警在一旁催促。

  她一转头,钻进车里。

  警车关上门,鸣着笛远去了。

  我呆呆地立在那里,我想我一定看错了。想念一个人太久,就容易产生错觉,错把一个人看成是自己想的那个人。林妹子此刻应该在某个大学自习室里看书、复习功课,在日记上写着那些抒情的文字。她的周围坐满了和她同样年龄的少男少女,他们有着花一般的现实和未来。

  一刹那,我的心感到了一种剧疼。

小镇人物

王麻子

王麻子全名叫王福顺,家里是开锁匠铺的。

先锋镇原本有好几个锁匠铺,但没有一家的生意能超过王麻子家,渐渐地他们就都不做了,有的搬走了,有的改了行,最后只剩下王家。

虽然大家都喊他王麻子,但他的脸上并没有长麻子,这就好像叫张半仙的人,并不是半个神仙;叫李大傻子的人,也不一定是弱智一样。这只是一个外号,外号的由来有很多种,有的是神似,有的是形似;有的是出生就带来的,有的是半路喊出来的。王麻子属于后者。小学六年级那年,王福顺的青春期如约而至,青春痘密密匝匝地如雨后春笋般从他脸上冒出来,将他原本秀气稚嫩的脸毁得一塌糊涂。也是从那时起,王麻子这个外号正式代替了他的本名。

王麻子成为一个锁匠与他的家庭不无关系。他家是锁匠世家,传到王麻子这已经是第三代。王麻子在这种环境里长大,自然摆脱不了做一个锁匠的宿命。又因为脸上那些纵横交错的青春痘,年幼的王麻子羞于找同龄人玩耍,他将所有时间都花在研究开锁和修锁上。到了初中,王麻子对锁的掌控已经达到出神入化的地步,他只需要一根铁丝，就能打开任意一把锁。

老王是个脑子非常活泛的人，他看出儿子身上潜在的商机，便利用赶集到处发布消息，说现在市面上劣质锁横行，随便用一根铁丝就能打开，毫无安全可言。自己愿意义务帮大家检验锁的品质，并承诺来他店里验锁的人，如果锁是正品，他愿出三倍的价钱收购；但如果锁能被铁丝打开，只需要在他店里买一把他推荐的安全锁即可。这消息放出去后，整个南乡都沸腾了，没有人相信自家的锁是劣质品，更不可能被铁丝打开，这种发横财的机会，谁会错过呢。到了约定的那天，王家锁店门口果然人山人海。大家把带来的锁摆在地上，垒得像谷堆一样高。

很多老一辈的人都记得那天的盛况。刚满16岁一脸稚气与青春痘的王麻子用一根铁丝击碎了所有人的发财梦。不管是铜锁、铁锁、钢锁，还是轴心锁、弹子锁、链条锁，甚至是电视机盒子那么大的保险柜，没有一个能在王麻子手上挺过十秒钟的时间。它们就像一片片豆腐，被王麻子拿捏在手里，轻易地压扁、揉碎、捣烂，然后丢弃在脚下。

开锁表演从上午一直持续到傍晚，围观的人经历了从半信半疑到目瞪口呆到麻木无语到期盼奇迹到失望而归几个心理转折。老王发了一笔横财，王麻子则"一战成名"。

那之后，王麻子的开锁绝活俨然变成了先锋镇的一张活名片，和镇上的瓷器、鞭炮一样远近驰名。那些南来北往经过先锋镇的外地车辆，常常要在镇上停留。他们一边享受镇上原汁原味的农家饭菜，一边到王家的锁店去欣赏绝妙的开锁表演。

王家的生意想不好都难。一个孩子都能打开的锁，这锁还保险吗？这些人在被王麻子的开锁技术震惊之余，纷纷大方地掏出身上的钞票，在老王的店里选择最贵、最保险的锁带回家。那阵子，老王整天乐呵呵的，做梦都会笑醒。店里新雇了两名伙计，但就是这样还常常感到人手不足。王麻子自然是不读书了，他成绩糟透了，能混到初中毕业已经很不容易。现在终于可以告别枯燥的功课，天天在家里玩锁，这对他是一件快乐的事情。

快乐的时光总不长久。一天晚上，王麻子留下一张纸条后，离家出走了。当时还有另一种说法，说是外面来人将王麻子接走了。老王的老伴死得早，王麻子是他从小独自拉扯大的，儿子突然不辞而别，把他的心伤透了。老王无心打理生意，他关了店门，带着两个伙计到处寻找。半年时间，老王去了许多地方，只要是听说了哪怕是一点点关于王麻子的传言，他就会连夜坐火车从一个城市赶往另一个城市。但一切都是徒劳的，王麻子就这么彻底地从先锋镇，也从老王的世界里消失了。

老王的精神很颓废，店里的生意一落千丈。他成天萎靡地坐在柜台后面，不说话，也不做事，所有活都交给伙计代劳。

第二年开春，老王意外地收到了王麻子寄回来的信和汇款单。王麻子说他和朋友在外面做生意，行情不错，就是忙，没时间回来，要父亲好好保重身体。镇上人只能从老王不断去银行取钱的频率判断王麻子发财了。老王找人把老房子推了，在原址上建起一栋三层高的小洋楼。他把一楼改装成店面，在楼下做生意，在楼上休息。大家从老王那里知道不少王麻子的消息：他结婚了，找了一个漂亮老婆；他当爹了，有了一个大胖小子。老王将儿子寄来的一张全家福照片放大后挂在店里的正墙上，一抬头就可以看见儿子、媳妇和孙子冲他幸福的笑。王麻子已经变成了先锋镇的传奇，镇上的人有事没事都爱到老王的店里坐坐，他们和老王摆龙门阵，一直聊到天黑吃晚饭才意犹未尽地离开。

时间一晃过去了两年。一天，派出所的社区民警刘大海带着通缉令来到店里，他要老王劝儿子自首。大家这才知道，原来消失了这些年的王麻子走上了贼道，成了一只被全国通缉的"耗子"。通缉令上说王麻子是盗窃团伙的头目，他们牵涉十几宗盗窃案件，盗窃金额超过百万元。

王麻子的身份是被刘大海揭穿的。在一次作案时，墙角一个隐秘的监控探头拍到了王麻子的侧面，他脸上的痘痕非常清晰，刘大海只看一眼就想到了老王挂在墙上的全家福。王麻子因盗窃数额特别巨大被判了无期徒刑，那年他三十岁。

一晃眼，王麻子在监狱里度过了近二十个春秋。他表现不错，获得好几次减刑的机会，终于在五十岁那年刑满释放。王麻子的父亲已经过世了，老婆带着儿子改了嫁，他无处可去，只能回到先锋镇。

　　刑满释放的人回到原籍，都要到当地派出所报到。回来当天，刘大海带着王麻子在镇上吃了顿饭。

　　"日子嘛，往前看，谁都有犯错的时候。一辈子很长，咱们都得慢慢活。"那天刘大海说了很多话，他喝醉了。王麻子眼睛红红的，他也喝醉了。

　　王麻子又干起了老本行，帮人修锁、换锁、配钥匙。他只会这个，其他事情做不来。屋子里的摆设他没有改变，只是在一楼的大厅里添置了一套木桌椅，摆了一套茶具。来活的时候，他戴着老花镜，拿出工具做事；没活的时候，他就坐在厅堂里喝茶。他家里从来不缺客人，有时候来的是镇上的老邻居、老伙计，有时候来的是道上的朋友，有来拜师的，有来切磋的，还有邀他出山的。

　　"年纪大了，又关进去这么久，手艺早丢了。"王麻子淡淡地摆摆手。"喝茶！"

　　"手艺真丢了？"刘大海也爱打趣他。

　　"真丢了。"王麻子笑笑。

　　刘大海也常来王麻子这里喝茶，他的重点不是喝茶，而是来"捡漏"。那些道上的人前脚刚从王麻子家里走出去，后脚就被海哥堵了个严实。他们身上或多或少都有案子，一抓一个准。

　　"你知道现在外面的人怎么称呼我？"王麻子和刘大海开玩笑。

　　"喊你啥？"刘大海眯着眼问。

　　"他们都喊我钓鱼佬，天天帮派出所钓鱼。"王麻子大笑。

　　"你还好意思埋怨。这些来看你的'耗子'没有一个手脚干净的，来你家路上，他们都要顺手到集市上偷一把。你回来后，镇上的发案率上升了好几个百分点，你也确实该帮派出所做点事呢。"刘大海没好气地说。

　　"这哪里能怪我呢！"王麻子咧嘴一笑。

　　镇上再发生了盗窃案，刘大海就直接来找王麻子，一点也不拐弯抹角。

"这是两起入室盗窃案的现场照片，你看看有啥线索？"

"你还真不把我当外人啊！"王麻子笑着拿起照片说，"利用口香糖开锁是老套路，现在都不流行了。但看这门锁上还有工具的划痕，应该是新手，手劲不小。现场翻得比较乱，人很急躁，年龄不会太大。"

"那有啥破案线索？"刘大海接着问。

王麻子想了想说："周边我认识的人里面没有手法这么差的。如果是外地过来的，肯定不会错过两天后的赶集。你可以留意一下集市上的生面孔，年轻男性，新手，最少有两个人，随身携带作案工具，应该容易抓。"

果然，两天后的集市上，刘大海将两名外地来的盗窃嫌疑人抓了个现行。

"神了，和你分析得一模一样！"破案后，刘大海专程到王麻子家道谢。

"瞎猫遇见死耗子！"王麻子哈哈大笑。

年底时，市里发了一起盗窃案。市中心一家金器店被盗，丢了五块金砖，二十多条金项链，价值超过两百万元。这个案子做得很专业，盗窃者里面应该有熟悉地形的本地人，有开锁的行家，还有一定的反侦查能力，公安局居然找不到一点破案的头绪。

市局向各区县的下属单位发了协查通报，要求彻查辖区内有盗窃前科的人员，王麻子自然也在排查范围之内。

接到通报后，刘大海就往王麻子家赶。

王麻子竟然不在家。据邻居说，前几天有一伙外地人来找过王麻子，从那之后，王麻子就不见了。刘大海的心颤了一下，该死的王麻子不会是重出江湖了吧？

刘大海将王麻子失联的情况作为线索反馈了上去。没想到，第二天市局就来人接刘大海去专案组报到，他们在金器店附近的监控录像上发现了王麻子的身影。

监控镜头里的王麻子穿着白色的套头衫，带着褐色的棒球帽，正在街边的盲道上来回踱步。这是案发前一天的视频录像，被盗的金器店就在王麻子身后的街上，相隔不到 200 米。王麻子的穿着打扮发生了很大的变化，如果不是专案组的人提醒，刘大海只会以为是一个寻常的三十岁左右的年轻人。

"他是我们先锋镇人，叫王福顺，外号王麻子。他右脸上有痘印，好辨认。以前他曾因为盗窃被判无期徒刑，开锁很厉害。前两年他刑满释放后，在镇上独自生活。他父母过世了，老婆和他离了婚，现在独自经营一家锁店。他从牢里出来后，一直很安分，年龄也大了，按道理不可能再出来作案。"刘大海向专案组介绍。

"世事难料。在巨大的利益面前，他能守得住？而且他有技术，有人脉，干这个案子水到渠成。"专案组里有另外一种声音。

"那他现在人在哪里？"刘大海问。

"我们对他进行了监控，他现在住在城边的一个小招待所里。"

"让我去和王麻子谈谈！我认识他几十年了，如果是他做的，我有信心说服他自首。"刘大海说得很坚定。

午夜十二点，刘大海偷偷溜进了招待所，王麻子住在三楼第一个房间。

王麻子见了刘大海一点都不惊讶。"海哥，明天早上 6 点，你来城郊公园西门找我。"

"你不说清楚，今晚我就抓你。"刘大海一脸少有的严肃。

"海哥，相信我，一切自然会水落石出。"

第二天早上 5 点钟，刘大海及专案组的人就已经将城郊公园的西门包围得密密实实。

6 点，海哥出现在门口。5 分钟后，另一个年轻人走了过来。

"儿子，自首吧，你不能走爹的老路啊！"王麻子快步向前说道。

"我的事情不要你管。你从小就没有管过我，现在你有什么资格管我？"年轻人反驳。

"法网恢恢疏而不漏，总会被抓的。"王麻子继续说。

"……"

"你可别学我，一关就是一辈子啊。"

"……"

"就算没有被抓,难道你想躲一辈子,一辈子见不到太阳?"王麻子苦苦劝说。

"你说完了没?我要走了。"年轻人嘴角动了动,一转身,准备离开。

"你别执迷不误啊。"王麻子冷不丁一下扑上去,将年轻人撞倒在地上,然后死命地压在他身上。

海哥等人迅速从周围靠了过去。

"海哥,我们自首,海哥,我们自首……"王麻子突然声嘶力竭地叫起来。四周的警察一拥而上。

"这到底是怎么回事?"在审讯室里,刘大海问王麻子。

"当年我坐牢后,老婆和我离了婚,儿子也跟着老婆走了。他们从来没和我联系过。直到几天前,几个年轻人找到我,其中就有我儿子王祥。他说他妈死了,现在和兄弟们过,缺钱。他的兄弟手上有一笔大买卖,需要他出面找我去帮忙。"王麻子缓缓地说。

刘大海盯着王麻子:"继续说。"

"我自然没有答应。但我怕儿子走上邪路,就偷偷跟着他们进了城。他们在道上找了其他同伙,然后策划了这场入室盗窃案。我儿子只是初犯,我希望能给他一个机会。"王麻子缓缓地说。

"只要他老实交代,我尽力帮你。"刘大海拍拍王麻子的肩膀。

王祥被抓后,在王麻子的劝说下,如实供出了其他的同伙和赃物的下落。这起黄金盗窃案圆满告破。

刘大海没有食言,他帮王祥办理了取保候审的手续,又让王麻子带着王祥回了先锋镇。

回到家,王麻子将插在书柜缝隙里的医院诊断书拿给王祥看,他已经是肝癌晚期,时间不多了。王麻子说自己年轻那会儿,也喜欢往外面跑,什么刺激玩什么,哪里刺激去哪里。等年龄大了,才真正懂了"平平淡淡才是真"的含义。王麻子还说,儿子,你也别出去折腾了,家里什么都有。这些年我对不住你,对不住你妈,咱俩能最后聚在一起,也是缘分。你陪陪爹,让爹也陪陪你。等我走了,你如果在乡下住不习惯，就把这房子这店子都卖了，做点自己想做的事去吧。

王祥什么话也没有说，抱着父亲"呜呜"地哭了。

三个月后，法院开庭审理此案。考虑到王祥是初犯，有自首情节，还有立功表现，而且家里情况特殊，判处他有期徒刑3年，缓刑3年。

王麻子是在第二年去世的，他在最后的时光里过得很快乐，街坊邻居常听见爷俩的笑声从店里溢出来。

王家的锁匠铺没有关门，王祥成了它的新主人。他购进了几台新机器，又在网络上开了网店，专门出售各种定制的锁。他锁的品种很多，有密码锁、指纹锁、声控锁……在网上卖得很不错。

刘大海闲暇时，会过来看看，看看王祥，又看看墙上王麻子的全家福。

老王家的锁匠铺后继有人，海哥感到很欣慰。

海　哥

过完年，海哥明显感到身体不如以前了。门口的公鸡叫了三遍，他才从梦里醒过来。坐起身，脑袋仍是昏沉沉的，犯迷糊。

海哥想起年轻那会儿。天刚微亮，他就一个鲤鱼打挺从床上翻起来，外面公鸡打第一遍鸣，他已经穿衣出门了。四野静悄悄的，风"嗖嗖"穿过树叶的声音，野虫子在草里低语的声音，甚至是邻居家里微弱的鼾声，一点也逃不过他的耳朵。天上突然飞过一群鸽子或者麻雀，他瞟一眼就能报出具体的数字。可现在，全变了。

从家里到集市，路不远，但山路弯弯扭扭的，走路得好一会儿。年轻那会儿，海哥两条腿摆起来，像踩着风，想停都停不下来。现在却像是灌满了铅，还未走过一半路程，就有点喘不过气来。

这条路海哥走了许多年，四十年还是五十年，记不清了。海哥在镇上读了小学、初中，接着参加工作，结婚、生子，又送走父亲、母亲。一眨眼女儿大了，大学毕业后留在省城工作。去年，女儿结了婚，还怀了孩子。老伴不甘寂寞，跑到省城陪女儿去了，海哥便独自留在先锋镇工作、生活。

海哥全名叫刘大海，是先锋所的一名社区民警。先锋所是先锋中心派出所的简称，海哥在这里工作了大半辈子。

派出所里的同事都喊他"海哥"，不管是和他年龄差不多的老民警，还是刚进来的愣头青，就连所长王新亮也这么叫他。其实从外表看，刘大海早过了称"哥"的年纪，已经跨入了"叔"或者"伯"的范畴。他黑发下的银丝一大片一大片的，像冬天田埂上密布的枯草，密密麻麻地在月光下反射出银色的光。但这里没有人喊他"海叔"或者"海伯"，不知道是怕把他给喊老了，还是大家觉得喊"哥"才更显得亲切。或许是这么多年一直喊下来，喊的人和听的人都习惯了。反正"海哥"就这么自然而然地成了他的称谓。先锋所里的人这么喊，先锋镇上的人也这么喊。

海哥是南方人，但长得"一点也不南方"，这是大家对他的评价，褒义词。他个头高、身板厚，没当警察前，是村里数一数二的干活好手。杀猪、宰牛、做木工、干农活，他样样拿手。后来赶上好政策，他穿上警服，吃上了国家饭，这些手艺就摆弄得少了。一是公安工作忙，没时间；二是怕人嚼舌根子，说警察不务正业。他把全部精力都投入到工作中，不管是有案子还是没案子，天天村前村后地忙活。收集破案线索、登记人口信息、调解邻里纠纷……或许是长期在户外奔走，海哥的皮肤晒得黝黑黝黑的，像是水塘里掏出来的泥鳅，黑得发亮。

也许在多数人的眼里，警察是严肃、冷酷的，他们办事利索，说话老道，就连眼神都锐利得让人不寒而栗。但海哥的出现完全颠覆了这种普遍的看法。他大大咧咧的性格，爱笑，爱说话，和人聊不上三句，"哈哈哈"震天的笑声已经传得好远。他和什么人都聊得来，整个就是一"话痨"。这是大家对他的另一个评价。

"海哥，我们当警察的，嘴巴还是要严实一点才好。"王所长不止一次地提醒他。

"生成的眉毛画成的相，我这性格改不了啦。"海哥两手一摊，一脸的无奈。旋即他一抬头，开聊了："王所，你知道不，这个性格啊，决定命运，像我这样的人吧……"

一看海哥又要开始长谈了，王所长赶紧摆摆手，走开了。

干刑侦工作，海哥不适合，为什么？抓人前他和同事聊，蹲点时他和路人聊，抓到犯罪嫌疑人他和犯罪嫌疑人聊。他那张嘴巴见什么人说什么话，聊起来没完没了。分管刑侦的副所长受不了，求着所长把海哥安排到治安口。没想到海哥搞社区工作是上鞋不用锥子——针（真）行。他凭借那张能说会道的嘴，和辖区群众聊出了深厚的情谊。海哥工作了近三十年，全市优秀社区民警，海哥榜上有名；全省优秀社区民警，照样有他的名字。

有人说，海哥亏就亏在这些虚名上。他参加工作时间早，是公安局里的老前辈。那些当年和他一起进来的同事，有的当了局长、副局长，有的当了所长、队长；派出所的领导都换了几拨，唯独海哥还在原地踏步。究其原因，就是因为这些荣誉，先锋派出所是全省优秀派出所，先锋社区是全省优秀社区，海哥是全省优秀社区民警，如果海哥调离这里，或者不搞社区工作，那局里这面省优市优的大旗也将不复存在。

这些话传来传去，终究还是传到海哥的耳朵里，可他一点反应也没有。

"海哥，你觉得亏不？"同事忍不住问。

"为国家做事，有啥亏不亏，知足常乐。"刘大海哈哈一笑，一转身，又下社区忙活去了。

先锋所建所时间早。最初的时候，这里叫先锋警务站，一个镇设立一个警务站，类似于现在的社区警务室。站里就两个人，一个民警一个协警。后来搞警务改革，先锋镇以及周边的几个警务站合并成先锋派出所。又过了几年，先锋派出所和附近的几个派出所合并成南乡警署。警署类似于现在的城市分局，就有那么点规模了。它管着南乡的十二个乡镇，警署里民警加协警有近两百号人。但没过两年，政策又变了，警署重新拆分成若干个派出所，这里也变回了原样，只是多了"中心"两个字,改成了先锋中心派出所,管辖着先锋镇以及相邻的四个乡镇。

其实无论名字变来变去,要做的还是那些事,巡逻、抓贼、安保、维稳、调解邻里纠纷……处理的事情或者大一点,或者小一点。做事的也还是那么几拨人。

有那么一阵子,派出所里人心惶惶的,没有人知道明天会调动到哪里去,上面的政策又会有什么新的变化。镇上发了好几起盗窃案,谁也不想管。海哥这才罕见地在所里拍了桌子起了高腔:"他妈了个巴子,尽玩些虚的。有这些瞎琢磨的时间,不如出去抓几个'耗子'。"

"耗子"是本地方言,小偷的意思。小偷只是一个统称,在道上细分为很多种类。如按作案地点分,在轮船上作案的,叫"大漂洋";在火车上行窃的,叫"蹬大轮";在城里行窃的,叫"扒手";而在我们这乡下,则称"耗子"。如按偷盗手段分,那就更细了,用镊子夹钱包的,叫"尖角";用刀片割口袋的,叫"舔刀";晚上翻墙入室的,叫"爬梁";偷鸡摸狗的,叫"细贼"……行有行规,贼亦有贼道,这里面的水深着了。说这话时,海哥显得很豪气,像是也沾上了那么点江湖的味道。

每个月"逢五""逢十",是南乡赶集的日子,也是"耗子"活动的高发期。

赶集的场子坐落在先锋镇的南边。从派出所出门顺着国道往南走,大概过去两公里,可以看见一片旷地。早先这里是一个砖厂,后来不知什么原因垮掉了,只留下了一片空地。赶集的日子,外边的商贩和周边临近村镇的居民都聚集在空地上,自发地形成一个简易的集市。有人出售家里养的猫、狗下的崽子,用一只鞋盒装着,眼睛还没睁开,颤颤巍巍地缩在一团取暖;有人带来鸡、鸭刚生的蛋,蛋壳上还沾着草屑,带着微微的热度和一股子家禽粪便的气味;有人出售刚从地里摘出来的新鲜蔬菜、水果,全是时令货,嫩绿的叶子上蘸着露水;还有卖衣帽鞋袜的,都是城里卖场的换季货,款式过时了,便拿到乡下来碰碰运气,折扣普遍低得吓人。这些人和货物一股脑儿地堆进空地，把这块空间填塞得拥挤不堪。那些晚到的没有来得及挤进空地的赶集人则如同宣纸上滴下的墨迹，往空地四周不断地浸染开去。源源不断的人群经常造成国道堵塞，偶尔还会引发交通意外。

先锋镇是本市与外市的连接点，这条穿镇而过的国道是唯一的交通要道。每年镇上发生在国道边的交通事故有十几起，其中大半与这个临时集市有关。交通事故虽然不归派出所负责，但如果因交通事故引发了纠纷、上访，甚至是群体性事件，派出所照样脱不了干系。作为先锋镇的社区民警，海哥是这些后果的第一责任人。他配合交警在事故现场布置过警戒线，参与过事故双方的调解会，处置过因觉得赔偿不公拖着尸体堵政府大门的愤怒家属。他脸上被人吐过唾沫星子，衣领被人扯坏过，肚子上还挨过不知道哪个角落飞过来的拳头。好在海哥皮实、耐打，人缘也不错，在他手上终究没有闹出什么惊天动地的大事。海哥能理解那些人失去亲人后的愤怒，虽然有些愤怒直接起源于赔偿金额的多少。

这个临时集市就像一个烫手的山芋，取缔违背民意，存在又隐患不断，让派出所很是头疼。海哥向上级部门打了数次报告，还跑到县政府、市政府去反映情况，想申请一笔资金，对空地进行改造。那段时间，海哥一改往日啰嗦的习惯，说话言简意赅，走路风风火火，他把所有闲暇的时间都用来研究市场的改造和如何向上级部门汇报。所里流行的口头禅也从见面问"出警了没？""有案子没？"变成了"有消息没？"

快过年的时候，省里一位领导到下面来检查工作，临着国道边的先锋镇是车队的必经之路，镇政府和派出所必须提前安排人手对国道沿线的人流进行疏导控制，保证车队的正常同行。但因为那天不是节假日，又没有赶集，派出所只是按照惯例派了两名值班的民警上路站岗。结果，领导的车队行进到先锋镇时，突然遭遇到一大波赶集的人流，车队被堵在国道上，足足堵了半小时。

王所长一张脸黑了半个月。听说因为这事，他被局长骂得狗血淋头。除了海哥，谁会有这么大的号召力能在平常的日子聚集起这么多人赶集，而且又能将车队过身的时间拿捏得如此准确？王所长脾气憋在心里不能发作，一是海哥辈分高，二是没有任何证据。有同事听见他在办公室里对着墙壁发牢骚："老实人不干老实事！"

不知道是因为海哥递上去的申请报告终于起了成效，还是因为堵路事件引起了领导重视，不久上面就拨下一笔专项资金。因为是专款专用，集市改造的工程弄得又快又好。不到半个月，原来的空地就被改造成一个井然有序的半封闭市场。

虽然挨了一顿训，但解决了困扰派出所多年的隐患，王所长的脸色缓和了不少。中午在所里吃饭时，他破天荒地开起了海哥的玩笑："海哥，真人不露相啊！"

"啥真人假人，能办事的就是好人。"海哥嘿嘿一笑。

改造后的集市犹如鸟枪换大炮，提升了好几个档次，再加上临着国道，交通便利，人气很旺，一度成为南乡最大的交易市场。随着集市名气、人气的增长，先锋派出所的报警量和发案率也节节攀升。赶集时，远近的"耗子"全聚集到这里。男的、女的、老的、少的，一个人跑单来的，两个人搭帮来的，三四个人组团来的……集市上那些值钱的东西，捎不留神就被他们"顺"走了。王所长被这些案子闹得头疼，安排海哥天天在集市蹲守。

海哥走到集市时，天已经敞亮了。赶早市的人不多，星星点点的。有认识海哥的商贩或顾客争先和他打招呼。

"海哥，早啊。"

"海哥，吃饭没？"

海哥边走边一一回应。

集市弄得越来越好了，海哥的步子放缓下来，走走停停的，看看人，又看看货，心里凭空地多了些自豪。张老头的儿子又长胖了，虎头虎脑地蹲在他爹的摊位上玩耍；刘家大嫂子出院后，恢复得不错，气色圆润多了；这集市里多了好些蔬菜、水果，自己连名字都喊不上来，价格还贵得吓人……

人群里有"耗子"混了进来，海哥眼睛扫过去，雷达一样，分秒间就把他们"挑"了出来。

"'扁脑壳'，上个月刚拘留了你，今天又想过来撞运气？"海哥冲着一个背影吼道。

被唤作"扁脑壳"的中年男子转过身,很尴尬地跑过来。"海哥,看您说的,我今天是来赶集的,买点东西就走。"

"我今天没事,全程陪你逛。"

"怎么能麻烦您呢,我还有事,我先走。""扁脑壳"灰溜溜地离开了。

海哥拐了个弯。

"铁伢子,带着朋友过来赶集呢?"

"海,海哥!您来了。""铁伢子"是个小年轻,模样只有十七八岁。

"你都来了我还能不来?今天要是丢了东西,我谁也不找,就找你。"

"别别别,海哥,你这不是冤枉我哦。我走还不行吗?""铁伢子"和另外两个伙伴赶紧开溜了。

……

59岁那年,海哥病了一场。也没有什么征兆,只是多年的伤病攒在一起爆发出来。医生说是病毒性感冒引发了身体上其他的一些问题。主要原因还是年纪大了,身体的抵抗力下降了。

"我不服老,你看我这胳膊、这大腿,我得干到六十岁再说。"海哥病好后回到所里,他当着王所长和大伙的面,拍了拍胸脯。

大家都笑了:"海哥,你离六十岁也就差几个月了。"

"一个月还有三十天呢,干满再说。"海哥狡黠地一笑。

海哥终于还是退休了,大伙给海哥办了一场欢送会,本来只有所里的同事参加,后来不知消息怎么传出去了,几乎整个先锋镇的居民全来了。派出所的大坪里面热热闹闹地摆了十个大圆桌。海哥的老伴、女儿、女婿都来了,他们要接海哥去省城生活。海哥走的时候很多人流了泪,镇上好些孩子是海哥看着长大的,他们抱着海哥的腿不让他离开。

王所长眼睛红红的,把海哥的手握了又握。

海哥退休了,最高兴的要数那些"耗子",这些年他们被海哥憋坏了。海哥一走，镇上的发案率大幅度反弹，大多集中在赶集的日子。

"这些'耗子'还想翻天呢？"王所亲自上阵，带着民警天天守在集市上。情况好转了一点，但仍不时有案子发生。"耗子"认识所里的民警，但民警却不认识"耗子"，他们被对方牵着鼻子走。

"王所长，海哥走的时候不是交给你一个大信封，说如果发了案子，可以拿出来参考。"有人提醒。

"是哦，你不说我差点忘了。"王所长连忙回到办公室，从抽屉里找出信封。信封里面是一个厚厚的笔记本，密密麻麻地记录了海哥这些年来打过交道的"耗子"的信息，有照片，有前科资料，有家庭住址，有盗窃习惯，有朋友关系网……内容分门别类，细致详实。大家一边围着看一边咂舌，说："好家伙，一百多页，都赶上一本贼道上的百科全书了。"

接下来的事情就轻松多了，王所长把海哥的笔记复印了十几份，所里的民警人手一份。集市上只要发了案子，民警比照着作案类别、相片资料直接过去抓人就行了，就和在自家菜园子里摘萝卜似的，一抓一个准。就算没有发案子，那些榜上有名的"耗子"只要一接近集市，民警就盯着他们，让他们无从下手。

"真是活见鬼了，这些警察一个个比海哥还厉害。""耗子"们一次次无功而返，最后干脆来都不来了。先锋镇上的治安前所未有的好转。

"真是多亏了海哥，也不知道他现在怎么样呢？"一眨眼，海哥退休大半年了。大伙和他通过几次电话，他总说自己忙，匆匆就挂断了。看来他带孙子很辛苦，大伙都这样猜测。

又快过年了，中午民警都在食堂吃饭，电视里播放着一个访谈节目。记者正在采访一位戴着口罩、墨镜、贝雷帽的老人，他是城里便衣反扒队的队长，专门组织那些身体不错、又赋闲在家的老大爷老大妈，帮助警察在超市、农贸市场、汽车站等地方盯梢抓小偷。他很健谈，说自己也是从公安局退休的，身体还不老，想发挥余热，为社会做点贡献。

"那不是海哥吗?"王所长眼尖,大喊了出来。

大伙仔细一观察,那身形,那外貌,特别是那说话没完没了的劲,除了海哥还有谁呢?

"城里的'耗子'这下要倒霉了,有海哥在,他们这个年一定会过得很难受!"王所长有点幸灾乐祸地说。

"就是,就是。"食堂里传出一片欢笑。

永 夜

一

午夜十二点，老姚准备出门"上班"了。出门前，老姚回头看了一眼儿子的照片。那是一张嵌在木质相框里的单人照，巴掌大，立在床头柜上。照片里的儿子刚进初中，穿着笔挺的白色校服，胸前挂着银色的校徽，正冲着他天真无邪地笑。那个笑脸让老姚既熟悉又有点陌生，但他还是觉得很温暖。就好像有一股暖流从心坎里一点点地漫上来，开始还很轻很软，接着就汹涌了，像决堤的洪水似的，"哗哗"地往外冲。不一会儿，老姚的眼眶就湿润了。

老姚差不多有三个月没有见到儿子了，等上完这趟"班"，老姚想无论如何也要进趟城，看看儿子，抱抱他，亲亲他，给他买点穿的、用的。

"上班"是老姚发明的词语，道上的人一般叫"做活"，和"作死"是正反词。"做活"这个词很形象，"活"字当名词用时，可以理解为做事情、找活路；当动词用时，表示做这个事，才能活下去。老姚觉得"做活"这个词带着一股子邪气，远没有"上班"叫得贴切。

老姚"上班"的日子不固定，时间多选在午夜以后，这叫"夜活"。"夜活"技术含量不高，但流动性强，地域广，官方称为"流窜作案"，也叫"入室盗窃"。这几个字写在纸上平淡无奇，但在道上颇多讲究，用老姚的话总结为"一探、二看、三细、四贪"。"一探"意思是"做活"前先踩点，找准下手的地方，住几个人，值不值得偷，风险有多大；"二看"是指进屋后，分清主卧、客房，家具摆设、门窗位置，看好逃跑路线；"三细"指偷的过程中细致、细心，抽屉夹层、书柜角落、床边枕下、相框背面，等等，一处也不漏过；至于"四贪"，有句老话叫"贼牯子进门不打空转身"，出来偷东西就是一锤子买卖，进了主家的门，偷什么东西，偷多偷少，就这么一次，没有回头再来的说法，所以不管啥东西，能拿走的绝不给主家留下，能贪多少就贪多少。

在道上，老姚是有些名声的，他上"道"这么多年来，从未失手被擒，道上的人提起他，都会竖起大拇指，尊称他一声"姚叔"。"叔"，是一种辈分，也是一种资历。

但扪心自问，谁会想当贼呢？在老姚年轻的时候，就算给他一万个胆子放开想，他也没想过自己会走上贼道，过这种提心吊胆、刀口舔血的日子。一旦失手，轻则被主人家抓住，打得皮开肉绽；重则关进大牢，三五年不见天日。

偶尔，老姚会走走神，想起他的初中同学，一个外号叫"乡下维生素"的铁哥们。当年那哥们家境比他还可怜，一晃这么多年过去了，也不知现在混得如何。因为活得不如意，干的又是偏行，老姚不想和任何人发生关系，也不去打听他们的信息。

二

卫胜苏当然不会知道老姚的心声，此时的他正看着窗外的无边夜色，靠在他的黑色旋转沙发椅上休息。他视线朦胧，意识模糊，脑袋里像是有两方在拔河，把头拉扯得生疼。那些酒桌上的喧哗声，还在一阵一阵地如潮水一样拍打着他的耳膜。他使劲撑开眼，双手向前挥动，想挡开那些敬过来的酒杯，这才发现身体早已告别了酒桌，坐在自己的办公室里。

在大家的眼里，卫胜苏的人生是成功的。刚满四十岁的他担任县财政局局长，老婆是某银行的中层领导，孩子在省城读重点中学。家里住的是二百多平方米的复式住宅，全套红木家具，地上铺着奢华的波斯地毯，房子装饰得高端大气。平日里，他上下班有专职司机接送，隔三岔五单位会安排外出参观考察，每天有数不完的饭局等着他，各个行业、部门的大佬都想和他把酒言欢。他的事业和家庭，都如正午的太阳一样，充满了激情与能量。

当然，这只是大家的看法，卫胜苏不会也不能向别人解释什么。

卫胜苏用力地揉了两下太阳穴，从桌上的香烟盒里摸出一根香烟，点燃，他发现自己竟然想不起明天白天有什么安排。这狗日的生活！卫胜苏赌气地猛吸了一口烟，他感觉到烟顺着喉咙冲进身体，奔腾着、横冲直闯，像沙尘暴一样肆虐着他的五脏六腑。

对了，明天是一号。每个月一号，是局里开月总结会的日子。为了提高工作效率，卫胜苏在年初的部署会上将全年工作分成若干阶段，然后通过各种大大小小的会议来落实完成。开会是卫胜苏的乐趣之一，他喜欢那种肃穆、安静的气氛所带来的快感。他还规定在会议过程中，参会人员都必须发言，时间为一分半钟，多一秒、少一秒都不行。卫胜苏记忆力极好，对局里各种统计数据、工作方案倒背如流。他喜欢在下属发言时突然发问，如果答不上来，轻则当场批评，重则散会后直接调整岗位。

卫胜苏的这个特殊癖好和他那无上的权威，愁坏了局里的众多处长、科长。大家私下里给卫胜苏取了个外号叫"维生素"，逼着大家天天开会"补脑"。

三

在"上班"之前，老姚曾是镇上采矿场的一名工人，儿子在镇上读小学，老婆翠花在家开缝纫店，一家三口的日子过得艰辛却甜蜜。

翠花一直记得那个冬天的上午,她看着老姚走出屋门不到五步远,突然头一偏倒在晒谷坪里。她慌乱地奔跑过去,却怎么也喊不醒老姚。她的呼喊声和哭声引来了邻居,大家将老姚送往县人民医院。经过医生的诊断,老姚患上的是矽肺病。这种病在矿工中很常见,主要是因为人体长期吸入含游离的二氧化碳粉尘,引起以肺间质纤维化及矽肺结节为主的疾病,严重者影响肺功能,丧失劳动能力,甚至发展为肺心病、心衰及呼吸衰竭。

老姚住院后不久,矿上又出现了一起安全事故,矿塌了,埋了两名工人,老板吓得连夜卷款逃跑了。老姚的工作没了,人又住进了医院,家里的担子全压在老婆翠花的肩上。翠花要照顾年迈的公公,要照顾住院的老姚,要照顾读书的孩子,她还要赚钱养家,忙得焦头烂额。家里多年来的一点积蓄全变成了医药费,但老姚的病情还是每况愈下。终于有一天,翠花收拾好衣服悄无声息地离开了这个家。

"夫妻本是同林鸟,大难临头各自飞"。老姚不怪她,四十多岁的女人为了他和孩子,苍老得和六十岁的老太婆一样,换了谁,心里也不好受。家里只剩下了一老一少,老姚反倒想开了。他把儿子送到城里的妹妹家托她照顾,又把老父亲送进了村里的敬老院,接着他变卖家里所有值钱的东西,连同仅存的一点积蓄全部打到了妹妹的卡上。医院肯定不住了,老姚独自住回了镇上的老屋,他把遗嘱也立好了,万一有什么不测,老房子归儿子所有。

老姚这个病时好时坏,身体好时和正常人一样,可以去外面走走,捡点垃圾;身体差时,疼得整日整夜地躺在床上,只能靠喝水维持生命。老姚想得很简单,父亲孩子都有了着落,自己一个孤家寡人能活一天算一天。人想通了,气也顺了,老姚的病竟然没有再恶化下去。

因为常到镇上周边地段捡垃圾,老姚认识了一帮新朋友。这些人白天以捡垃圾为掩护到处"踩点",晚上则出来"做活"。新朋友们知道老姚的情况后,都鼓动老姚和他们一起干。用他们的话说,老姚都是半截身子埋在土里的人,没有什么可以顾忌的。就算被抓进去也没关系，还有国家管吃管住管看病，不见得比外面差。

"做活"毕竟是犯法的事情，这个想法埋在老姚心里，迟迟不敢付诸行动。但城里读书的儿子处处需要用钱，穿衣吃饭、交学费、买课外书、参加补习班，之前老姚交给妹妹的那点积蓄早用得一干二净。当儿子阑尾发炎需要动手术的消息传来时，老姚什么也顾不上啦。做了第一次，就有第二次、第三次……老姚从此走上了"贼道"，这一走就是好几个年头。

四

窗外的风刮得很急，月色也很暗淡。卫胜苏仰靠在椅子上，空洞地望着窗外，任手里的香烟缓缓地燃着。

卫胜苏是从大山深处走出来的孩子，他出生在一个很偏远的乡村，离镇上有二十里地的路程。卫胜苏的父亲是个酒鬼，常常喝得烂醉如泥。母亲则是父亲花钱买来的一个傻子，整天坐在门槛上咧着嘴笑。从卫胜苏懂事开始，他就挑起了家中的担子，他去山上捡柴火、割青草；去河边挑水、喂猪；他要洗衣服、做饭，还要照顾年幼的弟弟妹妹，甚至伺弄家里的那三亩水田……

等卫胜苏到了上学的年龄，为了兼顾学业，他开始不知疲倦地奔跑往返于学校和家之间。他在学校读书，放学后在超市兼职。等到晚上超市关门，他再奔跑着回到二十里地外的家中，处理家里的各种杂事，然后复习功课和完成作业。艰苦的环境磨练了卫胜苏的心智，不断的奔跑则锻炼了他的体魄。初中毕业后，卫胜苏以优异的成绩考上了市里的重点高中，接着又考上了重点大学，毕业后，他进入了家乡的公务员队伍。卫胜苏凭借着那股不知疲倦的奔跑精神，从办事员提拔为科长、从科长提拔为副局长、局长。那个学生时代被同学们讥笑为"乡下维生素"的青涩少年已经不复存在，代替的是实权在握、一个签名价值万金的卫局长。

卫胜苏的工作能力和处世哲学，在县里是有口皆碑的。特别是他当上一把手之后，财政局参与制订了县里多项重大经济决策和政策，得到了领导的高度赞扬，并连续几年被评为全县先进单位。卫胜苏还为局里拉来了一大笔资金，新建了办公大楼，改善了上班环境；修建了家属楼，解决了职工的住房问题；他还找县领导批来了一台二手大巴车，用于接送本局职工上班下班……大家都传言，卫胜苏还将在政治上有更大的进步，如果这样的领导都不提拔，那还提拔谁呢？

五

　　老姚出门前，再次检查了一遍工具。做事谨慎细致是老姚的习惯，也因为这个习惯让他从未失手。清点完毕，老姚挎上包，骑车往城里方向踩去。一个小时后，老姚的身影出现在一堵高墙之外。

　　午夜的寒风刮得正紧，树叶在风中摩擦颤动，发出一片片"呼呼"的声响。这"呼呼"声像是一个无形的罩子，把周围的一切声音都压在罩子下。老姚知道，这是"做活"的好日子。

　　这面高墙在办公大楼的正后方，墙边有一张锈死的铁门，门栓处用几根粗铁丝缠绕着，上面挂着一把看不出生产年代的铁锁。老姚在几天前来这里踩过点，铁门已经被他撬开了，铁丝也剪断了，他还用石头在门口做了特殊的标记。高墙外路口的路灯，老姚用弹弓打掉了，现在整条路都被包裹在浓郁的夜色里。老姚向四周瞅了瞅，慢慢摸到门口，他仔细观察了一下石头标记，确认没人来过后，推开铁门，钻进了院子。

　　进入大院，视线一下开阔起来。老姚看见前方一栋近十层高的办公大楼矗立在院子的东北角，大楼黑灰色的墙壁在夜幕下已卸去了白天的威严，像一个垂垂的老者蜷缩在轮椅上，一动不动。老姚知道这地方叫财政局，是管钱的地方。白天的时候，大门口总站着两个穿制服的保安，把衣冠不整的人挡在门外，而在今晚，老姚却要在这里自由进出，并带走一些"劳动所得"。想着这些，老姚心里不禁有点隐隐的洋洋自得。

老姚贴着墙壁向前走，绕过一个篮球场，接着穿过停车坪。他看见地上写着的白色数字，在静谧的深夜里，反射着些许的月光，显得触目惊心。老姚想起矿上的老板也有一个停车位，用白色的油漆画出来的方格，上面写着数字符号"1"。矿上的工人曾开玩笑说："城里人有意思，死后要挖个坑弄个木盒子睡着，生前也要画个格子弄个铁盒子坐着，这活和死有啥区别？"这话说完没几天，矿上就发生了事故，死了工人，老板也跑了。愤怒的工友们掀翻了老板的汽车，然后将车烧了。"呸呸呸"，真不吉利，怎么突然想起这样的事情。老姚调整了一下情绪，猫着腰向大楼奔去。

不知是保安疏忽，还是侧门原本就不锁，老姚进入办公大楼后，轻松地顺着楼梯上到七楼。按照之前的打探，财政局的领导都在七楼办公，这也符合官场流传的"七上八下"的传统。老姚借着手电的光亮，一个门一个门地摸过去，最后停在走廊当头的门前。这个门的门牌上写着"局长室"三个大字。门是木制的，坚实厚重，闻起来有股淡淡的黑胡桃木所特有的香味。老姚抓住门把手往外使劲地拉了拉，门安装得很严实，纹丝不动。

老姚朝四周瞅瞅，又竖着耳朵对着楼道听了一阵，空荡荡的一栋楼，静得让人窒息。确认安全后，老姚开工了。他将背着的挎包放到身前，从里面摸出铁丝、夹子和万能钥匙等工具。接着，他用嘴咬着手电，两手协作将工具配合着插进锁眼，慢慢地捣腾起来。这个门锁是插芯执手锁，这种锁一般分为分体锁和连体锁，产品材质以锌合金为多，因为防盗效果不错，被很多地方采用，要想弄开，还得费点周折。当然，对于老姚这样的"专业人士"，也仅仅是多费点周折而已。为了"做活"，老姚曾在一位开锁的同行那里下过苦功夫学习。老姚不断地变换着手法将工具在锁眼里转动，随着锁眼里跳出"咔嚓"一声脆响，门开了。

老姚并不急着进门，他关了手电，又将工具一一收回挎包，接着戴上一副布手套，仔细地将门上的指纹抹去，然后才将门推开一条缝。房间在意料之中的大，借着淡淡的月光，老姚看见地上铺着深色的地毯，墙角摆着整排的落地书柜，一张宽大的书桌放置在落地书柜前方，书桌边围着一圈淡色的沙发。老姚注意到在落地书柜边有一个小门，那应该是休息室，或者是存放私人物品的地方。老姚知道，这次绝对是一条大鱼。

六

卫胜苏心里清楚，自己当年那股敢拼敢闯的奔跑劲已经不在了。

是什么时候开始停止奔跑的脚步的呢？是从自己当上局长之后？还是女儿去外地读书之后？或者是竞争副县长的职位失败之后？卫胜苏努力地回忆着。

刚工作那会，卫胜苏每天都跑步上下班，一直到当上局长，这个习惯也没有改变。晨跑让他头脑灵活、精力充沛，已经变成了他生活的一个组成部分。可当上局长后，他突然发现早上跟着他跑步的下属多起来，他甚至听说有很多下属是专程从城市的另一头打车到自己家附近，等着和他一起晨跑上班。在局里，那些和他关系不错的副手们，也在公开或者私下的场合劝说卫胜苏放弃晨跑的习惯。如果连局里的一把手都跑步上下班，这些副手又怎么好意思开着公车出行呢？社会上也有好些人议论，说卫胜苏想出风头想疯了，利用跑步来沽名钓誉，不坐车是要和其他人划清界限以示清廉，等等。这些议论被夸大后变出好几个版本在县里流传，全都表露出对他的不满。面对各方的压力，卫胜苏唯有妥协，他要后勤处购买了一台跑步机，安放在休息室里。早上由司机开车接他到单位，然后一个人躲在休息室里跑步。

卫胜苏的女儿去外地读书后，他的私人时间多了起来。财政局这样的实权单位，每天的饭局数不胜数。卫胜苏的老婆是银行的中层领导，每天也有忙不完的事情。于是有那么一段时间，卫胜苏的一日三餐都在馆子里解决。每次吃完饭后，东道主还会安排各种各样的后续节目：唱歌、喝茶、洗脚按摩、打麻将，等等。卫胜苏喜欢唱歌，长期的运动让他的肺活量惊人，他很适合唱那些充满阳刚之气的军旅之歌,《打靶归来》《咱当兵的人》《一二三四歌》,等等,配上他挺拔的个头,一张嘴就能赢得满堂的喝彩。唱歌唱累了,当然要洗脚按摩来放松一下身体。双脚是卫胜苏最喜欢的部位,也是他力量的源泉。躺在柔软舒适的按摩床上,一边听着轻柔的音乐,一边任由年轻的女技师时轻时重地按摩脚上的穴位,疲劳压力在这一刻消失得无影无踪。心情好时,卫胜苏也和他们打打麻将、玩玩纸牌。等活动接近尾声的时候,那些老板或者老总会在恰当的时机,将早已准备好的信封或银行卡塞进卫胜苏的口袋,他们的一些采购项目或财政拨款都需要卫胜苏的签字,这些都是潜在的规矩。

卫胜苏给父母在老家建了一栋三层楼高的小洋楼,他给女儿购置了一辆宝马牌的小汽车,他给弟弟妹妹安排了好工作……他的衣服从里到外都是国外的名牌,手腕上戴的那块"百达翡丽"的手表价值十余万元。卫胜苏曾为自己没有在政治上更上一层楼,感到委屈和遗憾。他觉得现在这样的日子,是生活对于自己的一种补偿。

七

走进房间的老姚已经完全进入了他的职业角色,他像一只狡黠的狐狸,仔细地打量和估算着这间屋子。稍稍停顿后,老姚穿过沙发,走向办公桌侧面,他的手从书桌上方伸过去,摸索着伸手准备打开书桌中间的抽屉。突然,"叮"的一响,房间里的灯全亮了。

灯亮的那一瞬间,老姚差点吓得叫了起来。炫目的白色日光灯照得他脑袋里一片空白,他下意识地往后连退了好几步,腿肚子一软,整个人仰倒在沙发上。灯光下,他看见宽大的办公桌后的黑色旋转座椅上,竟然坐着一个人,一个和他年龄相仿的男人。

"姚远?"

"你是?"对方竟然叫出了自己的名字,老姚又吓一跳。

"我是卫胜苏啊,初中的时候和你同桌的那个,外号'维生素'。"对方继续说。

"维生素？真是你！你怎么在这里，吓死我了。"老姚缓过神来，心想今天是走运了，遇见了同道。

"我怎么在这里？我堂堂卫局长当然在自己的办公室里，你怎么会在这里？"卫胜苏一笑，反问道。

"啊！我……"老姚额头上的汗一下子冒了出来。

"偷东西？撬锁？以前的同桌同学、学习委员，现在沦为了小偷？"卫胜苏笑起来。

"维生素，不，卫局长，我、我也是没有办法啊。"老姚窘得说不出话来。

"老姚，想初中时你我成绩不相上下，我是班长，你是学习委员。没想到这么多年过去，我当了局长，你却变成了小偷。今天若不是遇见我，你在监狱里呆个三五年，那还算从轻发落。"卫胜苏说。

老姚听到"监狱"两字，吓得从沙发上一下滑坐到地上，不住地摆手。

"别……老同学，你听我解释，我失业了，又得了病要吃药，孩子在城里读书，老婆也跑了，我需要钱，我也是被逼无奈啊……"

"老姚，有困难你可以说啊，你来找我，我能不帮你吗？能看着你继续当贼？"卫胜苏激动地一拍桌面。

"砰"的一声脆响，让老姚全身一抖。老姚生怕引来其他人，连连作揖，低声说："我知道我错了，卫局长，你、你别把别人引来了。"

"我的办公室你以为谁都可以进来？没我同意，这里谁也没有这个胆子。"

卫胜苏很不屑地瞟了老姚一眼，继续说："老姚，当年你要是和我一起读大学，怎么可能落到这步田地，人啊，还是要读书啊！"

老姚两手抱住脑袋，叹了一口气。当年他家一穷二白，能吃一顿饱饭就是他心里最大的愿望，读书改变命运这种虚无缥缈的东西，他从来没有往心里去过。初中毕业后，老姚迫不及待地踏入了社会，他的所有想法就是赚钱、吃饭。他去工地担过沙石，在市场贩过小菜，在网吧当过网管，还在路边卖过光碟、假文凭、假公章……凭借着这些年赚的小钱，他在村里盖了房子，娶了老婆，生了孩子。他自以为他的人生很圆满，却没想到一场病将生活这面镜子砸得七零八碎。

"抽根烟吧。"卫胜苏给老姚扔了根烟。

老姚抖抖索索地给自己点上烟，他闻到卫胜苏嘴里浓郁的酒气，看见卫胜苏的脸被酒精灌得红彤彤的。灯光下，卫胜苏说话正说到兴头上，他的胳膊伴随着说话的节奏，一上一下地挥动，很有点坐在主席台发言的架势。老姚不敢打断他，唯有听着，老老实实地听着。

不知道过了多久，卫胜苏站起来活动了一下筋骨，喝了口茶。然后从外衣口袋里摸出一个信封，走到老姚面前，递到他手上。

"老姚，这是我的心意，你拿着，以后做正行吧。"

"不行，不行，我哪敢要您的钱啊？"老姚像手里捧着烫手的山芋一样，连连哆嗦。

"什么您啊您的，钱，就当我借给你的，等你将来发财了再还我，犯法的事，以后就不要再做了。"

"谢谢，谢谢卫局长。"老姚两腿一软跪在地上。

"什么卫局长，喊我老卫，以后有什么难处，直接来找我，都是老同学，我不帮你谁帮你？"卫胜苏扶起老姚，拍拍后背，将他送出门。

八

卫胜苏又点了一根烟，他的思绪慢慢清晰起来。

下午县长到财政局来视察工作，他全程接待，喝了不少红酒。晚饭后，本地商会的一个老总约他吃宵夜，又喝了不少白酒，等宵夜散场，卫胜苏已经喝高了。他的步子有点飘，舌头都有点不听使唤。好在意识还清醒，卫胜苏拒绝了老总请他去洗脚按摩的建议，执意让司机送他回了单位。他依稀记得在上车的时候，老总将一个厚厚的信封塞到了他外衣的口袋里。

县长来财政局视察工作只是个幌子，要卫胜苏照顾房地产老总才是目的。这个老总就是晚上约他吃宵夜的人，卫胜苏认识。老总以前在县里代销品牌酒，赚了不少钱。后来转行进军房地产业，楼盘做了不少，但承建的房屋质量却不如他的品牌酒靠谱。之前建的一个楼盘，交付使用刚一年就出现了墙体开裂，弄得业主集体到县政府告状。后来承建的一个安置小区，报价一千多元一张的防盗门竟然全部是塑料外壳，一拳就可以砸出个洞来，又被市里的电视台曝了光。幸亏老总背景硬，又舍得花钱，费了好大的力气才将这些事摆平。前段时间老总又看中了一个项目，但资金短缺，银行贷不到款，便打起了财政局的主意。他之前约过卫胜苏好几次，都被婉拒了。卫胜苏没想到老总能耐这么大，将县长都搬了出来，他能拒绝老总，但他不能拒绝县长。所以等到晚饭后老总约他，他爽快地赴了约，并喝了酒。网络上有句话说得有意思：生活就像强奸，如果不能反抗，那就闭着眼睛享受。

　　也就是在这个奇妙的夜晚，卫胜苏遇见了姚远。卫胜苏已经不记得当晚自己和姚远说过什么，他只记得自己给了姚远一个信封。看着眼前这个陌生的初中同学，那花白的头发、破旧的衣衫，还有那对自己唯唯喏喏、战战兢兢的表情。他想起自己和老姚年少时相似的艰苦岁月，他给老姚那个装钱的信封，是同情？或是怜悯？或是一种本能的内疚？连他自己也说不清楚。但是，卫胜苏突然为自己现在的富足生活而感到深深惭愧，和姚远比起来，他太幸福，也太不惜福了。

　　将姚远送走后，卫胜苏的心里突然涌起了那股消失了很久的奔跑的激情，他走进休息室里，踩在跑步机上慢跑起来。他已经对现状忍受太久了，他必须有所改变。在奔跑中，他的灵魂仿佛从躯体中脱离出来，在两个不同的躯壳间犹豫，一边是敢作敢为热爱奔跑的"乡下维生素"，一边是在权利场上声色犬马随波逐流的卫局长。卫胜苏决定近期抽空回老家看看，出来这么多年，却一直没有给家乡做什么贡献，这次他要动用权力给家乡拨一笔款项，用于修路或者架桥；最好还投资一个项目，将当地的经济搞起来。他还想以私人的名义给村里的希望小学捐一笔款，给孩子们添置一些桌椅和学习用品。对于那个老总，他将启动监督机制，对老总开发项目中的资金进行全程监督,他要确保房屋的质量没有问题,哪怕这样做可能会得罪县长。人生苦短,他不能在像过去那样活着,得做一些有意思的事……卫胜苏越跑越快,他感觉到脚上的能量在不断地涌出来,仿佛可以支撑着他永远地跑下去。

卫胜苏觉得很奇怪,在这个夜晚,自己怎么会突然之间有这些想法。

九

老姚不知道自己是怎样走下楼梯,又怎么走出办公大楼,好像每走一步都要用尽全身的力气。他脑子里乱哄哄的,心跳得厉害,汗水凝固在他的脸颊上,都不敢用手去擦一下。他的两只手紧紧地捂着胸口的信封,好像只要一不留神,信封就会消失一样。

一直到站在停车坪前,看着眼前这栋黝黑的大楼,老姚还觉得今晚经历的一切都好像是一场梦。老姚使劲地按着胸口,贴在心脏位置上的厚厚的信封真实地存在着,仿佛隔着衣服都能感受到信封上微热的体温。一阵风吹来,老姚打了个寒颤,他这才感觉到室外的寒冷,他里面穿的衣服全被汗水浸透了,衣服和皮肤粘在一起,让他浑身痒得难受。老姚一步一回头地向后门走去。七楼上,卫胜苏房间的日光灯还明晃晃地亮着,在寂静的夜色里,非常醒目地存在着。

老姚按照原路走出院子,他将铁门关上,重新将铁丝缠绕在铁门上,又从包里翻出一把半个手掌大小的铁锁。他将铁锁挂在铁门的门栓上,锁住,然后将铁锁上的钥匙取下来,远远地抛了出去。

做完这一切后,老姚才从墙角推出了自行车。时间还早,他想在天亮之前赶回家,洗个澡,然后补个觉。等天亮了,他先要去镇上理个发,再去超市给儿子买爱吃的零食和水果,然后搭早班的汽车进城。对了,他还得把邻居手里的一些旧账还掉,那些旧账不多,但已经拖欠了很久。老姚还想把隔壁老王家的那个门面租下来,他得去和老王谈谈租金,他早就想开一家废品收购店了。这个厚厚的信封让老姚看到了希望,他觉得还有太多的事情需要去完成。

"别动,警察。"两个穿制服的警察突然从黑暗里钻出来,一前一后将老姚夹在中间。

"我没有偷东西,我没有偷东西。"老姚惊出一身冷汗,下意识地喊道。

"还没有问,你就招了,一看就是做贼心虚。"

"我真没偷,钱是卫局长送给我的,他是我同学,他是局长,他……"

"有什么说的,到派出所再去说吧"。

"咔嚓"一声,冰凉的手铐戴在了老姚的双手上。

十

白天的月总结会上,卫胜苏第一次没有做任何提问,这让准备良久的下属们有点无所适从,以至于在主持会议的副局长宣布散会后,还坐在椅子上不敢离去。

"都散了吧,以后我们也要紧跟中央号召,精简会议,少说空话,多做实事。办公室先制定一个减少会议的方案,明天报给我。"卫胜苏丢下话,头也不回地走了。

午饭卫胜苏是和夫人一起吃的,地点定在江边的一个小饭店,不高档,但安静雅致。卫胜苏已经很久没有和夫人一起共进午餐了,他觉得今天应该庆祝一下,他忽然有一种拨开云雾见天日的感觉,迫切地想找一个人分享。

卫胜苏点了好几样夫人爱吃的川菜,又要了一瓶红酒,然后坐在饭店的包间里等待。隔着宽大的浅蓝色的落地窗,他看着江水缓缓地向南流淌,很舒柔,很娴静。不知道过了多久,夫人来了。边吃饭,卫胜苏边和夫人聊天,聊他小时候在农村种地喂猪,聊他每天奔跑的四十里山路,聊他的铁哥们姚远……夫人被逗得前仰后合,娇笑连连。卫胜苏感到前所未有的轻松和欢畅,自己早就该这样改变了。

在吃饭中间,卫胜苏接到了派出所打来的电话,电话里说他们抓到了一个叫姚远的惯偷,供认昨晚从他这里偷走了一笔巨款,派出所需要卫胜苏去核对一下财物。

"我没有丢任何东西,姚远是我的初中同学,昨晚他因经济困难来找我借钱,我借给了他。"说完,卫胜苏挂掉电话。

警察还是来了,那是半个月后的一个中午,同来的还有纪委的工作人员。在办公室里,他们宣布对卫胜苏进行"双规"。

老总给卫胜苏,然后被卫胜苏送给老姚的钱,变成了一根导火线,这根导火线没有殃及到老姚,却牵出了许多其他的人,卫胜苏是其他人中的一个。

众人进来时,卫胜苏正站在宽大的办公桌旁写毛笔字,临的是《兰亭序》。走在最前面的青年刚要开口,卫胜苏头也不抬地摆摆手,说:"我知道。"接着,他润了润毛笔,继续提笔写到:"后之视今,亦犹今之视昔。悲夫!故列叙时人,录其所述,虽世殊事异,所以兴怀,其致一也。后之览者,亦将有感于斯文。"

卫胜苏被带走的时候,很平静,他的脸上没有紧张与慌乱,倒像是一种如负释重的解脱。这半个月的时间,他做了很多事情,这些该感谢姚远,也感谢那个奇妙的夜晚。

离开办公室时,是中午十二点,卫胜苏清楚地听见办公室的挂钟"铛铛铛"地敲了十二下。

报　警

　　记忆是不会被遗忘的，就算是忘记，也只是暂时地尘封在脑海的深处。但有时，记忆是会骗人的，很多零散的忽略的东西因为时间久远，于是被记忆杂糅在一起，成为了一种新的记忆。

　　天略见暗淡，远处有人家升起了炊烟。

　　在乡下，大多数人家的晚饭总是吃得比城里略早些，在天还未黑的时候，便早早地弄好晚饭，一家老小坐到门前的晒谷坪里，边端着饭碗聊天，边惬意地吃喝。在这里，时间的概念已经被模糊化，有的只是无限放大的自由和舒坦。

　　刘雄这时候正蹲在家门口的晒谷坪里，仔细地擦拭着自己心爱的摩托车。红色的车壳，黑色的皮座椅，银灰色的车架。三年过去了，摩托车还保养得像自己离家前一样。刘雄用手轻轻地摩挲着车体，叹了口气。他知道，这是因为三年来父亲一直小心养护着它，把它看成了自己不在家时的替身。

　　擦完车尾，活就算全部干完了。刘雄抹了把额头上的汗水，直起身来。夕阳在远远的山坡上挂着，余辉射过来，把他的身影拉得老长。刘雄把沾着汗水的手在裤子上擦干，然后从上衣口袋里摸出一包烟，倒出一根用嘴含住，再用打火机点燃。烟半明半暗地燃烧着，空气里瞬时弥漫着一股淡淡的烟草味。

　　烟雾中，刘雄感到了一种全身心的愉悦。自从三年前悄然告别家乡，来到山西煤矿打工，这股淡淡的柔柔的香烟味，已经浸染在他的生命里，挥之不去。

　　自己是什么时候开始学会抽烟的呢？刘雄仔细地回想。他以前可没抽烟的习惯，遇上逢年过节、亲戚朋友走动时，别人递根烟过来他接在手里，也只是做做样子，含在嘴里吸几口就吐掉。一团烟雾，来来回回用嘴巴吸进来，又吐出去，刘雄一直弄不懂这里面能品出什么滋味。可是现在……刘雄往肚子里深深地吞进一口烟，他仿佛听见烟在身体里游走时发出的沉闷的声响，"呼呼呼"的，像是火车快速地穿越隧洞。烟从嘴巴进去，经过喉咙，然后游走到肺里，循环一周，再从鼻子和嘴巴里面喷出来。刘雄很熟练地用嘴把烟雾吐出一个个大大小小的烟圈，然后轻轻地把烟圈吹远。

　　俗话说，在家千日好，出门一日难。当初以为有浑身的力气，就能在外面的世界挣钱，这样的想法现在看起来荒唐而幼稚。刘雄想起这三年在外打工梦魇般的经历，心里就感到憋闷，感到难受。三年的时间已经使他完全成了另外一个人，有着另外的名字，拥有着另外的身份，甚至言行举止都发生了巨大的改变，他头发剪短了，身体强壮了，学会了抽烟、喝酒，说话的语调里带上了北方的卷舌音。

　　"雄伢子，吃饭哒！"父亲的声音，打断了刘雄的思绪。

　　天不知不觉全黑了，堂屋里的日光灯明晃晃地亮起来。

　　刘雄把刚吸了半截的烟头丢在地上，用脚踩熄，然后快步走进了堂屋。老婆三年前和自己离了婚，在此前也没添个孩子。母亲早逝，只剩下五十多岁的父亲，守着这几间老屋、几亩田土过日子。三年的时间并不长，父亲却老了许多，以至于今早回来时，刘雄一时都不敢相认。他不知道父亲这三年是怎么过来的，但父亲那过早全白的头发，和额头上纵横交错的皱纹，都记录着他这三年生活的艰辛。

　　这三年苦了自己，也苦了父亲。

　　屋里还是老样子，从三年前离开到现在，没有什么变化。吃饭的方桌还是放在堂屋的中央，连位置都没有移动一下；陈旧的墙壁上又多了些许裂痕；一股淡淡的霉味弥漫在空荡的房间里，让人想到了岁月的霉变。这就是三年来让自己魂牵梦绕的家，刘雄静静地打量着房子里的一切，这让他感到安定，感到全身心放松。

几个家常菜，配上瓶装的好酒，父子俩就喝开了。刘雄记得，父亲平生最大的爱好就是喝两口小酒。小时候常听村上的邻居们谈起，自己生下来后，父亲高兴得不行，常常一手牵着自己，一手提个酒葫芦在村里边喝边晃悠。喝到高兴了，便用小指头蘸上点酒，塞到他嘴里，然后看着他津津有味地吮吸。这时候，村里的人常会打趣父亲，说你可别喝酒误事，把孩子喝丢了。父亲听了，总会立刻仰起一张通红的脸，手一挥，大声辩驳："那不可能，酒葫芦丢了，儿子也丢不了！"

可这种幸福的日子并没有持续太久，等到刘雄稍大一点，家里接连发生了几件大事。先是妹妹去河里游泳时，淹死了；接着是母亲患病在床，失去了自理能力。家里的生活开始每况日下，为了节省钱给母亲治病，父亲也不得不戒掉了多年的酒瘾。母亲的病一直不见好转，终于在得病后的第三年春天，病死在家中。从那以后，父亲终日忙里忙外，又当爹又当妈地操持着整个家。刘雄再也没有看见过父亲拿着酒葫芦在家里喝酒。唯有遇上逢年过节，或者别人家办红白喜事时，父亲才能好好地畅饮一番。

在刘雄有限的记忆里，父亲这辈子只醉过两次。一次是母亲去世的那天，还有一次就是自己结婚的那晚。一个大悲，一个大喜。

在山西煤矿打工的三年，刘雄东奔西跑，从未和家里联系过。理由有很多，也很复杂，随着时间一天天流逝，连刘雄自己都忘了初始的想法。就在来山西三年后的某一天，在某一个看似平静的夜晚，刘雄躺在煤矿边简陋的工棚里，透过摇晃、破旧且上面布满污垢的玻璃窗，看见夜空中那轮圆圆的明月时，心里突然涌出对"家"这个词语无限的向往。就好像是突然恢复了记忆一样，有关"家"的一切含义，从他的记忆深处不断地蹦跳出来：老屋、樟树、摩托、晒谷坪、酒葫芦、长板凳、父亲……对，父亲！刘雄这才意识到，他并不是遗忘了这一切，而是记忆被尘封了，因为某些特殊的原因，暂时地"消失"在脑海深处。

过了些日子，刘雄用最快的速度找煤矿老板结清了工资，然后连夜坐汽车去镇上买了一对"古井贡"的好酒，再转汽车到市里，坐最快的一趟火车南下向湖南老家奔去。刘雄的行李很简单，几件换洗的衣服，包着这三年积存下的工钱，塞进一个脏乎乎的编织袋里。

父亲话很多，或许是三年没有见到刘雄，或许是太久没有人陪他喝酒聊天，他絮絮叨叨地叙说着那些久远的事情。刘雄一边给父亲倒酒，一边陪着父亲对饮。他早已不是当年那被父亲牵在手里，用指头蘸酒吃的孩子。不知不觉，第一瓶酒喝完了，第二瓶酒也快要见底。父亲喝着喝着，头一垂，就趴在了桌子上，他的嘴里不断地喊着刘雄的小名："雄伢子，雄伢子……"

在他外出的日子里，没有人知道他的小名，更没有人喊他的小名。当他回家时，听到父亲喊他小名时，他感到突兀和陌生。在父亲不断重复的呼叫中，他才意识到他就是"雄伢子"。

父亲的酒量大不如从前，两瓶白酒也就两斤，分摊下来，一斤酒就让父亲丧失了战斗力。刘雄上前抱起父亲，平端着走进卧室里，放在了床上。父亲的身体轻而干瘦，就像一小捆干燥的柴火，在床上只占有很小的面积。这么多年来，父亲早已习惯了一个人的生活，他此刻睡得非常的安详和满足。

刘雄简单地收拾了一下桌子，借着酒劲走出了门。

夜深了。远近农家星星点点的灯火，点缀着宁静的夜色。

刘雄抬起手，看了看手腕上的电子表，时间刚过十点。这块表还是他去煤矿上班时买的，防水，带夜光，就算是在漆黑的矿井里，也能准确地知道时间。冷风飕飕地吹来，秋夜的温度和白天相差很大。刘雄点燃一根烟，歪着嘴使劲地吸了两口。他感到喝过酒的身体热燥燥的，心里像揣着一团火，他很想干点什么来释放一下浑身的能量，所以当他看见晒谷坪边停放的摩托车时，便飞快地关上家门，骑上摩托车，得意地鸣了一声喇叭，顺着小路箭一样地飞了出去，小路的尽头连接着宽敞的村级公路。

刘雄记得自己以前玩摩托车在村上是出了名的。他能在摩托车上站立、反骑、单手握把甚至倒立等，做出各种惊险的动作；他可以把前轮抬起，只用后轮着地行驶；还骑车成功地飞越过村后小溪上的独木桥。他现在这个歪嘴的毛病，也是那时候玩摩托车时落下的。有一次因车速过快，他从车上摔了下来，嘴巴直接地着了地，从此落下个歪嘴的毛病。但这丝毫不影响刘雄的个人魅力，因为有这么一手绝活，不时地就有人上门请刘雄去"表演"节目，当然会付给一定的报酬。刘雄还在一次表演绝活时，被邻村的一个女孩子看中，并最终成就了一段姻缘。

想起过去，刘雄心里就叹气。结婚后，老婆把家里家外料理得井井有条，老爷子也被服侍得舒舒服服。父亲整天脸上挂着笑，坐在坪里和邻居们聊天、打牌、晒太阳。刘雄除了自己干农活，还不时地出去表演摩托车绝技，挣点外快，一家人过得有滋有味，幸福得像花儿一样。只怪自己鬼迷心窍，不知怎么地迷上了买"地下六合彩"。那是一种通过选择"1"到"49"中的任意一个或几个号码，如买对了号码，就获得赔率为1赔40的赌博游戏。下注金额不限，用乡下通俗的说法叫做买"码"。好像一夜之间，"地下六合彩"诱惑了很多的乡镇，到处都在传说某某买一千元，中了四万元；某某中了奖后盖了房子、买了小车的消息。这些消息把村民的心撩拨得痒痒的，许多人拿着盖房子、买化肥的钱，投到"地下六合彩"的赌博中。刘雄最初投入100元，中了4000元后，也开始疯狂地买"码"。摩托车表演不去了，农活也不干了，成天就闷在家里研究着那些买来的"码"报和"码"单，然后不断地下注。可自从第一次中奖后，刘雄和中奖几乎绝缘。他下注的金额越来越大，输的钱越来越多，最后连家里的电器和老婆的陪嫁首饰也当了出去，就剩下了这辆心爱的坐骑——摩托车。债主天天上门讨钱，还说要把这辆摩托车拖走，他不得不到处想办法弄钱。为此，父亲气得大病一场，老婆也气得回了娘家。

刘雄骑着摩托车在水泥路上漫无目的地奔驰，这么久没有骑摩托车，感觉技术都生疏了。他想起以前在摩托车上表演特技时的情景，心里突然涌起一股难以抑制的冲动。

刘雄放慢车速，熟练地平衡车体，然后将坐的姿势变为蹲到摩托车座凳上，双手慢慢地离开方向盘，站了起来。刘雄感到自己猛地高大了许多，路两边稀疏的灌木和收割后的稻田，一下子都在俯视之列。他的身体笔直地站着，潇洒地张开双臂，随着风在耳边呼啸而过,他就像是电影里那些能腾云驾雾的仙人,有了一种如醉如痴的感觉。

在这么偏僻的乡下,这么晚是不会有车从路上经过的。刘雄自信地想。他尽情地享受着这种独特的快感,甚至大胆地闭上了双眼。

一道白光突然从眼前一晃而过,刘雄听到尖锐的刹车声,然后是"哐档"一声,紧接着自己连人带车被撞起弹向空中,再重重地摔倒在路边的稻田里。

四周一片寂静。

刘雄感到身上火辣辣地疼,但头脑很清醒,说明伤得并不严重。他借着那辆小卡车的灯光,分明看见从车上下来两个青年伢子,向他走了过来。

刘雄躺在地上打量着这两个人,都只二十来岁,穿着牛仔裤、休闲服,打扮得非常的时尚。一个脑袋后梳着一根小辫子,另一个脸上有块刀疤,一看就知道不是什么好鸟。

"耍杂技啊,想死也别找我们啊!"刀疤脸开口就骂。

"疤哥,这人不会是死了吧?"小辫子问道。

"呸。开车最忌讳这种事情,你别瞎说。"刀疤脸边说边走上前,蹲下身子,一摸刘雄的鼻子,随后高兴地叫起来,"没死,还有气呢。让我来摸摸他身上有什么值钱的东西,说不定还能发点小财。"他边说,手便顺着刘雄的鼻子往下摸,一直探到刘雄的衣服口袋里。

"你他妈的混账!"刘雄一把抓住刀疤脸的手腕,猛地坐起身,借着酒劲用力把对方向后一推。这个动作来得太突然,刀疤脸被推得四脚朝天摔倒在田里。

在外面打工的这几年,刘雄受尽了委屈,现在回到家,他可不再是那个任人宰割的外地佬了。三年前他独自跑到山西找工作,走时匆忙没来得及带身份证,即使带了他也不能拿出来。幸亏有老乡介绍他到煤矿里找活,煤矿老板用自己的关系给他弄来了合法的身份,又帮他办了张假身份证,他在这里成了另外一个人,名字叫刘雄。在矿上,煤矿老板随意拖欠工人的工钱是常事,吆喝工人做这做那,一不高兴就打骂相加。矿上还有老板专门雇佣的保安队,谁要是工作不卖力，或者对老板不服，都会被保安队请去吃拳脚。刘雄就因为有一次对煤矿老板克扣工钱表示异议，在当天的晚上，挨了一顿好揍。远在他乡，寄人篱下，就算是死了也不会有人知道。刘雄就这样窝窝囊囊地在外面呆了三年，像今晚这样先动手打人，他还是第一遭。

"你找死啊。"刀疤脸先是一愣，继而回过神来，上前一拳就砸在刘雄的脸上，砸得刘雄又摔倒在地。

"臭小子，活腻了吧？"小辫子一看他兄弟和人打了起来，飞快地跑回车上，从驾驶座室里拿出了一把明晃晃的砍刀，向刘雄冲了过来。

刀！这个词语和"跑"同时出现在刘雄脑海里，酒意在一瞬间蒸腾得无影无踪，他转身就朝稻田深处奔逃。那两个人一前一后在后头追赶，嘴里骂骂咧咧："有种的就别跑，老子非砍死你不可！"

四周黑漆漆的，这一段马路位置偏僻，周围几里路也看不见一户人家。要是就这么被人剁了，随便往哪个水渠里一丢，尸体十天半个月都难得发现。在山西煤矿里干了三年都没有死，现在回到家却被人砍死，那可太不值了。刘雄边跑边摸索着掏出手机，跟跟跄跄地拨打号码"110"。

"救命啊，先锋村往外县走的水泥路边，有人要杀我！"刘雄边跑边朝电话里喊叫。

那两个人还在后面穷追不舍。

稻田里地势高低不平，跑起来分外的费劲。刘雄深一脚浅一脚地逃着，始终和追逐者保持着一段距离。

不知跑了多久，也不知跑了多远，迷迷糊糊间刘雄听见远处有警笛声响起。那两个人显然也听到了警笛声，三个人同时停住了脚步，紧接着追逐者开始慌张地往回撤离。

刘雄知道他打的报警电话奏效了，附近的警察已经驾车赶过来。刘雄感到刚才消失的力气又重新回到体内，他开始转身反追那两个人，边追边大声骂道："小兔崽子，有胆的不要走！"

那两个人跑上公路，飞快地跳上汽车，"轰"地一声发动油门，绕过倒在地上的摩托，向临县的方向疾驶而去，一眨眼，就只看见一盏红红的尾灯，渐远渐小，最后消失在深深的夜幕里。

刘雄也跟着跑上路基，疲惫地靠着路边的大树坐下，他这才感到浑身上下像散了架一样。两条腿上全是黑泥，右脚的鞋子也跑丢了，手上、脸上被草叶划出了好多道口子。他感到刚才撞车时摔伤的胳膊和挨了拳头的左脸，都已经肿起好高，碰一下都撕裂般的疼痛。幸亏这几年在煤矿干力气活，身体练得分外的结实，只要不伤筋动骨，他是垮不了的。

刘雄想从上衣口袋里摸烟，才发现烟没有了，一定是在奔逃时，把烟弄丢了。

乡村公路弯弯曲曲，看着近，走起来绕来绕去的才发现还相隔很远。刘雄坐了好一阵，警车才跑到了跟前。

刘雄坐在地上无力地挥挥手，警车里下来了两个民警。

"是你报警说有人要追杀你吗？"年纪大点的民警走到刘雄面前问。

"是。刚才有人拿刀子追杀我，他们刚开车往那边跑了。"刘雄用手一指，说。

老民警看了一眼远方，继续问："他们为什么要追杀你，发生了什么事情？"

刘雄点点头，把刚才骑摩托车与卡车发生碰撞，然后卡车司机冲上来抢东西，并拿刀子追杀自己，直到听到警笛声才开车逃跑了的经过，简单描述了一遍。

"警察同志，你们可要替我做主啊，他们撞了人，还反过来要追杀我，这世道还有王法吗？"刘雄满脸委屈地说。

说话间，另一个青年民警已经对现场进行了一番简单的勘测。

"这个事情需要你配合我们到派出所去做个材料，你身上的伤也要去医院做个鉴定。"青年民警说。

"去派出所就没有必要了吧。"刘雄连连摆手，中国大多数的老百姓对派出所都有一种莫名的恐惧，无事绝对不想和那里沾边。

"我记得他们的车牌，你们以后抓了他们再来找我做笔录，我给你们留个手机号码。"见民警要坚持按程序办事，刘雄想出了个折中的办法。

"那也要给你写份笔录，证明别人拿刀子追你，并且导致你身上受伤。你最好还去镇上的医院检查一下，开个病历。这样我们以后才能追究对方的法律责任，并给予你一定的经济补偿。你说是不是?"老民警句句说得很在理。

"钱倒无所谓，但这些人也太凶了，要不我也不会报警。"刘雄点点头。

"报警是对的，每个公民对这种行为都不能纵容。他们有了第一次，就会有第二次、第三次，如果大家都不站出来指证他们，那么这些人就会继续作恶，危害老百姓。"老民警继续劝说。

"是哦，那两个人一看就不是好东西，车上都配备着凶器，要不是我跑得快，电话打得及时，现在恐怕是不能和你们说话了。"刘雄表示赞同。

"对，既然这样，你就更应该和我们一起去派出所做份笔录，立个案，像他们这种交通肇事逃逸，并拿刀追砍你的行为，是要负刑事责任的。我们不能轻易放过那些行凶者。"青年民警说道。

"当然不能放过他们，绝对不能放过他们!"刘雄义愤填膺地表示。

"好，到所里去一趟，来回最多个把小时，上车吧。"青年民警很客气地给刘雄拉开车门，把刘雄让上警车。

在这一刻，民警对刘雄的尊重，真的使他很感动。

"那我的摩托车怎么办?"刘雄问。

"抬上车一起拉走，我们派出所门口有修理厂，可以帮你修一下。"老民警也不等刘雄回答，打开吉普车的后车门，和青年民警一起把摩托车横塞了进去，又用绳子把露出来的半个摩托车身捆扎牢固。

"耽误不了多少时间，你坐稳了。"青年民警一踩油门，发动了汽车。

身上的疼痛和奔跑的劳累，再加上晚上喝了过多的白酒，刘雄靠在座椅上，立刻有种昏昏欲睡的感觉。

"喂，你别睡着了，我还要问你几个问题，做个报警登记。你不是本地人吧？看你说话有外地口音。"老民警坐在刘雄边上问。

"我怎么不是本地人?!我只是一直在外面打工。"刘雄摆摆手说。

"那你的户籍所在地是——"

"先锋村上屋组22号。"刘雄想都没有想就冲口而出。

"嗯，你是刚回来不久吧?"老民警的眼睛亮了一下，很随意地问了句无关紧要的话。

"对，刚回来一天，想想也真够背的，刚回来就遇见这种事。"刘雄满脸的无奈。

"对了，还没有问你的名字呢？"

"我叫刘雄。"

"我记得先锋村上屋组22号住的是一个姓余的老倌子。"

"那是我爹。"

"那你怎么姓刘呢？你不是他的儿子吧？"

"我是他儿子，我姓余，叫余铁雄!"对于老民警这种无知的问话，他愤怒起来。

是的，他就叫余铁雄。此刻，他对"刘雄"这两个字特别厌恶，这是煤矿老板强加给他的名字。刘雄只不过是在他去矿上之前，那里塌方死掉的另外一个外地工人。煤矿老板就用他顶替"刘雄"这个身份，从而掩盖矿上发生事故压死工人的事实。余铁雄就这样充当着死者的替身，在矿上干了三年时间。余铁雄不知道矿上还有多少人和他一样是顶着别人的名字活着，但他现在回到家乡，他不再是刘雄，而是行不改名坐不改姓的余铁雄!

"你的出生年月呢？"老民警侧过脸看了一眼余铁雄，又问道。

"1977年1月出生。对了，要是抓到那两个人，真的可以判刑吗？可以判几年呢？"

不知道为什么，余铁雄突然兴奋起来，他相信那两个人是跑不掉的。一旦抓捕了，准没有好果子吃。想到这里，他觉得很解气。

在这一问一答之间，汽车已经无声地驶进了派出所的大门。

"到了。"年轻民警一拔车钥匙，跳下了车。

蓝白颜色相间的办公楼，在夜色里更显得庄重和威严，余铁雄还是第一次走进派出所，而且是来做目击证人，他的身上洋溢着一种难以抑制的快感。

"进去喝口茶吧。"青年民警一把搂住刘雄的肩膀，把余铁雄连推带拽拉进了办公室。老民警已经坐在了办公桌前。

"我是这个派出所的所长，我姓王。你坐吧。"老民警一指桌前的椅子，让余铁雄坐下。然后使了个眼色，让青年民警关上了房门。

"王所长啊，你好，你好。我该从哪里说起呢？"原来一直问自己话的是派出所所长，余铁雄感到有点受宠若惊。

"当然从头说起。"王所长回答。

"今天晚上我喝了点酒，然后骑车出来兜风，接着被卡车撞了，他们看我摔在田里，以为我死了，就来搜我身上的东西，然后……"余铁雄兴奋地回忆着刚才的情景，恨不得一下子把所有的细节都描述出来。

"很好，这件事先说到这里。"王所长突然一拍桌子吼道，"余铁雄！你再说说你抢劫的事件经过吧。"

"抢劫？我什么时候抢劫了？是那两个混混今天撞了我，还想抢我的东西！"余铁雄气急败坏地惊叫起来。

"不是今天，我今天要和你说的是三年前的一件事，你再想想。"王所长冷冷地直视着余铁雄。

"我一直在山西打工，今天才刚回来。我不知道你在说什么，我今天是来报案的，是你们要我来做证人的！我现在不做证了，我要回去。"余铁雄激动地站起来，旋即被青年民警按在凳子上，飞快地把他的双手铐在身后。

王所长从抽屉里摸出一本厚厚的案卷拍在桌子上，说："你叫余铁雄，外号'歪嘴雄'，1977年1月出生，今年30岁，家住先锋镇先锋村上屋组22号。你母亲早逝，家里还有一个父亲。你老婆三年前和你离了婚，没有孩子。三年前也就是2003年12月4日晚11点，你打了一辆'的士'车前往后山的水库。到达现场后，你用随身携带的铁棍打晕司机，实施了抢劫。那次案发后，你一直在逃。"

余铁雄无力地垂下了脑袋，他恨不得抽自己几个耳光。他是身上有案底的人，去山西就是为了避风头。今天潜回家里，只是为了看一眼父亲，给父亲一点钱，然后明早就溜回山西去。没想到今晚喝多了酒，无端惹出事来，居然还愚蠢地打了报警电话，然后器宇轩昂地跑到派出所来做证人。在这一刻，他恨"余铁雄"这个名字，他应该一辈子做那个"刘雄"，一辈子再不回到这个地方来。他突然歇斯底里地喊叫起来："不，我不是余铁雄，我是刘雄，我有身份证！"

王所长冷冷地说："余铁雄，这三年来我们一直在寻找你，就算你跑到天涯海角，我们也会把你抓回来。你要好好配合我们，争取政府宽大处理。你不想想自己，也要想想你那上了年纪的爹。"

余铁雄突然大声哭喊起来："我他妈的真混哦，我就是余铁雄，我对不起我爹哦！"

……

手　铐

　　夜已经很深了，头顶的月亮被乌云包裹着，视野里没有一丝光亮。王科等一行三人走在泥泞的下山道上，寂静的夜里，只听见他们急促的呼吸声。

　　走在前头的王科高大魁梧，身子占据了大半边小道。他的神情很严肃，借着手电筒的余光，可以看见他绷得紧巴巴的脸上，透露出超越年龄的沉稳。后面的是先锋派出所的所长张锋，一个有着二十多年一线工作经验的老民警，他个子不高，但步子迈动的频率很快，不远不近地走在队伍的最后，和夹在两人中间的柳泉隔着半步的距离。柳泉是今晚的主角，十分钟前还在家中的被子里蒙头大睡，现在却已经沦为阶下囚。因为他前两次和派出所的不愉快"合作"，张所很慎重地用手铐将他双手反拷在身后，这使得柳泉重心不稳，高一脚低一脚地走着。

　　第一眼看王科，绝对想不到他是一个参加工作不满一年的新警，过了今年十月才转正。王科去年刚从警校毕业，学的是刑事技术专业，正儿八经的科班出身。在校时曾任校篮球队的主力后卫，一米八零的大个头，两百来斤的体重，放在哪里都让人眼睛一亮。张所当初也是看重这两点，才想方设法地把王科弄到自己旗下。半年多来，王科更壮实了，皮肤晒黑了，工作经验也丰富了，确实没有辜负张所的信任。接警、出警、追捕犯罪嫌疑人、执行各种任务、勘测案发现场，他事事冲在前头，为所里立下不少战功。

　　走在中间不时左顾右盼的人叫柳泉，外号"麻将"。因为常年吸食毒品的关系，他整个人都显得非常干瘪，就好像晒干的辣椒一样，皮肤紧紧地贴在骨头上，两边腮帮子往里凹陷。他平日里喜欢打麻将，老喜欢听"条子"，再加上他人也瘦得和"条子"似的，大家给他起了个外号叫"二条"。柳泉不喜欢"二条"的称号，因为大家打牌时都把"一条"叫"一鸟"，那么喊柳泉时候，便有人喊他"二鸟"。有次别人又当众喊他"二鸟"，柳泉立刻借故狠狠地揍了那人一顿，从此大家就都改了口，喊他"麻将"。

"麻将"平时一副趾高气扬的样子，今天却彻底蔫了。他曾是先锋镇上一粒有名的"老鼠屎"，在先锋派出所榜上有名已经多时。十多年前他曾因盗窃被判有期徒刑，后来期满释放回家。柳泉回来后，却不思悔改，老觉得社会欠了他的。他没有老婆孩子，家里老人又去世了，他大钱赚不到、小钱不想赚。于是破罐子破摔，整天和一帮镇上的混混搅和在一起，坐过牢的经历反倒成为了他炫耀的资本。柳泉手下很快就聚集了一群和他一样不务正业的人，每天想歪点子弄钱，不是偷鸡摸狗，就是打牌赌博，遇上别人家红白喜事，不但礼金分文不送，去主家白吃白喝后还要提点东西才走，他的几个远方亲戚都远远地躲着他，没有人想和他沾边，附近的村民们也是敢怒不敢言。

张所对柳泉的事情早有耳闻，但因为这些案子涉案金额不大，村民们又多只是私下里议论，没有人来报警，先锋派出所一直不好处理。为了不使柳泉失去控制，张所便常以个人名义，隔三岔五地把柳泉叫到派出所来，半教育半警告他一番。

张峰是先锋派出所的老所长，从参加工作起，就分配在先锋镇，到现在待了已有二十多年的时间，镇上的老居民基本上都认识他，一提起他的名字，甚至比新来的镇长还响亮。柳泉不敢得罪张所，每次张所喊他，他便乖乖地去派出所听一天思想教育课，中午还在所里蹭一顿饭，然后收敛几天。派出所上到所长、教导员，下到临时工、伙夫，没有一个不认识他。只要看见他来了，就知道先锋镇肯定又出了点事，然后中午照例多弄个菜，多添置一副碗筷。但柳泉这人不长记性，好了不到一个星期又开始走老路。为了他的事，张所没少操心，柳泉就像先锋镇的一个定时炸弹，爆炸只是时间的问题。为此，张所在全所会议上特别强调，对柳泉实行外松内紧的方案，在外表上睁只眼闭只眼，暗地里却有专人盯着他，抓紧收集他犯罪的证据。这一招果然灵，机会说来就来了。

第一次逮住柳泉是在去年秋天，当时上面正号召各镇各村新修村级公路。柳泉看中这里的巨大利润，就四处招揽人手，也组建了一个施工队。他为了包揽、垄断砂石业务，经常找借口和各个施工队发生冲突，使别人耽时误工，强迫他们使用自己提供的高价砂石。这一次，他又借口拦下别人的卡车，还动手打伤了司机。可还没等柳泉逃离现场，张所一行人就闻风赶来，当场将他带回了派出所。

柳泉知道这次躲不过去了，张所早就盯住了他，又多次警告过他。今天打人被抓现场，人证物证俱在，张所来得这么快，摆明是提早听到风声，要让他栽个跟头。刚一进派出所的门，就给柳泉带上手铐。柳泉猜测：张所是想杀鸡给猴看，先拿自己开刀。何况平时还有那么多事情加在一起，绝对不止拘留那么简单。柳泉从牢里出来恢复自由后，就想过有再次被抓的可能，为此他通过关系买了好几副手铐放在家里，有时间就练习如何开锁，现在终于派上了用场。柳泉装出平日来派出所时的那种老实样子，配合民警写完笔录，又摆出很后悔的神情和王科套近乎，让他帮忙给张所求求情，大不了多赔一点医药费，千万别把自己关进去。他不厌其烦地忏悔自己的过错，弄得王科放松了对柳泉的戒备。

中午时，食堂照例多加了一副碗筷，柳泉带着手铐由所里民警陪同一起去食堂吃饭。吃完午饭，柳泉走在最后面，等到只有他和王科时，立刻说自己肚子不舒服，要上厕所。王科当时刚分配来上班，哪里有什么经验，看柳泉长得瘦骨伶仃的，又带着手铐，一点也没有把他放在眼里。柳泉去上厕所，王科则守在厕所门外。过了好一阵，王科感到不对劲，推门一看，哪里还有柳泉的影子。这家伙一定是用吃饭时夹带的牙签捅开了手铐，再从厕所上方的小天窗钻了出去，往后山逃之夭夭了。

这个事件，简直就是给了张所一记耳光，张所大动肝火，把王科骂得狗血淋头。好在柳泉跑了后，他托人赔了一笔不小的钱给受伤者，又私下里达成了和解协议，派出所的压力才小了点。

那次事后，柳泉在外面躲了好些日子，他和先锋派出所结下了

"梁子"，只好把活动区域从先锋镇转移到城里。他又新交结了一帮狗肉朋友，在灯红酒绿的生活中，不知不觉地染上了毒瘾，并且一发不可收拾。这都是张所从城里的线人那里听来的。不过，那时候快到年底了，辖区内事情多、任务重，又要迎接局里的各项检查，所里人手短缺，自然没有富余的时间再去关注柳泉。

张所第二次遇见柳泉，是大年初四的晚上。他获得线索，去城里一个大型舞厅蹲守，准备抓现场毒品交易，却无意中发现柳泉也在。张所带人冲进去后，当场制服交、接货的双方，但其中有几个人破门而逃。张所带着王科，紧紧地咬住了柳泉，一直追过几条小巷，才把柳泉截住。在打斗中，王科和张所合力摁住柳泉，给他右手先带上手铐，但没有想到去铐他的左手时，他突然发泼，一口咬在了王科的手臂上，然后拼力弓起身来撞倒张所，几个健步疯跑开去，然后跳上迎面的一个矮墙头，从口袋里掏出一根细铁丝，三下两下捅开了手铐，再将手铐丢在墙下，拱拱手，说道："张所，我不是贩毒那一伙的，我只是在那里玩，我说的是实话。你最好赶紧带你的兄弟去医院检查一下，拜拜！"说完，跳过矮墙逃走了。

接着，张所赶紧带着王科去市里的医院检查，毕竟被吸毒者咬伤可不是闹着玩的，万一得个艾滋病，王科这辈子就算是毁了。看了病，上了药，又提心吊胆等待了几天，检查结果出来了，王科一切正常，张所这才松了口气，心里狠狠骂了一句："柳泉这小子，真滑头！"

张所想起上两次和柳泉打交道的经过，第三次抓捕自然慎之又慎。柳泉那次逃脱后，仍然在城里的大小娱乐场所鬼混，而且毒瘾越来越重，已经从最开始的吸食变成了注射毒品。据可靠消息，柳泉因欠下债务，白天在外面躲藏，晚上则偷偷地溜回家休息。

对于抓获柳泉，张所在会上做了周密部署。一是不能打草惊蛇，先锋镇家家户户都养了狗，到了晚上，只要有一条狗叫唤，就能引起一大片的狗叫声。所以抓捕时，人不能多，而且要提前到他家附近埋伏，由经验丰富的张所和身强力壮的王科搭配行动最为理想；要保证安全，由副所长带领另一个民警在半山腰接应，只要抓捕成功，立刻向柳泉家靠拢。

出门前，张所精简了一下身上的行头。现在流行的公安单警装备是七大件：强光手电筒、伸缩警棍、手铐、催泪喷射器、防刺手套、水壶、对讲机。平日里在大街上巡逻或者执勤时，又美观又实用。但在实施抓捕任务时，就显得比较臃肿。张所和王科只从单警装备中拿出手电、防刺手套和手铐，轻装上阵。选手铐时，张所留了个心眼，没有选择平时常用的链铐，而改用板铐。链铐用链子相连，比较长，双手活动的自由度较大，前两次因为使用链铐，才被柳泉用工具捅开手铐逃走。板铐则很难逃脱，它是折叠型，比链铐小巧，便于携带，挂在腰上也不会因碰撞弄出声响，铐上两只手腕后，双手被完全固定住，不能翻转或者分开。

漆黑的夜色中，当张所和王科神不知鬼不觉地出现在柳泉的床前，他还在梦乡里徜徉，直到冰冷的手铐将他双手反铐住时，才清醒过来，但想反抗已经晚了……

半山腰传来接应的手电的光束，副所长和另一个民警听到消息已经摸上山来。四个人会合到一块，然后押着柳泉下了山，钻进停在山脚的警车，向派出所方向开去。

回到派出所后，张所和王科对柳泉进行了突击审问。柳泉失魂落魄地坐在审讯室的椅子上，他的身体因长期吸毒显得更瘦了，又黑又干。张所坐在柳泉的前头，给他嘴巴里塞了一支烟，然后点燃了。

"柳泉，知道为什么抓你吗？"

"知道，我吸毒。"柳泉含着烟，小心地回答。

"吸毒好不好，你自己心里清楚。我们抓你、帮你戒毒，是为你好，你现在把供货的上线说出来，你就立功了，也是为了所有受害者。柳泉，我们盯你不是一天两天了，所以你最好有什么说什么。"

柳泉艰难地抬起头，看了看张所，接着颓废地点点头，说："我知道了，张所，我全招。"

通过几个小时的讯问，张所基本问清楚了柳泉的吸毒事实，并查清了他的上线供货者，和几个与他一同购买毒品吸食的瘾君子。为避免夜长梦多，张所安排副所长带着另外几个民警，连夜出发去追捕柳泉的供货上线，自己和王科则留下来轮流看守柳泉。等天亮后，再把他送市戒毒所去强制戒毒。

为了保证万无一失，张所将柳泉的双手仍然反铐在身后，并把手铐和椅子串在一起。他和王科分工，一人看守两个小时，轮番休息。凌晨三点钟，正是人最疲劳的时候，张所头一歪就睡着了，柳泉也昏昏欲睡。王科坐在柳泉的对面，紧紧地盯着他，不知不觉眼皮也沉重起来。

不知道过了多久，张所一声大喊，把王科从梦里惊醒。

"王科，人呢？柳泉呢？"看着张所近乎变形的脸，王科自己也呆住了。

柳泉坐着的那个墙角空空如也，连他坐的那张椅子都不见了。不用说，肯定是柳泉趁着他们在睡觉，连人带椅子溜了出去。

"我好糊涂啊！"王科狠狠地捶着自己的脑袋。

"张所，他上了背铐，身上又背着个椅子，应该跑不远，何况现在天亮了，看见他的人也应该很多。我立刻去追，要是追不到，这身警服我不穿了！"王科一咬牙，冲出门去。

"我和你一起去。"张所也跟着跑出门。

刚出派出所大门，迎面就碰见柳泉背着椅子，慢慢地挪过来。他的背拼命地弯着，椅子背在背上，活像一只大蜗牛。

张所简直不敢相信自己的眼睛，王科则一个健步上前，将柳泉扑倒在地，大喊："你还想跑是不是？"

歪倒在地上的柳泉痛苦地挣扎着、呻吟着："没有，没有。张所，我就是早上醒来瘾犯了，值班室没有烟。我不敢叫醒你们，才到门口的商店去买包烟，暂且止一止瘾。你们不要生气，我是真不跑了，跑也跑不掉！你们要我戒毒是为我好，这东躲西藏的日子我也过怕了，我一定去戒毒，然后堂堂正正地做人。"

事情的转折简直出人意料。张所赶紧上去将王科从地上扶起来，又拽起倒在地下的柳泉。用钥匙解开手铐，又拿下背在他背上的椅子，说："你知道就好。只要能把毒戒掉，以后的日子还很长。"

"当当当"，炊事员敲响了吃早饭的钟声。

"走，吃早饭去。"张所说，"食堂肯定给你添加了碗筷，炊事员做的肉包子很好吃。不过，我希望你是最后一次在这里吃饭了。"

柳泉莫名地哭了……

阳光下的碎片

一

最早发现尸体的是环卫处扫马路的女工，名叫李爱和，时间是在12月26日清晨，圣诞节后的第二天。等赵建军带着队伍赶到现场时，李爱和还抱着扫把坐在马路边的台阶上瑟瑟发抖。

"大清早的，咋会遇见这样的事呢，太吓人了。"

赵建军是平山市公安局刑侦大队大队长，一个干了二十年公安的老刑警，此时的他，正一脸严肃地站在尸体前方。

死者系女性，20岁左右，死亡位置位于红色越野车的右后座位上。尸体呈仰卧状，全身赤裸，脸部红肿，脖子上有掐痕，双腿被分开成"大"字，下体有流出的血迹，凝固在汽车的座椅上，疑似生前被人性侵。车子里很凌乱，到处都有翻动的痕迹，好像是有人在寻找什么。可以判断，这是案发的第一现场。

"大家分头干活。一组勘测现场，采集指纹；二组负责与报案人谈话及摸清死者社会关系；三组调查马路周边录像资料以及死者电话记录、微信记录、上网记录等，只要和死者有关的东西，我全要掌握。"赵建军右手一挥，大声说道。

警戒线迅速地拉了起来，看热闹的人群被隔在黄线以外，一组、二组、三组的民警陆续进入现场。

赵建军拨通了一个电话号码。

这是平山市十年来发生的首起命案，赵建军不敢私自做主，第一时间给局长打去电话。

"立刻成立专案组，由副局长王利民任组长，你任副组长，全力侦破此案。我下午的飞机回平山，吃晚饭时再细聊。"接电话的人叫林颖，是平山市公安局局长。

"可是，王利民局长目前在休病假。"赵建军说。

"那专案组暂时由你负责，有情况随时向我汇报。"

"是。"赵建军合上了电话。

"赵队，死者的情况搞清楚了。"趁着赵建军打电话的功夫，副大队长马元已经查到死者的信息。

"死者叫什么？"

"廖清颜，是旭日烟花集团老总廖繁华的女儿。"

"廖繁华的女儿，这可不是个小事哦！"赵建军心里默念道。

二

平山市是一个县级市，由清水市代管，它位于湘岚省的东部，总面积约2100平方公里，人口刚刚100万。平山市盛产花炮，在全国享有"花炮明珠"的美誉。廖繁华的旭日烟花集团股份有限公司是平山市最大的烟花生产厂商之一，每年在全国的销售总额达到五十亿元。在平山市唯一有实力和他抗衡的，只有宏图烟花集团股份有限公司老总康盛年，两家公司加在一起占据了平山市花炮销售总量的七成以上，在外界有"平山双雄"之称。

廖繁华不但经济实力雄厚，在平山市的政界也颇有影响力。他是平山市工商联合会的会长、湘岚省慈善协会副会长、省里某名牌大学的客座教授。不夸张地说，哪怕是廖繁华打个喷嚏，都能让平山市的经济发展指数上下摆动两下。可现在，廖繁华唯一的女儿遭遇不测，赵建军的心里有一种山雨欲来风满楼的预感。

电话铃"铃铃铃"地响了起来。

赵建军一看手机屏幕，果然是廖繁华。

真是怕什么来什么。赵建军想。

接通电话，廖繁华焦急的话语从电话里扑面而出。

"赵队，这到底是怎么回事，听说我女儿被人害死了？"

真没想到，廖繁华的消息这么灵通，自己也不过是刚到现场还不到一小时。

赵建军回答："廖总，我正在案发现场，令爱的事情我们正在调查，结论还没有出来，暂时不能定性。你放心，我们已经成立专案组，全力侦破此案。"

"我放心？我怎么放心？我女儿都死了我还放个屁心啊。林颖在哪里？他为什么不接电话？有什么事比命案还重要？"廖繁华言辞火爆犀利，话语间充满了愤怒。

"廖总，你的心情我理解。林局正在外地出差，因为这个案子，他正往平山赶。你别急，我们一定会给你满意的交代。"

"满意的交代？我怎么满意？你们公安局是干什么吃的，一个活生生的人就这么死了，还要你们干什么？"廖繁华显然已经被愤怒冲昏了头脑，赵建军说的每一句话都成为他攻击的对象。

赵建军将手机从耳边远远地拿开，但就算隔了半米远，他都还可以听见手机里传来的鼓噪声。又过了一阵，直到手机里面完全安静了，赵建军才重新将手机靠近耳朵，说："廖总，我们这里发现了线索，我先不给你说了，挂了。"

真是越有钱的人，脾气越大。赵建军心想。

"通知大家加快速度，中午12点半在大队会议室开研判会。"赵建军转身对马元说道。

三

12 点 30 分，赵建军走进了会议室。

刑侦大队副队长马元和"12·26"专案组的成员已经全部就坐。会议室正中的大屏幕上，正在循环播放着现场拍摄的照片。

"大家都到齐了，我就先说吧。"副队长马元开口说道，"死者叫廖清颜，1990 年 12 月出生，平山市人，毕业于英国剑桥大学国际经济和贸易专业，今年六月份回国，目前住在西山上的别墅里，同住的有她的父亲、后妈以及后妈的孩子。停在现场的汽车是死者于今年 8 月在省城的汽车专卖店购买的，3.0 排量的红色越野车，还没有上牌。根据我们询问报案人李爱和的情况，搜索了 25 日晚 6 点以后到 26 日凌晨 6 点的沿途路段的监控录像，发现死者所开的越野车是 26 日凌晨 1 时从市中心的'哈迪'酒吧开出来的，随后一路往南，开到了案发地点。因为环线桥下到开发区广场路段无路灯、无摄像头，除报案人以外，未找到其他目击证人，所以车子开过去后就等于进入了盲区。我们从录像中看到在那个时段有 10 辆汽车进出了那个区域，但因为录像效果太差，看不清楚车牌。"

"技术人员有什么结论？"赵建军问。

"从死者身体的僵硬程度，我们初步推测死亡时间为 26 日凌晨 3 点左右。死者生前有被殴打的痕迹，脸部红肿，脖子上有掐痕。另外死者下体撕裂，有血液淤积，死前有过性行为。我们已经将采样送往省厅化验，具体的调查结果要三天才能出来，至于具体死因也要通过解剖化验才知道。"

"现场物证分析有什么发现？"赵建军继续问。

"车上没有发现死者的钱包和手机，我们在汽车的后座上提炼到除廖清颜以外的两枚不同指纹，目前正在使用电脑进行比对。死者的电脑聊天记录很少，几乎不上网聊天。她的手机通话记录很多，有家里的人，也有朋友，还有同事，但在 25 日晚 12 点以后，她没有接打一个电话,手机目前处于无法接通状态。"

"廖清颜的社会关系弄清楚没?"

"死者是廖繁华和前妻所生的女儿,生母在生育她的过程中大出血去世。廖繁华现在的老婆,是死者的后妈,叫朱可儿,今年32岁,她生了一个儿子叫廖萧,今年3岁,是死者同父异母的弟弟。死者还有一个男朋友,叫杜康,刚满30岁,外省人,是市中心'哈迪'酒吧的股东之一。"

"25日当晚死者和谁在酒吧喝酒,散场后又和谁开车离开?"

"酒吧里的摄像头效果不好,而且酒吧里的光线太暗,看不清人的长相,但从进出门的时间判断,死者离开酒吧的时间是25日凌晨1点。"

赵建军一拍桌子,说:"这就是关键,大家马上分头行动,对25日晚上酒吧发生的情况进行调查,询问所有当晚去过酒吧的人,我要搞清楚廖清颜在酒吧的最后几个小时里面发生的一切事情,和什么人喝酒,说了什么话,是谁喊她去的,最后是谁和她一起离开……"

四

马元带着民警找到杜康家的时候是26日的下午,他还在家中蒙头大睡。马元拍了好一阵门,门才被打开。

杜康不是平山市人,他是今年6月和廖清颜一起回国后到平山市发展的,目前住在西山边上买的一个三室两厅的公寓里。

"你是杜康吗?"马元亮明警察身份后,问道。

"是啊,怎么了?"杜康的眼睛眯缝着,显然没有完全清醒。

"我们有几个关于廖清颜的问题想问你,可以进屋聊吗?"

"哦。"杜康打开门,将马元等人让进屋子。

客厅里乱糟糟的,地上、茶几上、墙角里,各式各样的空酒瓶摆得到处都是。

杜康指了指沙发,示意马元坐,然后一屁股坐到沙发的另一头。

"你最后一次见到廖清颜是什么时候?"马元直接问。

"昨天晚上。清颜过生日，我在酒吧开了个包厢，约了一些朋友给她庆祝。"

"你都约了哪些朋友？"

"这个就太多了，来酒吧玩的都是朋友，那天又是清颜生日，过来敬酒的朋友一波接一波的，一直没有中断过。"

"廖清颜是几点离开酒吧的？"

"具体时间忘记了，她说她困了，然后要我陪她回家。"

"你们当时是怎么回家的？"

"开她的车。"

"你们不是喝酒了吗？怎么还能开车？"

"她还算清醒吧，反正就是她开车回家的，怎么你们警察是来查酒驾的，她难道撞人了？"

"我们是刑警，不是交警。昨晚你和廖清颜离开酒吧后直接回家没？"

"没有，她说喝多了酒心里烧得慌，要开车出去兜兜风，然后就将车往城外开。我也不知道开了多远，反正后来就停在了一条路的边上。那个地方挺黑的，连路灯都没有。我们在那休息了一阵，后来她在车里说要和我分手，我不同意，我们就吵了起来，然后她要我滚，我就下车回家了。"

"你们就简单地吵了一下？"马元看着杜康的眼睛问。

"我、我当时打了她几下，就两下。当时我比较激动，没有控制好情绪，吵着吵着就动起手来了。"马元眼神有一丝慌乱。

"你是不是打了她的脸，还掐了她的脖子？"马元继续问。

"我、我当时喝醉了，我想不起来了。"马元说。

"昨晚你和廖清颜一起从酒吧离开，随后将车开往郊区。今天早上七点，廖清颜被人发现死在自己的车里，你觉得你有什么需要解释的吗？"马元缓缓地说。

"廖清颜死了？怎么？你们怀疑是我杀的？"杜康问。

"你是最后一个见过廖清颜的人，你和她发生了争吵，并动手，她的车上到处是你的指纹。"马元说。

"我可没杀人啊，警察同志，我真的没杀人。"杜康激动得一下站了起来。

马元身后的两个民警瞬间扑过去，将杜康压在沙发上。

"我们并没有说你杀人，只是你要和我们回去接受调查。"马元俯在杜康耳边说。

"人不是我杀的，是康盛年，一定是康盛年杀的。康盛年一直在纠缠廖清颜，他昨晚也在酒吧里，肯定是他。"

"有什么话到公安局再说吧。"

"咔嚓"一声，马元将手铐铐在了杜康的双手上。

五

宏图烟花集团股份有限公司是平山市历史悠久的烟花品牌，传到康盛年这里已经是第三代。

如果说廖繁华的旭日烟花集团市场重心放在国内的话，那么宏图烟花集团的市场重心则主要是海外市场，宏图烟花集团的海外市场的销售额每年达到六十亿元，占了平山市出口额的八成以上，也因为这两个集团一个面向国内，一个面向海外，才让平山市里一山容下了二虎。

康盛年刚刚三十岁，正是年富力强的年纪。他毕业于英国剑桥大学，学的是行政管理专业。大学毕业后，康盛年回国进入家族企业工作，经过七八年的锻炼、磨合，他的父辈们逐渐淡出历史舞台，康盛年成了宏图烟花集团实际上的掌舵者。康盛年也确实有些能耐，在他的打理下，宏图烟花集团的实力超越了前两任，达到了历史上的一个巅峰。康盛年连续几期登上国内财富周刊的封面，多家媒体对他进行过深度采访和报道，他是湘岚省十佳青年企业家、华中华南地区的年度十大新闻人物、宏图烟花集团海外执行部行政总裁、一个名副其实的高富帅。

外界对于康盛年的评价一直褒贬不一，贬的地方主要是围绕他私生活的糜烂。也许是康盛年那旺盛的精力刺激了他雄性荷尔蒙激素的分泌，康盛年一直在不停地更换女人，从来没有间断过。他不是今天和一个小歌星吃饭，就是明天和哪个电视台的主持人在商场逛街，或者在微博上和某个模特打情骂俏……康盛年从不在乎别人的看法，他掌管下的宏图烟花集团越做越大，实力越来越雄厚，这就是他说话的底气。因为有底气在，他的这些行为在一些人眼里反倒成为了一种个性，甚至被集团的其他股东所默许。康盛年在某些私下的场合直言不讳地说，女人就是他的动力和源泉，只要身边有女人，他的烟火帝国就永远不会衰败。

赵建军是亲自来找康盛年的，见面的场所是在康盛年的办公室里。这是宏图烟花集团总部里的核心位置，红色的波斯镶金地毯，高档的黄花梨桌椅，无不彰显着主人的身份。

"康总，我今天是为了廖清颜的事情过来的。"

"我从昨晚到现在打了很多电话给她，但她一直没有接。"康盛年从旋转椅上转过来，冲赵建军点点头。

康盛年穿着一件浅灰色西装，里面是一件白色衬衣，显得干练得体。

"廖清颜死了。"赵建军说。

"什么？"盛康年腾地一下站起来，端着的咖啡差点泼了出来。

"我今天就是为这个事情来的。"赵建军接着说。

"我的天，我一下子接受不了，你让我缓一缓。"盛康年转过背看着窗外，大口地喘着气。

大概三分钟后，康盛年才重新坐回椅子上。

"我真的不敢接受清颜死的现实。"

"但这就是事实。我能问几个问题吗？"

"问吧。"

"康总昨晚去了'哈迪'酒吧？"

"清颜昨晚在'哈迪'酒吧搞生日聚会，我买了生日礼物送给她，当时我和清颜聊得挺开心的，后来他那个男朋友过来了，我们双方闹了点不愉快，我就先离开了。"

"你能说一下当时的具体情况吗？"

"清颜那个男朋友对我很仇视，他怕我抢走他女朋友。那天我去酒吧送礼物给清颜，才刚和清颜喝了几杯酒，他就过来要赶我走。当时大家都喝了点酒，吵了几句，后来是朱可儿拖我走了。"

"康总，据我们所知，廖清颜和杜康是公认的男女朋友关系，你还去接近她，我不是很理解。"赵建军说道。

"古人有云：'窈窕淑女，君子好逑。'现在是二十一世纪，而且清颜又没有结婚，我为什么不能追求她。你们看看那个男人，一个开酒吧的小老板，要什么没什么，头发还弄得和猴子屁股一样，那是正经人吗？他从清颜那里弄了很多钱，酒吧投资的钱，买房子的钱全是清颜出的，那个男人就是一个吸血虫，他看清颜家有钱，所以不肯撒手。我都不知道清颜喜欢他哪一点。"面对赵建军的询问，康盛年说得直言不讳。

"可是我们听到的却是另外一种说法，说廖清颜不喜欢你，是你一直在纠缠廖清颜。"赵建军说。

"放屁，这个话肯定是杜康说的，我和清颜是天生绝配，我以前是喜欢玩，但那是因为我没有遇见清颜。"康盛年哼了一声。

"你的意思是杜康是为了廖清颜的钱所以和她在一起？"

"具体你们去问清颜的后妈朱可儿，她对里面的事情比较清楚。"

六

在西山上的豪华别墅里，赵建军见到了朱可儿。

虽然已经为人妻母，但朱可儿的身材一点也没有走样，该细的地方细，该圆的地方圆，而且比一般的年轻女孩，多了一种成熟的风韵。

"廖清颜和康盛年、杜康三人是什么关系？"赵建军问。

"这个怎么说呢，清颜是在国外留学的时候先认识杜康，后来回国后遇见了康盛年。他俩对清颜都很喜欢，特别是康盛年，他认识清颜以后，天天送鲜花，送小礼物，遇到大小节日还要送时尚的衣服、首饰、香水、包包什么的，很符合清颜的小资情调。有那么一阵子，清颜好像动了心，但杜康这边不撒手，清颜只好夹在两个人中间。我也弄不清楚清颜是怎么想的,估计她心里也是乱的。"朱可儿穿着一件貂皮缩腰小棉袄,很优雅地坐在赵建军的对面。

"听说那天晚上在'哈迪'酒吧里,康盛年和杜康,还有廖清颜三人之间发生了矛盾,当时你也在场?"

"这件事怪我,是我将清颜开生日派对的消息告诉康盛年的。随后康盛年就买了礼物去酒吧送给清颜,当晚杜康也在酒吧。他俩都是年轻人,血气方刚的,再加上酒精一刺激,就闹腾了起来。酒吧是杜康开的,我怕康盛年吃亏,就拖着他先走了。"

"然后呢?"

"然后我就开车回家了。大冷的天,哪里有家里舒服。"

"我还有一点不明白,你为什么要把廖清颜过生日的事情告诉康盛年?"

"你不觉得康盛年比杜康更适合清颜吗?"朱可儿反问。

"什么意思?"赵建军问。

"我和清颜的年纪相差不大,虽然我是她后妈,但我们关系很好,平时和姐妹一样无话不谈。我们经常一起喝茶聊天,一起逛街购物,一起做头发练瑜伽。清颜内心很孤独,杜康不懂。清颜只是因为当年在国外读书时举目无亲,遇见了杜康,所以才在一起,其实他们并不是一路人。杜康刚来平山发展的时候,没有工作,问清颜要了不少钱。后来他拿清颜的钱投资,当了'哈迪'酒吧的大股东,阔了起来,就成天和那些'90后'的小女孩厮混在一起,两人为此还吵过架,清颜都很久没有去杜康家了。相反康盛年就好多了,幽默、帅气、多金,有事业,有上进心,对清颜也大方。虽然过去有点花心,但哪个成功的男人没有这样的毛病。而且不是有句老话叫'浪子回头金不换'嘛。"

"对于清颜的死你有什么看法?"

"哎,年轻人的爱啊、恨啊,我也不知道怎么评价。"

七

"关于死者的家庭情况调查到什么没有?"回到刑侦大队,赵建军问马元。

"廖繁华和前妻是青梅竹马一起长大的,大学毕业后,廖繁华为了前妻,放弃在大城市发展的机会,回到平山市结了婚。他从烟花厂的技术员做起,用了六年的时间,当上烟花厂的副总经理。随后,他辞去工作,拉了一帮朋友另立山头,成立了现在的旭日烟花集团股份有限公司。他用近十年的时间,将公司打造得初具规模。廖繁华是在34岁那年要孩子的,廖繁华的前妻和他年龄一样,因为是高龄产妇,身体又不好,生廖清颜的时候引发了大出血,经抢救无效死亡。妻子的过世,对廖繁华影响很大,他独自照顾廖清颜到18岁,其间连女朋友都没有找。"马元回答。

"继续,我听着。"赵建军说。

"廖清颜高中毕业后,廖繁华将她送去英国的剑桥大学攻读国际经济和贸易专业。也是在廖清颜出国的第二年,廖繁华认识了现在的妻子朱可儿。朱可儿之前在北京娱乐圈发展,出过唱片,拍过广告、电视剧,但一直不温不火。三年前她和廖繁华认识后,闪电结婚,随后就生下了一个儿子,取名叫廖萧。"

"那意思是朱可儿母凭子贵,坐享豪门。"赵建军问。

"可以这么说。"

"继续。"

"在送廖清颜出国的问题上,廖繁华咨询过一些人,他一方面是为了培养女儿接班,另一个方面也是想打开国外市场。旭日烟花集团虽然占有了庞大的国内市场,但在国外市场的占有率非常低,和他们的对手宏图烟花集团比起来,几乎可以忽略不计。所以,廖繁华想将业务向海外扩展的想法不是一天两天。事实也证明,廖繁华送女儿出国学习这步棋是正确的。今年6月,廖清颜从外面学成归来,马上在公司发展上大展拳脚，她制定的海外营销策略和公关方案，打开了欧洲市场的大门。早两个月的时候，旭日烟花集团和宏图烟花集团狠狠地掰了一次手腕，结果是旭日烟花集团抢走了本属于宏图烟花集团的一个大单，在欧洲市场的销售额首次突破了亿元大关。为此，宏图烟花集团还把旭日烟花集团告上了法庭。但因为双方都是平山市的支柱产业，在上级部门的调解下，这个事情不了了之。"马元说。

"你的意思是说廖清颜回国后，让旭日烟花集团和宏图烟花集团发生了利益冲突，还闹上了法庭？"

"是的，这些情况是旭日烟花集团里的一位元老在电话里说的，我们不知道名字，但知道是个女人。"

"她说旭日烟花集团抢走了宏图烟花集团上亿元的生意，这个事情最后不了了之？"

"是的。"

"难道是因为商业纠纷？"赵建军点燃了一根烟。

八

晚上6点，市局会议室里，一干人等正襟危坐，等待着局长林颖的到来。

"大家都辛苦了。"门被推开，林颖大踏步地走进了会议室，跟随在后面的是死者的父亲，旭日烟花集团的老总廖繁华。

"林局好！"会议室的人都站了起来。

"都坐吧，我刚才在门口遇见廖总，作为死者的家属，我想大家能体会到他的心情。建军你先来说案件调查情况。"林颖说。

"好的。"赵建军站了起来。

"根据我们的前期调查和分析，目前杜康的嫌疑最大，他和廖清颜是情侣关系，两人26日凌晨1点一起离开酒吧，随后将车开往案发现场。两人在案发现场因为感情纠葛发生争执，并有肢体接触。按照杜康的说法，吵架后，他一个人走回了家。我们在杜康家附近的监控里找到了杜康的影象,当时是凌晨5点。案发地到杜康家楼下的距离有五公里,但走路绝对不用花4个小时的时间。根据调查的线索,杜康现在住的房子,以及'哈迪'酒吧的股份,都是廖清颜出资,但拥有权是杜康,如果廖清颜去世,这些资产自然归杜康所有,从这一点上看,杜康有作案时间,也有作案动机;第二个嫌疑人是康盛年,宏图烟花集团和旭日烟花集团属于业务竞争关系,前几个月,双方就发生过一次经济纠纷,廖清颜的死,宏图烟花集团是既得利者,康盛年具备作案动机;第三个嫌疑人是朱可儿,廖清颜死了,她儿子变成唯一继承人,她也有作案动机。"

林颖点点头。

赵建军继续道:"这三个嫌疑人我们是从动机分析的。因为死者生前曾被性侵,朱可儿的怀疑基本排除。廖清颜的钱包、手机都遗失了,这又产生了另一种可能。因为死者当晚醉酒,又一个人开车停在那种荒郊野外,可能是过路的男性,见色起意,直接抢劫强奸杀人。所以我们下一步的重点一是对杜康进行攻心;二是在周边继续寻找目击证人;三是等待省厅的化验结果。"

三天过去了,省厅的化验结果发回到平山市公安局,廖清颜下身发现康盛年的体液,而廖清颜真正的死因是急性心肌梗死。

"医生,像廖清颜这样的人急性心肌梗死,正常吗?"赵建军向省医院的专家咨询。

"心肌梗塞是由于供应心肌血液的冠状动脉突然闭塞,直接诱发心肌血液供应中断,心肌坏死,发生比较厉害的心律失常引起心脏功能的突然丧失,发生猝死。目前,冠心病死亡率跃居国内病症死亡率之首。约七成心梗猝死病患与天气有关,特别是在冬、夏季时,心梗猝死者较多,而且大部分急性心肌梗塞是突然发生的,之前一般无心脏病特征。发病者也没有年龄的限制,理论上高血压、高血糖、血脂紊乱、吸烟、肥胖、过度劳累等都有可能发病。"专家答复赵建军。

九

因为省厅发来的化验结果，康盛年成为命案的最大嫌疑人。

赵建军立刻安排人到宏图烟花集团对康盛年进行了传唤。

"康盛年，你有什么想说的？"刑侦大队的讯问室里，赵建军拿着化验报告，对着康盛年说到。

康盛年低着头默不作声。

"汽车里有你的指纹，死者身体里有你的精液，你不想说点什么？"

康盛年仍不作声。

"那我替你说吧，你一直在追求廖清颜，但因为廖清颜男朋友杜康的阻挠，你一直未能如愿。26日晚上，你去酒吧给廖清颜庆祝生日，又遇见了杜康，你们双方闹得很不愉快。你怀恨在心，从酒吧出来后一直躲在暗处，并在廖清颜出酒吧后跟踪了她的汽车。你一直跟到郊外，发现廖清颜和杜康在车上发生争吵，杜康离开汽车后，你来到廖清颜的车上，强暴了她，在案发过程中廖清颜剧烈反抗，引发急性心肌梗死。你害怕担负责任，随后开车离开。"

"胡说，我没有强奸她，她也没有死。"康盛年突然捂着耳朵大叫起来。

赵建军瞄了一眼马元，后者马上打开电脑进行记录。

"我那天从酒吧出来后，确实没有回家。我喝了不少酒，心里火烧一样难受，我想单独和清颜谈一下，就一直在酒吧对面等。到了一点多钟，我看见清颜和杜康从酒吧出来，于是就开车远远地跟在他们后面。我看见他们将车停在路边吵架，杜康打了清颜，然后就下车走了。等杜康走远，我开车靠上去。我看见清颜的脸上被打肿了，清颜看见我后，抱着我哭，我坐在她的车里面安慰她，后来自然就发生了那些事情。我和清颜绝对是自愿的，做完事后，我才发现清颜竟然是处女，流了不少血。后来清颜不知道怎么了，突然态度大变，很愤怒地赶我走,说要一个人静静。我一直苦口劝说她,并说我会为她负责,但她一直在哭,要我离开。我拗不过她,只好开车先走了。我走的时候廖清颜还是好好的,到家后我一直打她的手机想和她道歉,但她一直没接电话。我当晚确实喝多了酒,但我绝对没有强奸她,也没弄死她,我怎么可能会有杀她的动机呢?"

"你当然有杀她的动机。廖清颜进入旭日烟花集团工作后,成效显著,在两个月前,他们抢了你们集团一笔将近一个亿的海外订单,为此你们还闹上了法院,最后这个事情却不了了之,换做任何人都不可能咽下这口气。"赵建军道。

"这,我……我要求见我的律师。"康盛年长叹一声说道。

"康总,看来你已经无话可说了?"赵建军说。

"我再说一次,我没有强奸,我也没有杀人,律师来之前我不会再说一句话。"康盛年冷冷地说。

十

"省厅化验处发来传真,他们在死者下身又发现了另外一个人,也就是杜康的体液。"马元向赵建军报告。

"这怎么可能?是不是弄错了?"

"千真万确,检测了好几次,估计是因为杜康带了避孕套,所以留下的体液很稀少,只分散在死者下身的外部,没有进入体内。所以才在第一次的检验中,被遗漏了。"

"马上去找杜康。"赵建军立刻下达命令。

杜康一直没有离开警方的视线,不到一个小时,杜康就从家里被带回了刑侦大队。

"我们都不要绕弯子。说吧,26日凌晨到底发生了什么事?"看着对面的杜康,赵建军问。

"我上次说过了啊,廖清颜要我下车后,我就回家了。后面的事情我不知道了。"杜康回答。

"你和廖清颜认识多久了？"赵建军突然问。

"三年，怎么了？"杜康一下没反应过来。

"你们是否发生过性关系？"赵建军问。

杜康陷入了沉默。

"你和廖清颜在一起这么久，你却从来没有和她发生性关系，是因为廖清颜从心里看不起你，是不是？你和廖清颜回国发展，廖清颜遇见盛康年后，她想和你分手，但你一直纠缠着她不放，你得不到她的人，就变着法子从她那里搞钱，是不是？26日凌晨你和廖清颜从酒吧出来后，在回家的车上，你俩再次发生争执，随后你下车离开。但你并没走远，你看见康盛年的车开过来，并看见廖清颜和康盛年在汽车里做爱，你感到愤怒。是不是？等康盛年离开后，你回到汽车，强行要和廖清颜发生关系，遭到廖清颜的拒绝，你殴打了她，并掐住了她的脖子，最终强奸杀死了她。"赵建军一口气说下来。

"你胡说，我没有。"杜康挥着手说。

"胡说？你脸上这个新伤疤是那天晚上被廖清颜的指甲划的吧？她的指甲缝里有你的皮下组织细胞。你对廖清颜施暴的时候所带的避孕套，也被我们在相隔十多米远的草丛里找到了，而且我们从廖清颜下身也发现了你的体液，你还有什么话说？"赵建军继续说。

"我承认我和廖清颜发生了关系，但我没有杀她。我看见廖清颜和康盛年在车里做爱，我非常生气。我和廖清颜认识这么久，都没有发生关系，现在却被康盛年抢先了。我喝多了酒，有点失去理智，等康盛年走后，我回到汽车边看见廖清颜正在穿衣服，当时我也不知道自己是哪里来的力气，上去就将她压在身下，她当时拼命打我，我也顺手扇了她几下，把她扇晕了过去。做完事后，她还一直没有醒，我当时也害怕了，我摸了她的呼吸和心跳，发现都是正常的。当时我的酒也醒了，就赶紧跑回了家，我真的没有杀她。"杜康绝望地叫起来。

"我们并没有说你直接杀人，你在对廖清颜施暴的过程中，因剧烈体力负荷诱发了斑块破裂，导致她急性心肌梗死。虽然你没有直接杀人，但也是间接故意。"张建明将诊断书放在杜康的面前。

"这怎么可能，她身体一直挺好的，怎么这么容易就死啊？"杜康抱着头哭起来。

"你还有脸哭,你个王八蛋,我要杀了你给我女儿抵命。"审讯杜康的时候,廖繁华也来了,他冲上去按住杜康就打。

赵建军等民警赶紧将廖繁华拖住。

十一

廖清颜被杀案,在平山市警方三天三夜的侦破下,成功告破。

杜康因涉嫌强奸罪、过失致人死亡罪,被暂时关押在平山市看守所,等待法院的最终判决。

宏图烟花集团总裁康盛年因牵涉命案,集团形象大打折扣,几乎损失了一半的海外市场。康盛年对廖清颜的死深感内疚,他辞去宏图烟花集团总裁的位置,出国疗养。

丧女之痛让旭日烟花集团的廖繁华一夜之间老去了很多,他无心经营企业,将集团交给朱可儿打理,每天带着儿子廖萧玩耍,再不问俗世。

这样的结果,在朱可儿意料之中,又在意料之外。

在一个平静的下午,朱可儿将一笔巨款打到外省一个陌生的账户上。

"药水效果不错,给你的钱一分也不少。"

"是夫人设的局好。先让他们三人陷入三角恋情,又在那晚喝的酒里放入春药,让他们喝下后,爆发原始冲动,导致事件的发生。最后还等到只剩下廖清颜一个人的时候将药水点入她的口里,通过药力诱发廖清颜急性心肌梗死。为了不让她发病时打电话求助,又不引起怀疑,还将廖清颜的手机和钱包一并带走,夫人这招'螳螂捕蝉,黄雀在后'果然厉害。"

"你故事编得很好,怎么不去当小说家?"

"夫人过奖。"

"这是我们最后一次联系,以后天涯陌路,两不相欠。"

"江湖的规矩我懂,夫人放心。"

挂断电话,朱可儿将电话卡取下,丢进了路边的水沟里……

千里走单骑

一

墙上的挂钟"当当当"地敲响六下的时候,冯金铭从椅子上站了起来。他转动了几圈酸楚的脖子,又甩了甩发麻的胳膊,走到了窗前。看着玻璃上映着的自己的模样,冯金铭心里涌起了些许感叹。到底是年龄大了,脸上的纹路也深了。工作时间稍长一点,脑袋就发懵,看东西好像有了重影,也不知道是眼睛太疲劳,还是镜片上沾了灰尘。冯金铭取下鼻梁上的黑框眼镜,揉了揉眼睛,又从眼镜盒里拿出一块小绒布擦拭镜片。

冬日的夜晚,总是来得格外早。窗外,半边太阳在地平线上绝望地挣扎,努力地发散出最后一丝橙黄色的光亮。很快夜色就悄无声息地如潮水般漫上来,山峦、房屋、稻田被慢慢地揉进了一片墨色里。镇上人家的屋顶上已经升起了炊烟,一团一团的,顺着风向南飘散。偶尔有几声狗叫声夹杂在风里,还有女人尖细的呵斥声,好像是在教训孩子。

"今晚又加班呢?"说话的是所长王新亮。

"嗯,工作上的事情,不做完心里觉得不踏实。"冯金铭点点头。

晚上在派出所吃饭的只有三个人,所长王新亮、老民警冯金铭和刚进公安队伍的年轻民警李昆。

"老冯，要是所有人工作起来都和你一样拼命，世界就真的太平了。"王所笑着说。

"唉，我也是做好自己的分内工作。这个世界的责任太重大，我可背负不起。不过，我昨晚又梦见了那个案子，它这么多年来一直压在我这里，堵心啊。"冯金铭指着自己心脏的位置，叹了口气。

"这个案子过去多久了？那时候我好像还没有调到清水派出所工作呢。"王所说。

"整整二十五年了。"冯金铭回答。

"是啥案子啊？冯哥，都过去二十五年了还让你这么惦记。"旁边的李昆冷不丁地插句话进来。

"一起命案，一起悬了二十五年的命案。"冯金铭看了看李昆，缓缓地说。话语里满是遗憾。

"命案？"李昆咧了咧嘴，望向王所。

"破案这事不能急，俗话说'谋事在人，成事在天'。最近全省在搞专项行动，集中清理一批陈年旧案，像我们所这个二十五年前的命案，应该属于这次行动的清理行列之内。"王所说。

"王所，这可是个好机会，'8·14'命案是我们派出所这么多年来，唯一一起没有侦破的杀人案。以前局里开会的时候，大会小会都拿这个案子做反面教材，这次可终于让我们等到翻身的机会了。"冯金铭急着说。

"老冯，你的心情我理解。这几天你找时间把资料整理一下，然后所里再开会讨论具体行动事宜。"王所拍拍冯金铭的肩膀。

"冯哥，这个案子我全力支持你。"李昆也在边上说道。

"行。"

二

二十五年前的8月14日深夜，清水镇发生了一起惊动全省的命案。在镇上开废品收购店的老板张德义，被人杀死在废品店内，身上钱物洗劫一空。

最早发现尸体的人,叫王亚军,是住在清水镇上树村的一个村民。他在村里也开了一家废品收购站,是张德义业务上的一个"下线"。每个月的中旬,是镇上赶集的日子,王亚军会将自己收到的废品集中卖到镇上张德义开的废品收购店里,从中赚取差额。

按照王亚军在当年笔录中的描述,8月15日,也就是案发第二天上午十点,他按照惯例拖着一车废品来到张德义的废品收购店。张德义平时就住在废品收购店里,那是他自己修建的一栋三层高的楼房,外面用水泥砌了一圈围墙,围出半个篮球场大小的院子。张德义是个做事很勤快的人,每天早上七点不到,就会将院门打开,坐在院子里一边整理废品,一边等着大家送货上门。一般来说,清水镇周边的人都会趁着赶集,将家里的一些不用的废旧物品带往张德义的店里出售。可是那天已经是上午十点多钟了,店子还是没有一点要开门的动静。店子的围墙外等了不少人,任凭大家怎么敲门喊话,里面也没有人回应。

那天正是王亚军的儿子过生日,他急着去集市里挑选生日礼物。王亚军长得高高瘦瘦的,平时手脚很灵活。他心里着急,便提议从围墙上翻进院内看看。镇上的人都知道张德义有贪杯的习惯,大家猜测张德义是不是头天晚上喝醉了,睡到现在还没有醒来。

张德义家的院墙有三米高,单凭一个人很难翻过去。众人都出手帮忙,将王亚军顶上了墙头。王亚军趴在墙头往屋子里面一瞅,果真看见张德义趴在堂屋的桌子上睡觉,周围的东西零零碎碎散落一地。王亚军趴在墙头上喊了好几声,张德义也没有反应,他便翻身跳进了院子。等王亚军走进堂屋准备喊张德义起身的时候,他被眼前的场景吓得瘫坐在地上,差点没把裤子给尿湿了。王亚军看见张德义面朝下,头磕在桌子上,脑袋后凹下去一个大窟窿,像是一只漏气的足球,很不规则地缺失了一块。血从窟窿里喷溅出来,凝固在饭碗上、碟子上、桌子上,到处都是。王亚军几乎是后退着爬出堂屋,一边爬一边喊:"杀人了,杀人了。"

按照其他目击证人的描述,王亚军说的情况基本属实。王亚军从院子里打开门后，大家都涌进去目睹了现场，但同时也将现场破坏得比较严重。

根据法医的推断，张德义的死亡时间为12小时以上，也就是14日晚上20时前后。因为现场被众人破坏，技术民警没有提取到有用的脚印或者指纹。从现场情况来看，此处应该就是案发的第一现场。副所长刘永清推断，作案者很大可能是张德义的熟人或者生意伙伴。废品店院门和店里的门锁均完好无损，说明其人有正当理由进出张德义的家中。案发时间是在月底赶集的时候，每个人手上都存放有不少现金，张德义死后随身携带的腰包失踪，家里也有被翻动的痕迹，这说明行凶者熟悉镇上赶集的规律，并对张德义本人的习惯比较了解，有图财害命的动机。案发现场没有打斗的痕迹，张德义是被人从后面袭击。这也进一步说明行凶者是张德义的熟人，所以才能从容地进出张德义的家中，并趁张德义吃饭没有戒备的时候，用钝器对着张德义的脑袋施以致命一击。这一击打得又准又猛，将张德义的后脑勺敲碎了，一击毙命。作案者应该为男性，年龄在28岁至40岁，手臂力量足，爆发力好，而且下手狠毒。

三

"8·14"命案发生的那一年，冯金铭刚参加公安工作。他在清水派出所担任刑侦民警，天天跟在副所长刘永清的后头学习如何办理刑事案件。那时候，冯金铭还只是一只警界"菜鸟"，大家都喊他小冯。

"8·14"命案是冯金铭到公安队伍上班后，接触到的第一个重大案件，也是他第一次亲眼看见尸体。冯金铭永远不会忘记自己第一次看到尸体时的反应。记得那天正是他和刘所值班，接到群众的报警电话后，他立刻和刘所开着三轮摩托车直奔命案现场。冯金铭当时的心情很复杂，既紧张又兴奋，还伴随着一丝恐惧。他在脑海里不断地勾画着命案现场的场景，以及模拟自己该做的工作。但等到他真实地走进案发现场，看见张德义脑袋后面那个凹下去的血窟窿和餐桌上那一滩干枯的暗红色血迹，看见伤口上到处乱飞的苍蝇，隐隐闻到尸臭的时候，他只感觉到早饭在胃里面一阵翻腾。他扭头跑出门外，蹲在路边的草丛里吐了个昏天黑地。

事后，刘所拍着他的肩膀，语重心长地说："小冯，当警察可不是拍电影，我们经常要和死亡打交道。如果你连看尸体都忍受不了，不如趁着年轻赶紧转行干点别的。"

这话像钻子一样，钻进了冯金铭的心窝里。在冯金铭后来的几十年从警生涯中，在他工作上遇到难事、坏事，遇到过不去的坎的时候，那句话就会像一股烟一样，从他心窝里冒起来，然后化成一个拳头，重重地砸在他的胸腔上。让他感到疼痛，感到委屈，感到愤怒！凭什么说他忍受不了，凭什么要他转行，冯金铭的倔脾气被激了上来。别人说他不行，他偏要干下去，他这一干就在公安战线上干了二十五年。这些年里，冯金铭破获大大小小的案子数百件，亲手抓获的犯罪嫌疑人有几百人。抢劫的、盗窃的、吸毒贩毒的、卖淫嫖娼的、拐卖妇女的……就是杀人犯，冯金铭也亲手抓过七八个。只可惜刚参加工作那年遇到的"8·14"命案，却一直悬在那里，至今没有破案。

当年，副所长刘永清是带着遗憾退休的。再过几年，冯金铭也该到退休年龄了。岁月真是一把杀猪刀，不知不觉就把冯金铭从一个朝气蓬勃的少年变成了一个满脸沧桑的大叔。刘所退休后，一直放不下未破的命案，隔三岔五就会打电话来询问冯金铭。可这案子一直找不到头绪，一拖就拖了二十五年。前两年的遗体告别会上，刘所是带着不甘离开的。冯金铭心里觉得很愧疚，愧对刘所，也愧对这身警服。

四

冯金铭端起桌上的茶杯，喝了口茶，将跑远的思绪一点点拽了回来。他重新带上眼镜，拧亮了桌上的台灯。"8·14"命案案卷安静地躺在桌子上，仿佛一段尘封的历史，正在等待着他的开启。

"8·14"命案如果换在今天这个环境下，肯定早就破了。这个案子难就难在发生在二十五年前，而且是发生在清水镇上。有句玩笑话形容当时的环境：交通基本靠走，通讯基本靠吼，治安基本靠狗，取暖基本靠抖。这话说得有点夸张，但又隐隐地自有其道理。二十五年前，清水镇还不到现在的一半大，人口不到五千人，经济发展水平比城市更是差了一大截，镇上的人进城赶集全靠双脚走路，摩托车在镇上都是个稀罕物，更别提小汽车了。清水镇就那么一点点大，镇上的房屋零零散散地分布在山坡上，多少户人家、多少栋房子从远处望过去，一目了然，但走起来才发现道路弯来弯去的，一走就是小半天。那时候电话、手机都没有普及，谁家有什么事情，站在家门口往外面一声大喊，附近的邻居都能听见。到了晚上，镇上连个路灯都没有，更别说摄像头。家家户户都养了不少狗，白天的时候，狗群在镇上追逐嬉戏，晚上则回到各自的家里看家护院。当时人口登记管理没有现在严密，买火车票不需要实名制，住个旅馆也不需要电脑登记，更没有暂住证、居住证的说法。在那个年代，公安机关侦破案件，全靠民警的经验和智慧，和现在的科技破案相比，真是一个天上一个地下。

命案发生后，江南县公安局从刑侦大队和清水派出所抽调专人，成立了"8·14"专案调查组负责命案的侦破工作。专案组的成员以张德义开的废品收购店为轴心，走访了周边的上百户群众，对张德义的一些生意往来也进行了全面调查。

张德义不是本地人，他是从北方一个偏远的城市搬过来的，在清水镇上从事废品收购生意，已经有三年了。张德义死亡的时候才33岁，没有结婚，父母在北方老家，在清水镇一个亲人也没有。他体格很健硕，个头比当地人要高，有一米七八。当年他一个人来清水镇创业的时候，因为争抢业务还曾和当地废品收购店的老板发生过冲突，也遇到过镇上"混混"的挑衅和敲诈，好几次都惊动了派出所。张德义是个不怕事的人，他做生意很公道，说话也很直爽，除了爱喝酒，没有其他不良爱好。张德义废品收购店的生意不错，鼎盛的时候，业务涵盖了周边的七八个乡镇。那时候的张德义很风光，在清水镇也是小有名气的人物。

五

针对"8·14"命案的侦破，当年专案组内部曾有两种不同的看法，一种认为是业务竞争雇凶杀人，另一种则认为是图财害命熟人作案。这两种猜测都有各自的道理，双方谁也无法说服谁。

专案组便分成两组分头行动。第一组以刑侦大队的民警为主，重点围绕周边曾和张德义有利益冲突的四家废品收购店进行调查。专案组人员认为废品店老板有作案的动机，他们是"8·14"命案的既得利益者。当年，张德义生意做得红火的时候，侵害到了周边其他废品收购店的利益，这四个老板都曾先后和张德义产生过矛盾，有的还与张德义进行过直接的肢体冲突。

专案组人员对四个老板在案发当天晚上的活动情况进行了调查，同时摸排了店里员工的情况，调查了老板的亲戚朋友，对老板进行了传唤和询问。但结果令人沮丧，其中三个老板都没有作案时间，并且有第三方目击证人证明，而在他们的亲戚朋友里面，也找不出符合行凶者特点的嫌疑人。不过，专案组在最后一个废品店老板那里获得了好消息。这个老板叫叶胜利，和张德义的矛盾最为突出，两人之间曾爆发过肢体冲突，而且，他在案发之前的一个月左右就已经关掉店门人间蒸发，镇上的人谁也不知道他去了哪里。

是蓄谋已久？还是畏罪潜逃？

专案组人员仿佛找到了一个重大突破口，但在当时那个年代，要在茫茫人海里寻找一个人何其困难。专案组不得不花费大量的人力物力对叶胜利的邻居、朋友、亲人进行走访和调查，大概在半个月后才打听到一个线索，并顺藤摸瓜在上海的一家医院里找到了叶胜利。原来叶胜利被查出得了肝癌，为了治病，在上海工作的女儿将叶胜利和母亲接往上海治疗。据他的女儿说，叶胜利已经是肝癌晚期，住院报告也表明叶胜利已经住院一个月之久，不可能有作案的时间。专案组的第一种看法宣告错误。

专案组中的第二组以清水派出所民警为主，副所长刘永清担任组长。他的观点是图财害命熟人作案。专案组人员围绕和张德义有生意往来或人情往来的人进行逐一调查，并对张德义的进出账目进行了仔细核对。但因为牵涉的人员众多，专案组警力有限，无法对这么多的人进行——细查，多数人都只进行了一些简单的问话，甚至有些人只留下了姓名和地址。那种海量排查法虽然不细致，还很粗糙，但在最大的程度上保证了没有漏网之鱼。

在随后漫长的排查过程中，刘所以及专案组的成员们终于从茫茫人海里，凭借着多年的经验剔出一部分有作案动机的人，他们或有前科，或者和张德义有债务往来，或者曾和张德义发生过口角纠纷，而且他们还符合作案的一些基本特征。像这样的人一共有四个，专案组一时也没有直接的证据，只能将这四个人均列为专案组的重点监控对象，留待时间来查明。

随着时间的推移，专案组调查的速度也逐渐放缓下来，又因为不断地有新的案件发生，专案组的人员也不断地被抽走。到那一年年底的时候，专案组已经只剩下了清水派出所的几个民警，而对这四个嫌疑人的调查监控工作，也由表面转入了地下。不过，经过长时间的排查和筛选，犯罪嫌疑人缩小到了一个人。

六

这个最后的嫌疑人叫伍长山，是张德义的老乡。他离婚后独自带着儿子女儿在清水镇生活，有赌博前科，经常向张德义借钱。在张德义的账本里，专案组民警还发现了一张伍长山欠张德义五千元钱的欠条，还款日是8月15日。

伍长山是张德义在清水镇为数不多的几个朋友之一，据群众反映，两人常在一起喝酒。当年专案组也曾对他进行过调查，但据伍长山说，当天晚上他在家里喝闷酒，醉酒后就睡着了。因为现场找不到直接的证据，又没有目击证人，只好放伍长山回家照顾孩子。

之所以说伍长山嫌疑最大，是因为他符合作案的诸多条件。他当年32岁，身体很结实。和张德义岁数相当，又是老乡，所以常在一起喝酒。他熟悉张德义的业务，又和张德义有债务纠纷。除了没有直接的证据，他符合作案的一切条件。

最可疑的地方，是"8·14"命案发生后的第二年，伍长山从清水镇神秘失踪，一起失踪的还有他的一双儿女。从那以后，伍长山就好像人间蒸发一样，再也没有了任何消息。冯金铭曾将这个情况上报给领导，但在当时那种科技手段下，寻找一个想刻意躲藏的人比大海捞针还困难。

随着专项行动在全国的铺开，清水派出所"8·14"命案被重新提上工作议程，伍长山也被正式列为嫌疑人。在冯金铭的毛遂自荐下，他成为了该案件的牵头人，李昆负责协助他的工作。

对于"8·14"命案侦破的思路，冯金铭已经想了很多年。根据当年的资料，冯金铭决定以伍长山的前妻刘倩为突破口。俗话说"亲不亲，打断骨头连着筋"，刘倩是伍长山两个孩子的亲生母亲，当年伍长山虽然带着孩子离去，但孩子毕竟和刘倩有着血脉关联，这么多年来双方总会有一些联系。

刘倩与伍长山离婚后，就从镇上搬去了县城居住，好在她的名字没有改变，现在科学技术高度发达，不到一会儿，李昆就通过全国人口信息系统查到刘倩现在的地址。

找到刘倩的时候，冯金铭并没有亮明身份。他留了个心眼，撒谎说自己是清水村的干部，当年村上的一位老邻居，上了年岁，突然很想知道当年一些朋友的近况，所以他才来帮着打听伍长山现在的下落。

关于伍长山现在的地址，刘倩也不知道，她离婚后就改嫁了，和伍长山再也没有联系。

"那现在你和孩子们还有联系吗？"冯金铭问。

刘倩点点头说:"那还是有的,逢年过节的时候,女儿还是会打个电话来问候一下,有时候还寄来点东西。"

"我记得你还有个儿子吧?"

"儿子像他爸,性格很冷,一直记恨着我当年离开他们,所以从来没有主动联系过我。"

"那你女儿现在住在哪里呢?"冯金铭相信只要找到伍长山的女儿,就能顺藤摸瓜找到伍长山。

"她现在在云南开了一家店,生了一个女儿,上次在电话里还叫我奶奶来着。"

"你女儿是不是改名了?"

"是啊,她说伍凤这个名字太俗,就改了名字,现在叫伍靓。"

冯金铭一拍大腿,怪不得这么多年来他们会凭空消失。二十五年前电脑还没有普及,那些老身份证信息都写在纸制的档案里面。伍凤改了名字后,换了地址,新立了户头,这些信息是会被重新录进电脑的,公安机关在查找旧信息资料的时候,自然不会和新的资料发生关联。

伍靓现在是一个新的线索,冯金铭找到所长王新亮汇报情况:"'8·14'命案有重大突破,我要出差去云南。"

七

从江南县到云南,老冯坐了两天两夜的火车。而且,只有他一个人。

"老冯,现在所里事多人员紧张,实在分不出人给你,只能委屈你'千里走单骑'了。不过如果你发现伍长山的行踪,我们会立刻派人过来接应你。"所长王新亮说这个话的时候也挺无奈。

冯金铭对王所的话表示理解,现在公安机关哪里都缺人,能让他放下手头的工作,专心出外寻找线索,王所长已经顶着很大的压力。

"千里走单骑。"冯金铭觉得这个形容真不错。他提着工作包大跨步地走出了云南火车站,打车直奔伍靓家附近的辖区派出所。

在派出所里,冯金铭翻阅了派出所的暂住人口登记记录。记录上显示,伍靓是二十五年前迁到本市居住的,现在家里一共有三口人,住在离派出所三条街外的一个居民小区里,并在小区门口开了一家超市,名叫"靓靓超市"。冯金铭建议当地民警先不要打草惊蛇,只对伍靓家的电话和手机进行监控即可,自己则借了派出所的一台民用牌照的车辆,天天停在超市对面的马路上进行蹲守。饿了就吃个面包,渴了就喝一瓶矿泉水。

伍靓的生活很简单,她早上七点在超市门口送孩子坐校车去幼儿园,晚上六点钟到门口等校车送孩子回来,其他时间全是在超市里度过。她的老公是本地人,在一家保险公司工作,晚上下班后会到超市帮忙。超市因为开在小区门口,生意很不错,每天进进出出的有好几百人。要想在这几百个人里面甄选出五十多岁的伍长山,冯金铭一点把握也没有。

冯金铭还没有等到伍长山的出现,却意外地发现了伍靓的亲哥哥伍鸣。那是在一个周末的时候,伍鸣带着一家三口到伍靓家玩。伍鸣和年轻时候的伍长山长得一模一样,那眉眼,那身形,如果不是隔了二十五年,冯金铭会以为那就是冯长山本人。伍鸣今年也有三十多岁了,他也改了名字,并在五年前娶了一个本地的女孩,现在有了一个快四岁的儿子。

通过刘倩找到了伍靓和伍鸣,这是一个意外的收获。冯金铭判断,既然伍长山的儿子、女儿还有孙子、孙女都在这个城市,那么伍长山在这个城市的可能性就非常大。毕竟伍长山也是快六十岁的人啦,谁不想在晚年享受一点天伦之乐?只是估计伍长山也改了名字,而且二十五年没有见过他了,容貌肯定会发生一些改变。

冯金铭现在要做的事只是等待,鱼饵放在水里,只等鱼儿上钩。可这一等,就过去了半个多月。这半个月中,除了看见伍靓和伍鸣以外,冯金铭连伍长山的影子也没有看见。是伍长山听到消息逃窜了?还是自己的推断有误?或者伍长山就躲在他两个孩子其中一个的家中？老冯立刻联系本地派出所，请他们以人口普查的借口分别对伍靓和伍鸣两家进行走访，同时，申请对伍鸣的电话和手机进行监控。

八

时间不知不觉过去了一个月。老冯依然一无所获。

正当他灰心丧气的时候，李昆从清水派出所传来消息。他从伍靓、伍鸣的电话记录详单中排查出一个尾号为"1800"的不同寻常的手机号码。通过调查，这个号码来自山西，一个月总会在伍靓、伍鸣的电话记录里出现两三次，而且每次通话时间都是深夜，一聊就有十分钟之久。

这个打电话的人肯定同时认识伍靓和伍鸣，而且关系非比寻常。这样一推断，打电话的人最大的可能性就是伍长山。

冯金铭再次独自踏上了北去的火车。来到山西后，冯金铭联系当地公安机关对这个手机号码进行了调查，他发现，这个人并不叫伍长山，而叫伍山。这是一种巧合，还是伍长山刻意改名？

这个伍山买电话卡时，留下的家庭住址是假的，留的座机号则是一个公用电话的号码，冯金铭再次失去了目标。

冯金铭也曾拨打这个尾号为"1800"的手机号码，但该手机一直处于关机状态。看来只有伍长山自己打出电话的时候，他才会打开手机。根据调取的这个电话号码详单显示，这个号码只和伍靓、伍鸣联系过，其他信息一条也没有。老冯现在能做的唯有继续等待，等待手机开机。他晚上睡在派出所的宿舍里，白天则在街头漫无目的地游荡，碰运气。

在来山西的第七天深夜，李昆那边再次传来好消息，该手机终于开机了，目前正在和伍靓通话。根据手机定位显示，目前这台手机位于本市中心医院的位置。

老冯火速通知当地派出所的民警，开着警车往市中心医院赶去。

九

根据住院人员的资料调查，伍山住在四楼的 4011 病房，那里是医院的重病室。

这个结果有点出乎冯金铭的意料。

走出电梯的大门，来到 4011 病房门口。冯金铭透过门上的玻璃窗向室内望去。在室内的第二张床上，躺着一个满头白发的老人，他正在用手机打电话。冯金铭仔细地观察他，发现他脸上的轮廓和当年的伍长山有着几分相似。

冯金铭将执法记录仪打开，挂在胸口，推门走了进去。

"伍长山，我是江南县公安局民警，知道为什么来找你吗？"冯金铭走到伍长山床前，说道。

"嗯！"伍长山一点也不感到意外，他甚至笑了笑，说："该来的终究是要来的。"

"你还有什么要说？"冯金铭继续问。

"哎，我想说的话太多了，我糊涂啊。当年我借了张德义的五千元钱，眼看还款的日子快到了。那天晚上，张德义晚上喊我去他家喝酒，我去了后，张德义要我还钱，并说我作为他老乡把他的面子都丢尽了，以后不要再联系云云。我们说着说着，就吵了起来。当时大家都喝多了，我从灶上拿了一根很粗的擀面杖，绕到他的身后，对着他脑袋就是一棒子敲下去。我当时也没有想到人的后脑勺那么脆弱，我一棒子下去，就把张德义敲死了。我当时也吓坏了，杀人要偿命啊！我把张德义怀里的腰包取出来，然后趁着天黑赶紧跑回了家。"

"你后悔吗？"

"我太后悔了，但后悔有什么用啊，世上没有后悔药买啊。那时候虽然公安局没有找我的麻烦，但我过不去自己心里的坎。我晚上睡觉一闭眼，就看见张德义站在面前，把我吓得半死。我毕竟杀了人，心里老是觉得不踏实。我知道公安局在暗地里调查我，我怕露馅，于是第二年，我带着孩子离开了清水镇，将孩子送到云南的一个远方亲戚家里寄养。我自己则继续在外面东躲西藏，吃不好，睡不好，走在路上看见穿警服的人都会吓出一身冷汗。我有很长一段时间不敢白天出门，怕看见太阳。我混在乞丐队伍里，吃冷菜冷饭，住桥洞、工地。我好多次想死了算了，但一想到我的儿子、女儿，又不想死了。我之前曾去云南看过女儿和儿子，但也只是远远地看看。我也想去抱抱孙子、孙女，但我怕啊，我怕哪天就有警察从后面跳出来，当着我儿子女儿的面将我抓走，我怕连累他们。后来，我跑到山西，在私人小煤窑里做事，工资一天一结算。这里不看身份证，也不管你从哪里来，于是我在这里一干就是好多年。直到我前一阵子病倒了，得了矽肺病。"

"那你现在的意思是？"冯金铭问。

"我早就想自首了，这段时间我也想通了。我现在的病情时好时坏的，好的时候我就给儿子女儿打电话聊天，听孙子孙女在里面喊我爷爷；不好的时候我身体什么知觉都没有，就和死过去一样。我知道你们会通过电话查过来的，我不想躲了，有些事情也该了结了。"伍长山说。

"人生真像是一场梦啊！我躺在这儿，眼睛一闭、一睁，好像一辈子就过去了。我对不起张德义，对不起他的家人。昨晚我还梦见他了，他喊我去陪他。这些年我存了一些钱，请你拿去补偿给张德义的家人吧，这样我心里也好受一点。"伍长山从枕头下拿出一个存折。

冯金铭点点头，将眼前的一切录制在执法记录仪里。

"8·14"命案终于成功告破。

坐在回程的火车上，冯金铭心里却一点也没有破案后的激动。也许是故事的结局没有想象中的圆满，也许是故事的结局拖得太久。

冯金铭在电话里给所长王新亮报告了破案的消息。他突然想起已经很久没有去看以前的老领导刘永清了。这次回家后，他无论如何得抽时间去墓地看看，将这个迟来了二十五年的消息捎给他。

老贼四叔

四叔在贼道上是个名人,只要是吃这碗饭的,就没有不认识他的。

刚出道的时候,别人叫四叔喊"四指",时间长了,长了辈分,才改叫"四指叔",后来又省了个字,这才叫成现在的"四叔"。四叔得名是因为他的左手,上面只有四个指头——缺个小拇指,他左手中间三个手指一样长,瘦而尖,像三根竹筷,夹东西时又快又准,大的如大哥大,薄的如钞票,他都能轻松自如地夹到手里。

没有人知道四叔的名字,就像没有人知道四叔左手为什么只有四个指头一样。以前是这样,以后还是这样。没有人问为什么,也没有人会去追究为什么。

四叔不是这个镇上的人,老家是哪里,估计连他自己也忘了。年轻时走南闯北,走到哪,哪就是家。后来漂泊得累了,便想找个地方落落脚,选择这个镇子后,一住就过去了五年。四叔盖了房子,找了老婆,又添了两个孩子,日子就这么一天一天打着飞脚过去了。

要不是后来发生的事,四叔肯定会一辈子就这么闲适地过下去,养点鸡鸭,伺候点庄稼,再逗逗院子里养的大黄狗。那是一个很平常的早上,四叔打开屋门,伸个懒腰,一辆警车突然停到跟前,随后几个穿制服的警察将四叔带上了车。到第二天四叔从公安局回来,人们才知道,原来邻镇一家信用社晚上发生了盗窃案,丢失了四十多万元现金。周围这些有过盗窃前科的人都被带到公安局比对排查,四叔当然也在其中。

好事不出门,坏事传千里。这次盗窃案虽然没有四叔的份,但四叔以前蹲过班房的消息是捂不住了。四叔回家后,邻舍之间对四叔的态度有了明显的转变,以前那些关系挺好的亲戚再不登门,四叔家落得冷冷清清。反倒是贼道上的朋友们开始频繁光顾四叔家,拜师学艺的,切磋本领的,还有的是专程登门拜访只为满足见一面心愿的。一到晚上,来四叔家拜访的人络绎不绝,四叔越是拒绝,登门的越多,他家俨然成了这一带小偷的集合地。那些不知道从哪听来的关于四叔的故事,如油锅里取铜钱、嘴巴穿针、隔空偷钱包等,被一传十、十传百,传得神乎其神。有那么一阵子,镇上有谁家小孩不听话了,只要说一句"让四叔把你偷了去",小孩就能立刻乖乖上床睡觉。

四叔五十岁那年在镇上做了一次寿,那也是当地最风光的一次寿宴。据别人回忆,做寿那天方圆几十里地的小偷全来了,老的少的,男的女的,开车的走路的,穿着体面的,也有衣衫不整的,送过来的贺礼堆了半间房子那么多。做寿的酒席摆了二十多桌,把偌大的打谷场占得满满的,整个镇子就像过年一样喜庆。那天镇上的派出所一刻也没闲着,全体民警待命,随时应付突发情况。你想,好几百小偷聚在一起,有什么值钱的东西那不眨眼就不见了?当然,这只是玩笑话。不过据我们所里的老民警说,那天吃完饭后还真抓了几个人,都是负案在身,从小听四叔故事长大的网上逃犯,给四叔拜完寿后,当时就到我们派出所自首了。

做寿的当天,四叔宣布金盆洗手。但在这中间发生了一段小插曲,四叔用来金盆洗手的铜脸盆不翼而飞。面对远近这么多的朋友,四叔也不追究,让别人抬来一口油锅,又倒满滚油,两手运气,直接就插到油锅里洗起手来。手上下在油水里翻滚三次,毫发无损。然后,他向四周拱了拱手,说:"以后,谁到这里来摸东拿西,别怪我不客气!"四叔这一招油锅洗手技惊四座,其结果直接导致小偷在本镇绝迹。偷鸡的,偷牛的,偷摩托车的,或者来拜访四叔的,在这之后的整整两年时间里,一个也没有出现。

当然,这些事情,都是我从朋友、同事、街坊口中听来的。自从我在这个镇上的派出所上班,并当上这一带的管区民警后,四叔这个名字便常在我的耳边响起。邻里之间闹纠纷了,谁家又丢东西了,或者是某某案子没有头绪,需要线索了,都会有人在边上提起"找四叔啊"。

第一次见四叔,是我刚到派出所上班那天,当时四叔正在所里帮着调解一起邻里纠纷。他穿着一件黑褂子,下面是灯心绒的老棉裤,整个身体干瘪消瘦。他的脑门谢了顶,花白的胡子拉得好长,很有点仙风道骨的样子。我认真地观察了一下他的左手,真的只有四个指头,手指很黄,瘦长瘦长的,有点像腊肠,只是多了张皮包在骨头上。

很遗憾,我没有亲眼看见过四叔"出手",我不止一次地想象四叔会不会像《天下无贼》里那些"大腕们"一样,把扒窃操持得"炉火纯青"。但这已经永远没有机会了,在我见到四叔的一个多月后,四叔去邻镇一个亲戚家喝酒,晚上回来,不知被谁在背后捅了几刀,然后被丢进了路边的一个水渠里。

我们到达现场后,四叔早就断气了。我们立刻判断,这只可能是那些"道"上的人干的!

派出所立刻设专案侦查。

但四叔在这个镇上,从此就只剩下了一个名号。

老狗阿旺

阿旺是一只老狗，在清水村度过了十一个春秋。如果换算成人类的年纪，他现在已经是一位七十岁高龄的老者了。

过完这个极其寒冷的冬天，阿旺明显地感觉到身体不如年前那么健朗了。特别是头脑的反应，迟钝了许多。听力也下降了，身体老是懒洋洋的，随便找个有阳光的地方一躺，就只想打瞌睡，等到过往的汽车一直冲到面前，才会突然被喇叭声从梦中惊醒，然后懒洋洋地挪个地方继续趴着睡觉。

主人是从什么时候开始对自己不理不睬的呢？阿旺真想不起来了。只记得随着那条横贯清水村南北的国道修建完成并顺利通车后，主人对自己便越来越冷淡，甚至动不动就大声呵斥，拳脚相交。虽然阿旺还和以前一样，白天跟在主人后面四处游荡，晚上趴在屋门口忠心耿耿地守夜，陪小主人玩的时候，能准确地咬中小主人丢过来的飞盘，能叼回小主人丢出去的木棍，甚至还能偶尔地从山上叼只野兔回家，但这一切都已经无法改变主人对它越来越冷淡的事实。阿旺只是一只狗，充其量比村里其他的狗，个头大一点，年龄长一点，它无法想明白主人冷淡自己的理由。

清水村已经很少有一只狗能像阿旺这样活到十一岁的高龄。国道的修通打破了山村往日的宁静，这里成为了本市与邻县连接的一个重要通道，每天都会有源源不断的车队把邻县的矿产资源经这条公路运进本市，然后拉着无数的水泥、沙石返回。这些庞大、忙碌的车队不分昼夜地从清水村村边呼啸而过，除了造成尾气污染、噪音干扰外，最直接的影响就是碾死那些在公路上闲逛的躲闪不及的家畜。让清水村的村民们解放思想、转变观念的也是因为一次邻县过路的汽车撞死了村长家的大黄狗来福。来福可是村长的宝贝，清水村的前任狗王，身长一米，体重超过五十斤，数次把阿旺咬得抱头鼠窜。

　　阿旺还清楚地记得那个夏天发生的事情，正是国道刚修通不久。那天，刚成年的阿旺因为挑战狗王来福的权威被狠狠地"修理"了一顿。打胜仗后的来福带着它的妻妾得意地巡视领地时，突然看见一只母猫在国道上旁若无人地打盹。来福当时想在众狗面前展示一下它的威严，但当它向母猫狂吠时，母猫却对它爱理不理继续打盹。来福感到受到了极大的侮辱，它横过马路，凶横地冲向了那个安静地躺着享受阳光的异类。就在这一瞬间，一辆小轿车从马路拐角处轻快地蹿了出来，迎面撞上了躲闪不及的来福。急速的刹车声没能挽救来福的生命，它被撞得高高地抛起，然后重重地摔在地上，生命戛然而止。那次事件的得益者有两个，第一个是胡搅蛮缠的村长，他得到了车主的2000元赔偿，第二个是阿旺，它从此坐上了狗王的位置。

　　撞死一条狗，竟然获得了2000元的赔偿，这给村里带来的震撼不亚于一次地震。从此以后，村里每月都会有狗被过往汽车轧伤或撞死的事情出现，这简直成了清水村一道独特的风景。那些损失了爱犬的主人，一边组织村民围堵肇事司机，从肇事司机那里获得高于狗本身价值数倍的赔偿，接着他们再把赔偿费拿出一小部分买来新的小狗，继续饲养。那些死狗、伤狗则清洗干净，然后统统丢进锅里，熬成狗肉汤招待村里的老少爷们。撞死狗的日子无形中变成了清水村的一个节日，每当有这种事情发生，整个村子都沉浸在一片喜庆当中。

　　阿旺深深地为那些被汽车撞死的同伴们感到痛心，其实很多时候，只要稍微地留点神，多长几个心眼，就完全可以躲过这些灭顶之灾。虽然阿旺也和所有狗一样，爱趴在门前的平坦的马路上，边晒太阳边打盹，也爱在马路中间找食吃。因为好像一夜之间，清水村所有狗的主人都鼓励自家的狗到公路上去玩耍，并把狗的食盆放到马路中间或者马路对面。但阿旺似乎天生对汽车有某种敏感，村中没有任何一只狗可以和它比拟。它总是带领着家中的另外几只狗游刃有余地穿梭在汽车的轮子之间，看着小狗们茁壮健康地成长，阿旺心底有种无法言表的成就感。它耐心地传授给小狗们躲避汽车的经验，让小狗们无数次化险为夷。

虽然那些死了狗的人家里，房子越来越宽敞，里面的摆设越来越漂亮，但阿旺一点都不觉得羡慕，这些人家里的狗死了一批又一批，狗主人们忽而悲伤忽而欢喜的心情让阿旺惑然不解。他们刚为那些被车撞死的狗号啕大哭，围住那些外地肇事汽车司机，诉说自己对爱犬的呵护与喜爱，但等赔偿费拿到手了，他们马上笑逐言开，赶快买来了新的小狗，一如既往地把那些小狗丢在马路上随意放养。

阿旺也不明白主人怎么会在村里越来越抬不起头来，它能看懂那些村民们脸上对主人的耻笑，还有他们背后说的话语："连只狗也养不好，什么事情都不会做，活该一辈子受穷……"阿旺不明白，隔壁家里被车轧死那么多狗，却被全村人公认为最会养狗，还得到了村长的表扬，但自己家里一只狗都没有被轧死，主人反而受到大家的耻笑。阿旺很想大声地替主人申辩，但传出来的只是"汪汪汪"的吠声。

"叫什么，你这只没有用的狗。"主人听到阿旺的叫声，捡起个石头就砸了过来，石头砸在阿旺的后腿上，有一种钻心的疼痛。

主人早就不给阿旺饭菜了，窝也被主人丢到了门外。每天阿旺只能在村里游荡，在垃圾堆里四处翻东西，以填饱肚子。夜里，阿旺则睡在离家不远的一个草垛子里，回忆那些久远的事情。它怀念和主人和睦相处的日子，怀念有次晚上它和一个溜进屋内准备偷东西的小偷搏斗，被小偷用刀划伤了后背，主人替它小心地包扎伤口，还喂它吃东西；怀念每天陪着小主人玩耍，把小主人拉过屎的屁眼舔得干干净净……想着想着，阿旺的眼睛湿润起来，然后静静地进入梦乡。

睡梦中，阿旺突然感觉到头上有一阵强烈的灯光照射过来，紧接着阿旺听见了尖锐的刹车声，这个声音一直潜藏在阿旺的记忆深处，那么熟悉，又那么让它不寒而栗。阿旺想迅速地站起来，然后从草垛里一跃而出，但它的身体却已经跟不上它思想的节奏。还没等阿旺跳出草垛,汽车已经一头扎在了草垛里。阿旺被汽车轮胎压在了下面,痛得昏了过去。

一阵阵的疼痛让阿旺再次醒了过来,朦胧中它看见熟悉的主人正站在身边,深情地关注着自己,小主人更是不顾一切地把它抱在怀里哭泣,阿旺的鲜血不停地从身体里涌出来,喷溅到小主人白色的背心上。那一块块的鲜血在汽车的灯光照射下,像是一朵朵绽放的大红玫瑰,给人一种触目惊心的美。

阿旺躺在小主人温暖的怀里,重温着那种久远的亲昵,它希望时间永远地停留在这一刻。

越来越多闻讯而来的村民们,把肇事汽车团团地围在路中间,几个年轻村民直接把驾驶员从驾驶室里拖了出来,一直拖到了阿旺的面前。那还是个二十出头的小伙子,在人群的包围中吓得一个劲地发抖。

"撞死了狗,我赔钱,我赔钱。"小伙子哆哆嗦嗦地说着。

"赔钱能解决什么问题!"

"你以为有钱就了不起啊!"

还有更多的声音从人群中喊出来:"给他也放点血,别以为我们农民就好欺负。"

小伙子吓得一下子捂住头蹲到地上,大声辩解说:"我不是那个意思,我不是那个意思,撞死了狗是我不对,是我不对,你们说怎么办就怎么办。"

"这条狗可是我们村的狗王,养了十多年,好几十斤重,起码要赔1000元钱。"有人在人群中说。

"一条狗值1000元?这也太贵了吧?而且这是一条老狗,就算我不撞它,它也快老死了。"小伙子哆哆嗦嗦地哀求说。

小伙子话刚说完,阿旺看见主人愤怒得近乎疯狂地冲上去,一把揪住了小伙子的衣领,大声喊道:"老狗?你的娘你的爹老不老?你知道我和它感情有多深吗?在家里我吃什么它就吃什么,我到哪里它就跟到哪里,我待它比我亲儿子还好。我今天也不要你的钱,狗出了多少血,我就让你出多少血,血债血偿!"话还没有说完,就提着拳头向小伙子砸去。

　　围观的人群赶紧上来劝阻，也有人乘机用拳头教训小伙子一两下，小伙子双手抱头，蹲在地上，整个人几乎都缩到了汽车的下面，再不敢说话。汽车周围全是闹哄哄的村民，呐喊声、叫骂声，连成一片。

　　阿旺满足了，阿旺感动了，它没有想到老主人、小主人还是这样地爱它，这样地痛惜它。泪水从阿旺的双眼里源源不断地涌出来，它知道今天终于为主人长了一回脸，争了一回气。阿旺终于想明白了一些事情，每只狗都会有自己的死法，但在清水村里，只有这种死法无疑是最恰当的。

　　阿旺就是在这一刻悄悄地闭上了双眼……

逃跑的嫌疑人

昨晚下了一场阵雨，关在长山冲派出所的嫌疑人逃跑了。

早上八点整，派出所全体民警在会议室碰头。

所长王志坚，板着一块脸，问："谁来说说是怎么回事？"

副所长刘伍，三十多岁，立即接过话说："昨天午夜时分，我和小黄吃完夜宵回所。在路上遇见一个外地人在镇上晃悠。我们上前盘查，从他身上搜出了螺丝刀、剪丝钳等作案工具，初步判断其有盗窃嫌疑，于是将他带回到所里，铐在值班室的床腿上。我想让小黄先守一晚，准备白天再来调查。"

王所长转过脸问小黄："人是怎么跑的？"

"是翻后面的院墙出去的，墙上还留有脚印。"年轻民警黄晓明解释说，"昨天不是我值班，刘所带我去吃夜宵，又喝了点酒。后来刘所要我守人，我说不行，一是我酒量欠佳，二是市里有文件规定，喝酒后不能办公。但刘所说一时找不到别人，他说我年轻，要我克服克服。晚上我酒劲上来后迷迷糊糊睡着了，等一睁眼，发现床腿上只剩一副手铐。"

王所长眉毛一竖，问："你们怎么不将嫌疑犯关在候问室里？"

刘伍连忙解释："候问室的门坏了几个月了，一直没修，关在那里没有值班室安全。"

王所长翻了个白眼，说："关在值班室的人不还是跑了？平时所里有两个人值班，怎么昨晚就小黄一人看守？"

女民警小林解释："王所，昨天是我值班，但所里有规定，女民警值班晚上不用睡在值班室。"

长山冲派出所的值班室在一楼的东当头，只有一间屋子，平时既是值班室，又是休息室。派出所八个民警，七男一女，女同志晚上在值班室休息不方便，所里便有了这么一条不成文的规定。

王所长又问："小林不睡在值班室，那昨天和小林一起值班的所领导呢？"

长着络腮胡子的杨如石副所长说："昨天是我值班，晚上我睡在值班室里。不过刘所他们凌晨才抓人回来，我早睡着了，他们回来后也没有告诉我，所以我什么都不知道。"

刘伍冷哼一声说："我们怎么没有告诉你！昨晚你的呼噜声和打雷一样，怎么喊都喊不醒。"

杨如石反驳说："老刘，我打呼噜难道还要你批准？话说回来，昨晚你怎么不守人？"

刘伍说："我派小黄值班，已经尽心了。王所长知道，我今天还要去社区协调治安工作，我能熬通宵吗？你昨天可是值班领导，是直接当事人。"

杨如石把桌子一拍，说："我参加工作的时候，你还穿着开裆裤在玩泥巴，你有什么资格来说我？"

有民警打圆场说："其实这个事，刘所是有责任的。作为所领导，昨晚带回犯罪嫌疑人后，一没有立刻调查处理，二没有将他关进候问室，却要喝了酒的小黄在值班室看守，这才导致出事。"

刘伍一听，立刻站了起来，大声地说："这怎么能怪我？一个值班室，两个大活人，嫌疑人就这么跑了，小黄和杨所才应该负主要责任！"

杨如石也站了起来，说："姓刘的，你不叫醒我，难道我在梦里帮你守人？"

王所长明白了事情的原委，这两个副手都不是软货，谁也不会负这个责。他本想大吼一顿，一想，吼也是白搭，于是和风细雨地问："嫌疑人跑了，你们有没有第一时间出去寻找？"

刘伍撇撇嘴，说："发现人跑后，我马上打电话向你汇报。你通知八点开会，现在所有人都坐在这里，等下一步指示。"

王所长说："那还等什么？刘所、杨所各带一队，立刻分头找人。"

两个小时后，黄晓明带着一个走路一瘸一拐的汉子进了会议室。刘伍一看，正是跑掉的嫌疑人！

原来，嫌疑人弄开手铐后，从派出所后院的围墙翻了出去，正好掉到墙外的水沟里，并将一条腿摔断了。他站不起来，又不敢呼喊求救，只好一点一点地往远处爬，被黄晓明顺着足迹逮了个正着。

人找回来，却产生了问题。嫌疑人受伤，必须出钱救治，这是人道主义。嫌疑人身上并无赃物，充其量是盗窃未遂，如果他不承认盗窃，反告民警弄断他的腿，那办案的民警肯定吃不了兜着走。现在媒体网络这么发达，谁敢担这个责任？

杨如石抢先说："人是刘所抓回来的，刘所自然要将此事管到底。"

刘伍哈哈一笑，说："所里办案的原则一直是谁值班谁办案。昨晚是杨所值班，案子应该由杨所负责。"

杨如石反驳说："昨晚抓人回来，如果当面交给了我，我当然负责。问题是昨夜没交割清楚，今天又是小黄抓回来的，自然仍由刘所负责！"

黄晓明突然插嘴说："二位所领导都很忙，这个案子就由我来办吧，人毕竟是从我手里跑掉的，我有责任。"

杨如石立刻说："年轻人有担当精神！这个人两次都是小黄抓回来的，应该由小黄主办。"

刘伍也赞成："主意不错，这个案子不复杂，小黄主办没问题。"

王所长看了看大家，沉思了一阵，敲敲桌子说："既然大家都没有意见，那我宣布这个案子就由小黄主办。我即刻打电话叫镇医院来人治伤，小黄负责审讯。假如这个案子破了，不管大小，功劳都算小黄的，刘所、杨所你们以为如何？"

"那是当然，不管什么功劳我们一点都不要。"刘所、杨所很大度地说。

大家松了一口气，高高兴兴往门外走，各自忙自己的事去了。

中午时分，大家都在食堂就餐。

"我查到了！我查到了！"小林从外面跑进食堂。

"查到什么？"王所长问。

"我通过电脑联网查到这个人的身份资料。他是一个被通缉的外省杀人逃犯，已经在逃十年，网上还有高额的悬赏金呢。"小林说道。

"啊……"大家惊呆了。

王所长一拍大腿，说："小黄，这次你真的立了一个大功！"

黄晓明先是脸上灿烂地一笑，然后摸摸脑袋，很平静地说："不，王所，是您领导有方，功劳应该是您的。整件事可都是您在指挥，出谋划策呢！"

王所使劲地拍拍小黄的肩，说："这小鬼，是当警察的好材料！"

空城计

劳动局局长高荃友家里被盗了，听说被盗走一百万。

这个消息就像是过境的风，一夜之间吹遍了江北市的每一个角落。

"平时在电视上看他长得和和气气，还真没看出也是个贪官。"

"你们知道啥？现在反腐一靠女人、二靠仇人、三靠坏人，这个局长栽定了。"

"一个局长家就有一百万，那么市长、省长家会有多少钱呢？"

一时间，街头巷尾，流言四起。

市纪委书记严文薛接到消息，第一时间打去电话："老高，听说你家被盗了一百万？"

"报告严书记，不是一百万，是五百万。"

"什么，五百万元？"严书记在电话里惊出了一身冷汗。现在全国都在反腐败，老高这是往枪口上撞啊。

严书记赶紧给市长王晓川汇报。

好家伙，五百万，弄不好自己都得负领导责任。王市长同样惊出了一身冷汗，赶紧向省里汇报。

省里办事效率高，上午汇报，下午省纪委副书记孙海就带人来到了江北市。

一个局长家被偷五百万，这不是一件小事，社会各界对此事都在高度关注。

孙副书记长着一张国字脸，眉宇间流淌着怒气。

"你们有什么处理意见？"

"听孙书记安排，我们全力配合省纪委开展工作。"王市长率先表态，严书记等其他人也纷纷点头。

"先去他家。"孙副书记大手一挥，王市长等一行人赶紧随行。

高局长家大门紧锁，叫门无人答应。

"人呢？"

王市长、严书记在孙副书记的注视下，一脸尴尬。非常时期，谁敢担责。汗珠在他们背上涌动。

"还愣着干什么，赶快打电话联系。"孙副书记在旁边提醒。

"是呀，快打电话。"王市长也提醒。

严书记赶紧拨通了高局长的电话。

还好，电话没有关机，高局长的声音从电话那头传来。严书记心里长长地舒了一口气。

"高荃友，你在哪里？我和王市长，还有省里的孙书记都在你家门口呢。"

"什么？你在公安局报案？"

被偷这么多钱还敢去报案，脑袋真是让驴踢了。众人的脸上呈现出惊异的表情。

"去公安局。"孙副书记再次发话。

公安局局长易万良早已在门口等候。

"现在是什么情况？"王市长开门见山。

"一个普通的入室盗窃案啊，怎么惊动这么多领导？"公安局易局长笑着说。

"五百万还是普通案件？"孙副书记吃惊地问。

"是有五百万，但不是你们想的五百万。"易局长回答。

"其他话不须多言，高局长本人，我要带走。"孙副书记摆摆手，态度很强硬。

"这个，当然没有问题。不过今天领导都在这里，我作为公安局局长，就想多说两句。这个农民工讨薪的问题，容易引起群体事件，影响社会的和谐，还要请领导们想办法解决。现在年关将至，他们已经好几次去市政府静坐请愿，如果每次都靠公安局唱黑脸，终不是长久之计，这个事情宜疏不宜堵。"易局长动情地说。

"这和农民工讨薪有什么关联？"孙副书记不解。

"孙书记不知道？本市宏图房地产公司老板拖欠农民工工资达两年之久，欠薪近五百万元。今年上半年在市劳动局的介入下，三方签下协议，承诺年底还清。协议书一式三份，甲乙两方各拿一份复印件，原始件则放在高局长家中。昨晚有人潜入高局长家中行窃，将原始协议盗走，高局长这才报警。"易局长解释。

宏图房地产公司？那不是王市长侄子开的公司？严书记偷偷向王市长瞟去，果然是一脸冰霜。

"照这样说，被盗的不是五百万现金，而是一张价值五百万元的还款协议？"孙副书记问。

"正是！"

"原来是这样。"孙副书记若有所思地点点头。

接着，孙副书记转身说："既然高局长家被盗的不是五百万现金，而是一张协议书，那我建议后面的工作，由市纪委接手，对高局长进行正常调查，调查完毕后将结果上报省纪委，同时公布到互联网上，以证明高局长以及江北市的清白。王市长觉得如何？"

"可以，可以。"王市长连连点头。

"这个事情经过媒体网络炒作，影响很大，省里的领导，还有社会大众都在高度关注，而由这个事情所引出的农民工讨薪的问题，也要妥善解决。关于这个事情，省里也有一些传言。"孙副书记说着，语调突然降了下来，缓缓地说，"传言说江北市有一些房地产老板和市里的领导关系密切，好到不分彼此。我不知道这些事情的真假，不过王市长你们不能掉以轻心，要防微杜渐！"

"传言，虚假传言。"豆大的汗珠从王市长的额头上流下来。

接下来的一周，江北市发生了不少事。

先是市纪委在网上高调公布对高局长及其家人的资产调查情况，证明了高局长的清廉。

接着，房地产老板还清了拖欠两年之久的农民工工资。拿到工资的民工打着锣鼓，拿着锦旗到市政府表示感谢，连省里的电视台都进行了宣传报道。

年底换届的时候，高局长提拔的呼声很高。不久，一纸调令，将高局长调往市政协当了政协副主席。级别提高了半级，却是个闲差，对于四十有五的高局长，好像是早了点。

调令下来的时候，高局长正和易局长、孙副书记在家中喝茶。

"老高，你约我们陪你唱这出'空城计'，为民工讨到了工资，却得罪了领导，你觉得值吗？"孙副书记问。

"人生在世，哪能总去计较个人得失，我能为农民工兄弟尽一点微薄之力，这就值！"

龙　眼

"你知道吗？你站着的这个地方，是我第一次约会的地方。

"我和她是在网上认识的，那是在本市的一个叫做'水漫青山'的文学论坛里，她的网名叫小倩，是论坛的版主，经常会发一些原创的散文作品给大家欣赏。她的文笔很优美，像初夏荷塘里盛开的莲花一样，清新细腻，带着扑鼻的芳香。

"你知道吗？这里是这个城市的'龙眼'。从卫星上看我们这个城市，它是蜿蜒的，就和穿城而过的小苏河一样，经历两个弯，如同一条盘旋的龙。我们现在呆着的这座山是城市的'龙头'，这个山上的最高点：小方亭，则是'龙眼'。我站在这里俯瞰脚下的风景，总会想起毛泽东的诗句：'看万山红遍，层林尽染；漫江碧透，百舸争流。鹰击长空，鱼翔浅底，万类霜天竞自由……'然后从心底涌上一股豪情。这是白天的景色，夜晚的景色也不能错过，等到太阳从天际徐徐下落，整个城市被镶上炫丽的金边，红色的霞光如地毯般铺满天宇，接着夜色如潮水一样漫上来，将一切吞没。最后，你会看到城市里亮起成团成簇的灯火，如同春天草丛里密布的野花，一阵风吹过，遍地都是。我常常一个人坐在这里，从白天看到黑夜。

"你知道吗？夜，会让人产生思念。思念家里的父母，思念远方的朋友，思念心中的爱人。每个人都有思念的人，在寂寞的夜里，我常会爬上这座山，坐在这个悬崖边的方亭里。看着这座城，思念一个人。

"我思念小倩，自从我在网络上遇见她，就开始对她不可抑止地思念。只要一上网，我就会跑到'水漫青山'的论坛里，到处寻找她的踪影。我阅读过她在论坛里的所有文章，研究过她的生活轨迹，从她留在网络上的那些简短的信息里，我推断她是北方人，在本市工作；她的年纪不大，但工作并不轻松。她的文字里有对爱情的憧憬，有对故乡对亲人的思念，还有对现实生活的不满。她的心思很细腻，柔弱而敏感，总是能从身边事物，联想出很多不一样的情感，哪怕是走在路上看见一地的枯叶，都可以让她思绪万千。

"我喜欢她，因为喜欢她的文字，所以喜欢她的人。我是她的忠实'粉丝'，常常在读完她的作品后写出一些自己的感受。渐渐地，她也知道了我的存在，对文学的共同爱好让我们熟悉起来。我们聊喜欢的作者，聊新读到的佳作，聊各自的人生感悟，也聊身边的世态炎凉……终于，在我们认识的第八个月，我们相约见面了。她将地点定在这里，时间是周末的中午，她说会在这个城市等我。

"你知道吗？我那时候并不在这个城市，我在邻市下面的一个县城工作。为了这个约会，我一大早就从县城出发，转了四趟车，才来到这里。那是我第一次来这个城市，问路花了我不少时间。等我赶到这里时，已经比约定的时间晚了十分钟。我没有她的电话，我除了在论坛上和她聊天，没有她的任何联系方法。我只能傻傻地站在这里，看着一批批的路人从我身边走过，他们看着我，我也看着他们，我不知道小倩是不是他们中的某一个，因为我根本不知道小倩长什么样子。我只知道她会穿一身红色的衣服，一如我告诉她我穿的是灰色的运动衫一样。我坐在亭子里一直等到太阳西下，等到华灯初上，我盼望着奇迹的发生，但她终究没有出现。从那天以后，她就从网络上消失了，连一个解释的机会都没有留给我。

"我不甘心，因为这迟到的十分钟，也许使我错过了这一辈子最重要的情缘。我知道她住在这个城市的某个角落，但寻找需要时间。于是我开始寻找一切能让我来这个城市工作的机会，而平日里，只要到了周末，我就会穿着灰色的运动服，在曾经约定的时间再次来到这里等待，我和一切穿红色衣服的女孩说话，向她们诉说这个故事，我，一直在寻找她。

"你知道吗？今天已经是第六年了，这六年发生了太多的事情。我调到这个城市工作，我换了好几个部门，我结婚了，我买了房子、汽车……但我仍然会在每个周末的中午来到这里。六年了，这里一切还是老样子，一样的山路，一样的方亭，一样的风景，变了的，唯有我和我的心。也许对于你来说，因为生活在这个城市，来这里欣赏风景，是一件很平常的事情。但对于我，我用了六年的时间，才能像你一样很平常地站在这里。

"六年的时间已经足够让我成长，我开始懂得世界上很多事情不能简单地用对和错来区分，我懂得不是做每一件事情都需要理由，我还懂得人和人之间都只是彼此生命里的过客，区别只是相处时间的长短。我们在任意一个时间、地点，遇见的任何的一个人，都是命中注定。这个人的出现就是为了改变你，引导你，让你变成更完美的自己。就好像当年因为她在我生命里的出现，所以我有了后来的生活。

"走吧，你也擦干眼泪回家吧。我知道你心情不好，从一上山我就看出你心情坏透了。因为感情吧？和男朋友吵架？闹分手？你知道吗？真正喜欢你的人，是不会和你轻易说分手的；而和你轻易说分手的人，根本不值得你去生气。你还这么年轻，人又漂亮，你的未来还长着哩，说不定在哪个路口，就有一个为了你已经傻傻等了很多年的男孩。真的，你别笑，分手对于你未尝不是好事，分手也是一种经历，人只有不断地去经历，才能逐渐走向成熟。

"走吧，我陪你一起走下山吧，天气都变冷了，你还想听小倩的故事？行，我们边走边说……"

下了山，一直将女孩送上回家的汽车，我拿出了手机。

"刘所长，那个因失恋离家出走的女孩已经被我劝上车回家了，你可以通知她父母在楼下接她。"

"好样的。现在这些孩子思想偏激，遇见一点事情就爱走极端，时不时弄点自杀自残的蠢事，真让人头疼。你的处理方法很好，只要能让这些孩子迷途知返，编故事骗骗她们不是坏事。"

我是在编故事吗？我放下电话，往家的方向走去。

奥斯卡的 2006 年

　　大家看了标题，别误会成美国奥斯卡电影 2006 年颁奖典礼。我说的是我一个哥们，一个从小玩到大，外号叫"奥斯卡"的哥们。

　　现在这个叫"奥斯卡"的哥们就坐在我的对面，确切地说，我们面对面地坐在正对着火车站的一个叫冰点的茶吧里。时间正是上午，人不多。悠扬的钢琴声轻快地蹦跳着，赶走了包裹着我们的寂寞。我们坐在二楼靠窗边的位置，春日里懒懒的阳光透过高大的落地窗洒到身上，让人的身体和心灵都感到格外的舒爽。光线折射在奥斯卡的脸上，留下了一块块大大小小的阴霾，使他的脸轮廓分明，极富有立体感。我和他有两年没见了，上一次见面还是我大二的时候，现在眨眼我就要毕业了。

　　"抽吗？"奥斯卡从口袋里摸出一包香烟，倒出了一根，"哦，忘了你是不抽烟的。"说完自顾自地打燃火机给自己点着。他靠在椅背上，把烟含到嘴里，我看着他烟头的火光猛地闪蹿起来，一点火星瞬间燃成了一团。他的神态很愉悦，带着点调侃的意味，或者说是一种悠然自得的陶醉。一会儿的工夫，他的手机已经响了两次。他把手机掏出来调成震动模式，然后又塞回了口袋。

　　"不接？"我朝他笑笑。

　　"不接！"

　　奥斯卡这个名字，是我们这帮朋友，或者确切地说是我给他起的。比起来，他的原名可就太土了，土得都不忍让人提起。唯有老师点名的时候我们才会突然想起，哦，那是他的名字。但奥斯卡的小名，从小就被我们所熟知。那还是小学一年级的时候，一次放学，他和我们蹲在菜地里抓蚂蚱，是他奶奶在楼上喊他的小名。对于我们这些城里长大的孩子来说，这小名也太可乐了。他那小名叫什么？狗盛！或者是狗肾，再或者是狗剩、狗生、狗胜……我们这地方发音前后鼻音不分，平翘不论，喊着喊着就喊出了许多个版本。为了追究到底是哪个"肾"，大家为此还干过架，最后奥斯卡力压群雄，光荣地获得了选择自己名字的权利，"狗圣"。这和当时《西游记》在全国热播，"齐天大圣"的称号走进千家万户是密不可分的。

但我还是打心底里只认同自己给他的称号，"狗肾"。我不敢说出来，怕他揍我，所以也就只能在心里念叨而已。

奥斯卡不喜欢自己的本名，也不喜欢自己的小名。以前叫，那也就算了，小时候不懂事，傻蛋、虎妞、二狗子稀里哗啦一顿乱喊，那没事。但现在不同，自从他一猛子扎进社会这片大海洋里，他就和以前的"狗肾"算是彻底地拜拜了。他对自己的形象是比较看重的，板寸头、西装革履，怀里揣着不知是哪个客户送的高档香烟，后来还弄了辆五成新的小摩托，也算是混得有模有样了。要是哪天他正陪客户聊天，或挽着认识不久的女朋友逛街，你上去就是这么一嗓子，"狗肾！狗肾！叫你呢，狗肾……"好嘛，那还不把十几年的交情一嗓子赔完。

所以说，本名和小名，奥斯卡绝对不爱听，也不喜欢被人提起。这就好像一段尘封的历史，你不提，没有人会知道，但你要是把它抖出来，则会吸引更多的好奇的目光，来追溯他并不辉煌的过去。在这点上，奥斯卡再三明确地表示，不想通过本名和小名来炒作自己。那么，在没有奥斯卡这个名字之前，他叫什么呢？阿源？阿亮？一会儿变化一个，连姓名专家也是无从考证的，所以在后面的文字里，我都以"奥斯卡"来称呼他。

说到"奥斯卡"这个名字，我绝对不是凭空想象生拉硬拽安到他脑袋上的。奥斯卡最大的爱好就是看电影，特别钟爱欧美大片。一年一度的奥斯卡颁奖晚会是全球电影人和影迷的节日，拍出来的电影只要能得到奥斯卡提名，就一定是好电影，如果能幸运地得到奥斯卡金像奖的，那就绝对是精品之作。"像这样有品位的事情，我怎么会错过。"奥斯卡常常这样对我说。在看电影上，奥斯卡的兴趣相当广泛，这体现在他对电影题材选择的多样化上，警匪片、文艺片、科幻片、恐怖片、喜剧片甚至动画片，只要是和奥斯卡奖沾边的，他一律看得津津有味。从2006年的《金刚》《艺伎回忆录》到历届的奥斯卡得奖影片《王者归来》《角斗士》《泰坦尼克号》《勇敢的心》《阿甘正传》《辛德勒名单》《雨人》《末代皇帝》《骗中骗》《巴顿将军》，等等。他一部也没有落下，他曾说过一句很有见地的话，当然百分之百是从书上看来的："每一部影片都是一种文化的渗透，含义深远。读懂一部电影，就触摸到一个民族的心。"话说得很富有哲理，又有点深奥，于是我们这样理解：这孩子八成是寂寞坏了。

奥斯卡是走上社会后才迷上看电影，还是迷上电影后才走上社会，这个也无法考证了。但有一点我是清楚的，他在走上社会之前，脑袋是不太灵光的，这个是公认的。他不但读书不厉害，就连玩也是有点呆呆的。就像小品里说的那种骑单车撞到树上的大狗熊，为啥会撞树呢？因为狗熊不会脑筋急转弯。有一次玩捉迷藏，他躲得很巧妙，我们一直都找不着他。眼看天黑下来，我们猜他肯定躲家里了，于是都背起书包回了家。直到吃过晚饭她妈妈来我家找人，我才知道他一直没回去。等我们跑到玩捉迷藏的地方，才发现奥斯卡还傻傻地坐在路边。他的鼻涕冻得亮晶晶地挂在鼻孔下，好像是冬天屋檐下的冰凌柱。还有一次去后山的橘林里偷橘子，奥斯卡一人爬上树摘橘子扔下来，而我们在树下捡，没有想到守橘林的老头突然出现了，我们都撒腿跑了，就剩他一个人在树上呆着，最后他被罚扫了一片橘林。等到我们回头去找他时，他还在那里扫地。玩得多了，大家都不太爱和他玩，玩警察捉小偷，做警察的时候就让他看押小偷，做小偷的时候就让他把风。奥斯卡学习成绩一直不好，怎么使大劲成绩也上不去。家里督促、学校辅导，还是该打多少分就打多少分，大人累，他也累，最后学校、家里都对他彻底失望。好不容易在父母唠叨、老师监管下混完了九年义务教育，上高中，奥斯卡是没有指望了，于是他进了一所职业技校学习电脑专业知识，在这个被人们讽刺为通向社会的"小水沟"里，他胡乱"狗爬"了两年后，然后一猛子扎进了社会这个大海洋。

在技校的两年时光中，奥斯卡遭遇了他的初恋。那可真是个小可人，一米五五的个子，一头乌黑的长发，笑的时候会用手捂住嘴巴，露出两个浅浅的酒窝；她的声音就像风铃碰撞时，发出的让人欢跃的音调，走到哪就把喜悦带到哪。奥斯卡常和我们提起她，还给她起了个外号叫"小苹果"。他说小苹果上课的时候是如何积极回答问题，说小苹果作业本上的字写得如何漂亮，说小苹果在学校文艺汇演上表现是如何出色……奥斯卡毫不掩饰自己对小苹果的喜爱，甚至是崇拜。他曾拜托我写过几封情书，但又嫌弃我的字不好看，便请另一个哥们帮他抄写工整。他还把早饭、中饭的钱省出一部分，为小苹果买零食和杂志。他开始变得注重个人卫生，他的口袋里多了面镜子，没事就拿出来照两下，饭后一定要吃口香糖，并且注意日常用语，省掉不少脏字。这一切都传递给我们一个很明确的信息，中专二年级的奥斯卡恋爱了。就是这么一个小可人，却没有选择对她痴心一片的奥斯卡，而是选择了学校里面一个有名的混混，原因则是那混混身上有很多来历不明的金钱，可以给小苹果买任意想买的东西。

"有钱就了不起，有钱就万能啊！我以后不挣大钱我就是那狗生的！"奥斯卡说这话的时候已经喝醉了，他胡乱地喊着，最后趴在桌面上"呜呜"地哭起来。我那时刚进高二，对爱情也一知半解，劝不了他什么，只好一杯接一杯地陪他灌啤酒。这次毁灭性的打击给奥斯卡带来的直接后果就是：他休学了。连毕业证都没有拿就告别了学校，义无反顾地扑进了社会。

奥斯卡在社会这个大海洋里游得曲折而艰辛，和我们按部就班读高中进大学的同龄人比起来，他的遭遇相当复杂。他的第一份工作是在一家迪厅当服务生，这个迪厅开在城市边缘的一条高速公路边上，偏僻但交通便利。奥斯卡工作期间曾带我去玩过一次，但也仅仅一次而已，不是他怕麻烦，而是我受不了那里面的乱，嘈杂的音乐，疯狂的人群，近乎赤裸的舞者和高昂的消费，这一切都使我小小的心脏慌乱不已。奥斯卡上的是夜班，每天从晚上六点开始工作，一直到第二天的早上六点，每天工作十多个小时，累死累活一个月下来工资不到五百元。"哼，还不够有钱人晚上点的一瓶洋酒。"奥斯卡为这种不平等发过不止一次的牢骚。但牢骚归牢骚，他还是在兢兢业业地干着。

　　干了两个月，奥斯卡逐渐摸出点门道。原来很多服务生都从外面带啤酒饮料进去兜售，然后赚取差价。这种方法风险很大，只要被老板发现就会立马开除，但回报也很丰厚，一瓶在外面卖三元的饮料，进去可以卖到十元，一瓶四元的啤酒，则可以卖到十五元。如果每天晚上带三四瓶进去私自销售了，一个月下来比工资还多。听奥斯卡说了这个事后，我们经常唆使他带几瓶饮料进去卖，挣点零花钱用，但他一次也没有这样做过。他不想，也不敢，毕竟老老实实地上班没有什么风险。

　　但事情往往没有想象的那么简单，奥斯卡干了两个月后，迪厅关门了。公安局查出了迪厅有卖摇头丸和容留小姐的事情，查封了迪厅。迪厅老板一看形势不对，潜逃了。迪厅里面的人也都作鸟兽般散了，自然，奥斯卡最后一个月的工资也"飞"了。

　　"怎么会这样？"奥斯卡不明白，"早知道我也带点饮料进去卖就好了，起码还能挣回自己的工资。"

　　"你活该，早干什么去了！"为此我们没少指责他。

　　"哎！"奥斯卡轻轻地叹了口气，他拿出镜子对着自己，习惯地甩了甩四六分的长发。这是他失恋后从《上海滩》里学了发哥的经典动作，空闲时总要温习一下。

　　在迪厅里工作两个月，奥斯卡都是黑白颠倒着过的，一旦放松下来，反倒不适应了。晚上他躺在床上看美国大片，白天则呼呼大睡，用了差不多一个星期才把时差给倒过来。我们都笑他，应该去美国生活，这样才能同步。

　　奥斯卡不在迪厅干了，最感到遗憾的还要数我。我常年在家和学校两点之间穿梭，对外界的了解仅限于报纸和电视，奥斯卡无形中成为了我接触社会的一个切口，我很乐意听他谈论那些在迪厅里听来的故事或者看到的事情，什么迪厅飙歌大赛，谁谁得了第一名；什么某某某乐队现场演唱，打碎了多少瓶啤酒；或者是晚上"蹦的"的时候谁谁拾了一打手机，等等。这些事情从奥斯卡的嘴巴里蹦跳出来，虽然干瘪，但听得我津津有味，我会要他不断地描述一些事情的细节，直到我的脑海里有个立体的印象。奥斯卡总把我的询问，当成是对他的怀疑和不认可，所以总不厌其烦地回忆和解释，我俩在这种询问和回忆中度过了的很多日子。

奥斯卡的第二个工作是发传单，这也是他一个朋友给介绍的。每天早上去城市里的一个固定地点领取一千张治疗皮肤病、性病、开锁、某某搬家公司的广告单，然后对某几个居民小区进行地毯式散发，从一楼到六楼，把一张张广告单塞进一户户居民的门缝下。老板向奥斯卡保证，发一张传单五分钱，一天一千张就是五十元，月底结帐，干得好还发奖金。从一楼爬到六楼，一天两三趟还能接受，要是爬上爬下几十趟，怕就少有人能做到。奥斯卡的那几个朋友都耍小手段，他们凡是三层楼以上就不爬了，在一二楼做个样子，对付老板突击检查。每天大概发个百来张广告单，剩下的就往衣服里一塞，全部拿回家当废纸给卖了。

"又省力气，又省事，老板也不知道。要像你这傻样，那还不得跑死。"那几个哥们常常开导奥斯卡。

但奥斯卡还是我行我素，老老实实做事，踏踏实实做人，他一直信奉着这个观点。发传单仍然是从一楼爬到六楼，传单不发完不休息，从不偷工减料。一眨眼，月底了。正当我们等着奥斯卡的一千五百元工资请客时，他又一次被现实玩弄了。老板跑了，奥斯卡一个月的奔忙，又白费了。

"没想到上社会大学，还要交这么多学费。"奥斯卡和我聊天时无奈地摇着头。他学会了抽烟，一根接一根地驱赶落寞。

一个星期后，奥斯卡找到了他的第三份工作，网吧收银员。除了顾客离开的时候收一下钱外，他有大把大把的时间泡在电脑上看下载的电影。他以前学的是计算机专业，能维修坏了的电脑，又懂得一定的网络知识，深得网吧老板的信任。

"收银员好啊，人脑总比电脑聪明，做账的时候少做点，额外的钱就进了自己口袋。"有资深网吧收银员向奥斯卡秘密传授网吧洗钱的手段。

"哪能这样啊。老板待我和亲儿子似的，我怎么能挖我老子的钱。"奥斯卡把头摇得如拨浪鼓一样。

当然，事情和以前一样，三个月后，亲儿子被老子给解雇了。第一是网吧越开越多，竞争激烈，生意大不如从前；第二是老板已经掌握了不少维修电脑的知识，不再需要奥斯卡了。听到奥斯卡再次失业的消息，我们这些朋友都觉得在情理之中，我们已经习惯看到他被社会抛弃，他这样的人，如果不被抛弃才是难以解释的。

因为有一定的电脑基础，奥斯卡离开网吧后，又在朋友推荐下进了一家电脑公司当技术员。奥斯卡人缘不错，身边一直不缺少像我这种经常给他出谋划策，到关键时候拉他一把的朋友。随着网吧的越来越多，网吧电脑的售后维修和维护出现了一个较大的利润空间，而奥斯卡投身的这家电脑公司敏锐地抓住了商机。他们一方面把电脑大批量地卖给网吧；一方面负责网吧电脑的维护和维修，按月收取保养费；最后那些用坏了的电脑，他们又低价回收回来，分拆下零件，修修补补地再次卖出去，形成了一条很完整的产业链。

奥斯卡是当时他们那个公司的若干技术员之一，他勤奋努力，不久就成了业务骨干。技术员的含义很复杂，维修电脑，出售电脑，帮网吧老板解决一切遇到的难题，如安装游戏，下载电影，甚至教他们上网等。2001年的时候，开网吧就和以前炒股票一样的红火，大家都比着劲轰轰烈烈地把钱疯狂地往电脑上投，很多人连电脑怎么开机关机都不知道，就买来电脑开起了网吧。

"最近过得怎么样？你要机灵点，别又让人给卖了。"那年我刚上高三，学习的压力压得我缓不过劲来。但只要一遇见奥斯卡，我总忘不了念叨两句。

奥斯卡嘿嘿地笑，没有说好，也没有说不好。

看得出奥斯卡对这份工作是很满意的。那些网吧出了问题、电脑急需维修的老板们，把他们当菩萨一样供着，敬烟、敬槟榔、请吃饭，只要是能帮解决问题，能让电脑立马动起来挣钱。在那段时间里，奥斯卡过得忙碌而舒适，他抽烟喝酒吃槟榔，习惯了出门打车，吃饭下馆子。他的钱包总是鼓鼓的，里面塞满了各个网吧老板给他的"意思"。网吧没有活的时候，他则兼做销售电脑，赚各个电脑零部件之间的差价。

虽然奥斯卡很辛劳地奔忙着，但一直没有挣什么大钱。每一笔业务的大头都被公司吃了，到他手上的不过是些尾数。就像猎物已经被狮子或豺狼给分完了，而他只是一只秃鹫去捡点肉渣子而已。

奥斯卡秘密地联合公司另两位骨干技术员，在一次和他们老板谈涨工资事件未果后，集体跳槽。这是奥斯卡给我说的，按照我的猜测事情应该是这样：另两位技术员在和老板谈工资问题未果后，拉拢他集体跳槽。在一个风平浪静的上午，他们集体和公司不辞而别。接着，在一个星期后，奥斯卡和其他两人合资开了第一家自己的公司：天蓝电脑公司。主要的业务还是电脑销售，兼帮网吧做维护、维修。

"事情远没有我们想象的那么简单，虽然我们把以前很多老客源都带了过来。但公司发展还是相当艰难。买电脑的顾客很少，以前的网吧又大多被各电脑公司瓜分完了，要打开局面就只有去联系新开的网吧，但那又谈何容易。"奥斯卡不止一次地向我倒苦水，他有点为自己一时的冲动而后悔，在原来的公司里虽然富不了，但起码也饿不死。

抱怨归抱怨，开弓就没有回头箭。奥斯卡唯有硬着头皮和其他两人天天在外面拉业务，谈合同。饿了就吃个方便面，渴了就蹲在马路边喝瓶矿泉水。他和社会各个层面的人打着交道，有的时候称兄道弟，有的时候给人家装孙子。上门推销电脑经常遭受白眼，去网吧修理电脑慢了会被埋怨，手下的员工也一个个猴精，工资不能少，班却不想加。奥斯卡有一次咬牙切齿地给我说："真恨不得把他们都给'嚓嚓嚓'了。"这个'嚓嚓嚓'我知道，就是杀头的意思。

"还看奥斯卡的电影吗？"有一次我突然问道。

"电影？什么电影？"奥斯卡头一摆，有点摸不着头脑，"你是不知道，这个公司可是我一砖一瓦给垒起来的，那两个人猴精，有好处就往自己口袋里捞，出了事就推给公司。我算是看透了，这年头靠人不如靠自己，像我拉的第一笔业务，给一个政府机关配十台电脑。当时好几家公司在竞争，为了这笔五万元的生意，一个星期我去了他们单位十八趟，弄得门卫就和我爹似的，进进出出打个招呼就行了。领导的家我都去了四趟，去多了怕人家嫌弃，少了是没有诚意，最后硬是把领导磨得心动了。意思？当然要意思，你没意思，那人家怎么会给你意思。第一笔单子挣得不多，纯粹是为了开条路。不过后面的生意就好做多了，那个领导人挺好，又给介绍了几笔业务。半年下来，才终于在电脑市场上站稳了脚。"

　　我考上大学的第二年暑假，奥斯卡喊我出来喝茶。在正对火车站的冰点茶吧，我们选了靠窗的位子。那是个下午，空调在"嘶嘶"地往外吐冷气。一年不见，奥斯卡壮实了许多。长头发没了，换了个很精神的板寸头，脖子上挂着一根拇指粗的银项链，穿着黑色紧身T恤，领口处还别着一副宽边墨镜。我知道他肯定有事，奥斯卡是个存不住话的人，虽然这些年变了很多，但一直把我当一个可以交心的朋友，这点是没有变的。

　　"公司最近怎么样？"我边喝茶边随口问道。

　　"正常发展，我把另外两人的股份给吃了。"一句漫不经心的话，惊得我差点把口中的茶给喷了出来。

　　奥斯卡笑笑，好像很欣赏我惊讶的神态。

　　"三个人的公司，三个脑袋在想主意。思想不统一，做事的就会出现很多问题。而且在钱财的分配上也存在矛盾，大家互不服气，比着劲地在外面捞外快，有段时间公司一直在赔钱。我想，绑在一起死，不如分开来活。这两年也弄了点钱，给他们一说，他们早不想干了，立刻撤资跑了路。"奥斯卡的眼睛看着桌面，他的嘴角往上翘着，猜不出他的想法，说道，"当然，账是我串通会计做的，账目上当然是我想要赚，就赚；想赔，就赔。我不动声色地把客户名单全部抓到自己的手上，经常单线和客户联系或者亲自上门，这样就使得公司里面的业务清淡了许多。然后我以此为由削减员工工资，逼那些员工跳槽，弄得公司里面鸡飞狗跳。等一切都布置好了，我才找来那两个合伙人谈公司前景，我把账本往他们面前一放，公司的现状他们也看到了，两人都怕血本无归，立马同意转让股份给我，好像还欠我天大的人情一样。"

我细细地听着，脑袋里想象着这场看不见硝烟的战争。我看着对面慢慢喝茶的奥斯卡，心里涌动着一股说不清楚的东西。

"还记得以前那个小苹果吗？前几天刚好遇见她来买电脑。整个人俗透了，也不知道在哪上班，穿着低胸衣，踩着双大红的高跟鞋，脸画得就像戴了张面具似的，开始看了我不理不睬，等她知道我开了个电脑公司卖电脑，对我那个恶心样，说什么她当年好后悔，现在她和那混混分手了，如果我追求她，还可以和我重来什么的。我把电脑卖给她，狠狠宰了一笔，可怜的，她还以为自己挣了大便宜，临走还留了手机号给我，要我寂寞时一定找她，操，什么货色，还当自己是当年的小可爱。"

奥斯卡很痛快地说着，他嘴唇分合的速度很快，淡淡的白烟从齿缝间不停地溢出来。

钢琴声停止了，角落里随即传来几点稀稀拉拉的掌声。

奥斯卡已经在抽第三根烟，他的头靠在椅背上，很舒适地享受着此刻的状况。

"公司怎么样了？"我沉不住气先开口问道。毕竟两年没见，虽然中间和奥斯卡有过断断续续的电话和网上联系，但都是只言片语，像这样面对面的交谈还是两年来的头一次。

奥斯卡把燃尽了的烟头在烟灰缸里拧灭，然后吐出了几个字："破产了。"

"破产？"我愣了，问道，"好好的一个公司怎么会破产？你逗我吧？"

奥斯卡独自操作公司后，公司的运作走上了正轨。他以前积攒下的人缘和他给人诚恳的印象为他带来了众多的生意。两年的时间，他的门面已经换了两次，员工换了几批，奥斯卡身边的女朋友也换了好几拨。很世俗地讲，这些东西都能很客观地反映奥斯卡事业的成败。

"对，破产了，资不抵债。"奥斯卡脸上没有沮丧，反而浮现出一点点笑意。他的笑让我毛骨悚然。

"不会那么简单吧？公司破产了，你还能这么悠闲地坐在这里和我一起喝茶？"

"当然，天蓝公司没有了，但我还在。我早已经把所有货物通过正规手段过户到新店下面，而债务呢，因为我原公司的破产，全部一笔勾销了，这是有法律保障的，债主拿我也没有办法。你瞧，他们还是追着我手机找，但我又能怎么样？新店是别人名字注册的，证件齐全，税费都交了，我只是蒙着他的皮，做我自己的事。外面看来我是新公司里打工的，但实际上我是总老板。"奥斯卡很快意地又点燃了一根香烟。

"商场如战场，总有输家。不拉别人垫背，就得自我牺牲。我算是看透了，这年月要想活得好，就得往上爬。可你看看外面，谁不想往上爬，都上去了，下面总不能悬空吧？记得那句话怎么说来着'一将功成万骨枯'，很有见地！对了，今天找你有个正事，你不是在报社实习吗？我想在报纸上登个广告，宣传我新公司的。我打听过了，一个整版要四万块，也太贵了；豆腐块大的倒是便宜，但达不到效果。不如你给我写个消息，关于我们公司的，最近不是快学雷锋了吗？你可以写某某电脑公司员工在雷锋日上街免费为群众维修电脑，或者说这一天我们卖出的电脑叫雷锋电脑，终身保修。这样炒作的话，肯定能大火特火一把。"

奥斯卡还在喋喋不休地说着，从他嘴里散发出来的烟味、酒味、槟榔味，把我一直"顶"到了椅背上，香烟在我们中间的空气中缭绕，让我们虽然坐得很近，但又好像隔得很远很远。

恍惚中，我的眼前浮现出当年那个和我们玩捉迷藏的小男孩。他背着书包，两只手托着脑袋坐在月亮底下。他的鼻孔下挂着像冰凌柱似的鼻涕，随着他的呼吸，在风中亮晶晶地摇晃……

怀州轶闻

青花瓷器

送走客人，关上门。宋清明把耳朵贴在门上，又听了好一会儿，直到门外的脚步声和说话声渐行渐远，才把头和门板分开，走回客厅。

宋清明的老婆这才从卧室里走出来，一边收拾客人用过的茶杯、装满烟头的烟灰缸、吃剩的水果，一边急吼吼地问："他们送了啥？"

这是宋清明在家中定的规矩，但凡有官场上的客人，家人都要回避，等客人走后，方能出来。

宋清明没有回答问话，他走到茶几边提起放在地上的黑色布袋，袋口用细绳扎着，捆绑得很讲究。打开布袋，里面露出一个红铜色木盒。揭开盒盖，一件青花缠枝花卉盖瓶跃入眼帘。宋清明把盖瓶捧在手里，这个盖瓶高约十厘米，底座有半手掌大，造型工整精致，线条圆润柔和。瓶身所绘图案为缠枝花卉，风格写意，笔法纯熟。盖瓶釉面呈青白色，俗称"亮青釉"，釉质肥厚、滋润，白中闪青。将盖瓶翻转过来，瓶底刻有"永乐年制"四字篆书款。最难能可贵的是整件青花瓷品相完好，虽历经岁月沉淀，仍宛如刚出窑一般，光彩耀人。

"这一个瓷瓶子，能值多少钱啊？"女人话语里充满了期待。

"2009年6月11日举行的巴黎苏富比拍卖会上，一件明朝永乐青花缠枝四季花纹扁壶，成交价达到一千万元人民币。"宋清明放下盖瓶，缓缓地说。

"一千万！我的天啊！"女人兴奋得声音都变了。

"不过这个瓶子是个仿品。"宋清明将瓶子重新放进木盒，再原封不动地装进布袋。

"假的！哼！"女人的声音一下子低沉下来，她把扫把往墙角一扔，径自回房间去了。

宋清明也不管她，捧着布袋一个人坐在沙发上出神。今晚来送东西的人，是县里的一名干部，自称是偶然得到这件青花瓷器，不知真假，请宋清明帮忙鉴赏一下。宋清明可以肯定这是一件真品，现在又到了一年一度调整干部的时候，此人出手如此大方，看来势在必得。唯一的遗憾，只可惜这件瓷器不是以前宋家的藏品。

宋清明喜欢收集青花瓷器，这在怀州的古玩圈内是人尽皆知的秘密。"人尽皆知"和"秘密"这两个矛盾的字眼放在这里，自然有其只可意会不可言传的原因。圈内人都知道宋清明是怀州市民间古玩收藏家协会的副会长，有名的青花瓷器收藏家，而圈外的人只知道宋清明是怀州市市委组织部副部长兼人事局局长。很多事情大家都知道，却不会去点破它，于是它就会作为"秘密""人尽皆知"地长期存在着。

收藏的爱好来自家传。宋清明的祖父和父亲都曾经是怀州市赫赫有名的收藏大家，特别是到了父亲手上，在祖父原有的基础上，青花瓷器的收藏达到了相当的规模。宋清明的父亲如果不是因为选择在官场纵横，他在青花瓷器上的鉴赏和收藏，还将上到一个更高的境界。

有句老话叫"祸兮福所倚，福兮祸所伏。"宋清明的父亲当时不但在收藏界如鱼得水，在仕途上也官运亨通，他先是当上了怀州市某局局长，接着提拔为区长、区委书记，本来还有希望更上一层楼，竞争怀州市副市长的宝座。可那一年，怀州市官场发生"地震"，市委书记被"双规"，一大批官员纷纷落马，其中就有宋清明的父亲。

宋清明永远不会忘记那个夏天，那年他刚满15岁，他看见父亲在家中被人带走，看见母亲抱着他哭泣，他看见很多人在他家里翻箱倒柜，甚至连床底、墙缝也不放过。他们把收藏室里面那些大大小小的瓷器全部搬上了汽车，然后带着父亲扬长而去。不久就传来了父亲跳楼身亡的消息。

宋家的衰败，并没有让宋清明颓丧，他将全部精力用在学习上，先是考上北京某名牌大学读完本科，接着攻读研究生学位，然后通过公务员选拔考试回到怀州，进入一家机关单位工作。宋家的生活开始慢慢地好转起来，一些不牵涉到他父亲贪污问题的古玩被陆陆续续地退了回来，有字画、古籍，最多的还是青花瓷器。

夜深人静的时候，宋清明喜欢独自呆在房间里，将古玩拿出来一件件仔细地欣赏，幼时的场景随着古玩一幕幕地在脑海里浮现，他仿佛看见爷爷那苍老的容颜，听见父亲在耳边的细语。也就是在那一刻，宋清明有了一个大胆的想法，他想要找回所有曾经属于宋家的青花瓷器，恢复宋家的声誉，洗刷家族的耻辱。

宋清明知道凭借现在的状况要想实现这个想法谈何容易，他需要捷径。他找到父亲以前的朋友们，当年宋清明的父亲自杀了断生命，用沉默保住了很多朋友。现在宋清明的要求，这些朋友自然给予最大的满足。同时，宋清明也开始积极扩大自己的社交圈，字画、古玩成为一块块敲门砖，敲开了一扇扇位高权重者的大门。宋清明在三十岁那年迎娶了一位市级领导的女儿：一个和他年龄相仿刚刚离异的骄横公主。宋清明的人生开始转变，他从这个部门换到那个部门，从这个局调到那个局，他当上了办公室副主任、主任，然后是副局长、局长，他的职位在不断地提升，就好像坐上了直升飞机，一直上升到市委组织部副部长兼人事局局长的位置。随着官位的上升，宋家的青花瓷器也越来越多，南来北往的朋友都知道宋清明这个爱好，逢年过节上门拜访自然不会空手而来。宋清明还通过古玩圈中的朋友，有意识地去寻找和搜罗青花瓷器，用家中的字画、古籍与别人做交换。

宋清明的老婆是个世俗的女人，满嘴都是钱和官职。她终日在美容院和各大商场逗留，对古玩一窍不通，购物是她唯一的爱好。宋清明的儿子很优秀，正在外国一所大学攻读博士，从不用家人操心。当权的宋清明现在有足够的时间和精力去寻找宋家遗失的那些青花瓷器。

年幼时宋清明因为调皮，常被父亲训斥。有一次他趁家中无人，把所有的青花瓷器都翻出来，用小锉刀将每个青花瓷器底部的款识"永乐年制"四字中，那个"乐"字的那一竖出头的地方，凿出一个针眼大小的孔。现在，这个标记成为了宋清明在大千世界里寻找宋家青花瓷器的唯一线索。

宋家以前有108件青花瓷器，经过宋清明这些年来的不断寻找，已经追回来大半，没有追回的几件，也大概知道了去处，它们已漂洋过海，散落到了国外。

出事那天下午空气很沉闷，窗外乌云密布，一幅"山雨欲来风满楼"的画面。宋清明站在办公室的落地窗边，看着楼下的芸芸众生如蝼蚁一般在忙碌，恍然间像穿越回到15岁那年。宋清明仿佛看见他的父亲，在那天下午，也站在窗边望着外面，然后纵身跳下。他曾无数次试图去揣测父亲当时的心理，但一切的一切都随着父亲的一跃而下，带入了另外一个世界。突然，门被人从外面打开，还没等宋清明做出任何反应，他就被几个破门而入的民警压在地上，随后纪委工作人员宣布对他进行"双规"。

恢复自由是三个月之后的事情，这三个月里，怀州市又一批高官落马，但这次，没有宋清明。宋清明在位期间，除了青花瓷器，从来不收别人馈赠的其他物品，而收到的那些青花瓷器他又都无偿捐给了省博物馆保管，有捐赠手续为证。宋清明早就想到会有这么一天，并为了这一天早早地安排了善后事宜。省博物馆是最好的选择，宋清明的老婆除了懂得人民币之外，对古玩一无所知。如果她知道这些青花瓷器的价值，肯定会将它们变卖殆尽。宋清明的儿子已经取得了外国的永久护照，他学的是电子科技，青花瓷器对于他没有任何诱惑。宋清明再也想不到有一个比博物馆更好的地方，能将宋家的青花瓷器平安、完好地世代保存下去。

又过了一个月，宋清明官复原职。紧接着，他递交了辞职报告，并与老婆离婚，带着简单的行李飞往大洋彼岸。

宋清明无偿捐赠价值上亿元的青花瓷器给省博物馆，宋清明花费几十年时间寻找带记号的宋家青花瓷器，宋清明的家史、宋清明的奋斗史，宋清明的一切如同一个传说，传遍了怀州市的大街小巷。

宋清明还在继续追寻他的梦想，他想在有生之年继续寻找那些遗失在海外的宋家青花瓷器。他真的可以收回吗？他真的只是为了收回这些藏品吗？

A县同乡会

走出"新天地酒店"大门的时候，是晚上九点，一晚上走马观花似地连着应付三场酒宴，让王克勤的体力接近透支的边缘。他使劲地抑制着胃里面翻腾的呕吐感，摇晃着走到门口的台阶上。司机及时地将车开过来，然后扶他坐到了汽车后座。

"王局，去哪？"

"回家。"

汽车缓缓地滑动，旋即消失在夜色中。

这是王克勤到公路局当局长的第四年，也是他来这个城市的第二十个年头。望着车窗外灯红酒绿的世界，王克勤回忆起自己当初提着简单的行李来到这座城市，从一个刚大学毕业为了找工作四处碰壁遭白眼的穷小子，变为现在重权在握的市公路局局长。二十多年的时光，弹指一挥间。

在这个城市里，王克勤始终有一种陌生感，虽然他拥有自己的住宅，娶了本市的女子，生下聪明的孩子；虽然他把乡下的父母安顿在本市，为亲戚朋友安排好工作，帮子侄们选择好学校；虽然他说得一口流利的怀州话，但他始终无法真正地融入这个城市。就好像今晚的酒宴，他和一大帮A县老乡吃饭喝酒，听他们说家乡的土语，议论家乡的变迁，轮番拍着肩膀攀亲戚论辈分，这些插曲无时无刻不在提醒王克勤原本是A县人的身份。王克勤想抗拒，又没有办法抗拒。

怀州官场里有太多的A县老乡，他们编织成一张密密的网，将王克勤这样在市里的当权派牢牢地网住。

从严格意义上来说，王克勤不属于A县，他也从来没有把自己划归到A县人的行列。王克勤年幼丧母，跟随父亲来到A县。父亲再婚后，他被动地多了一个A县的后妈和一个A县的户口。关于生母，王克勤的记忆很模糊，但对于后母，王克勤的记忆里全是恐惧和害怕。那是一个很厉害的女人，嗓门洪亮、高亢，骂人的时候震得人耳膜生疼。她的手臂又黑又粗，可以将王克勤一手提起，然后用手掌狠狠地抽打王克勤的屁股。她抽打的理由总是千奇百怪：王克勤起得太晚，没有按时做饭；没有把水缸挑满；拾的柴火太少；把鼻涕挂在脸上；弄脏了裤脚……甚至是晚上她做了一个关于王克勤的梦。任何一件小事都可以成为王克勤挨揍的理由，以至于幼年的王克勤只要看见后妈的身影，双腿就会不自觉地哆嗦。

A县的那些新邻居也让王克勤感到讨厌，那些喜欢斤斤计较、睚眦必报的大伯大婶，可以因为自家菜地被邻居家的鸡吃了几片菜叶而骂上两天两夜，可以因为争夺路边一棵树的所有权而大打出手，甚至可以因为遗产而兄弟反目、夫妻结仇。然而，他们在合力欺负外人上，又是那么地不遗余力。比如在学校里，王克勤就一直被当地的孩子有组织地欺压着，王克勤的书包里会突然冒出死老鼠，写好的作业本会无故失踪，厕所的墙上写满了骂他的脏话。但当老师出面调查时，这些欺负王克勤的孩子却出乎意料的团结，他们互相打掩护、做伪证，最终让事情不了了之。

王克勤的父亲是那种特别老实巴交的人，瘦弱、干瘪、三棒子打不出一个闷屁。就算是他知道王克勤的后妈在村里惹的那些风流韵事后，能做的也只有长时间的沉默。他给王克勤最大的鼓励，是将自己偷偷积攒下来的私房钱塞在儿子的手里，摸着他的头小声说："好好读书，出人头地。"

"苦难是人生的财富。"这句话被王克勤牢牢地记在心里。当继母找茬打她，当同学刁难欺负他，当他在工作中被同事排挤、被上司打压的时候，他都会在心里默默地念叨这句话，然后一声不吭地转头继续做手上的事。王克勤无言的沉默换来了他在单位的良好口碑，大家评价他性格温和、修养极好，再加上他工作上勤劳能干，做事任劳任怨，于是从路政一线调到分局，然后又调到市局，并被任命为办公室主任，成为局长眼里的红人。

王克勤户口本上籍贯一栏写的是A县，他本人是在A县长大的，他能说一口A县土话，自然被划归到A县人的团体里。王克勤也才知道，公路局里竟然有那么多的A县老乡。他们从各个部门和岗位上冒出来，轮番邀约王克勤喝茶、吃饭，用A县话和他套近乎、拉家常。他们团结在王克勤的周围，矛头一致对外地打击报复那些曾经伤害过王克勤的人，给那些人穿小鞋，给他们分配各种难以完成的工作，找机会对他们进行惩罚。这让王克勤想起自己读书的时候，只不过换了时间、地点和人物。

那些以前欺负过王克勤的同事，惶惶不可终日，他们做梦都不会想到这个老实人，突然翻身占据了局里这么关键的位置，而且还有那么庞大的A县老乡作为后盾。他们开始寻找一切机会弥补之前的过失，或提着礼物登门拜访，或诚恳地邀约王克勤赴宴。

一个在王克勤刚进单位时经常欺负他的小领导，为在年底换届中保住现在的职位，甚至在酒桌上借着酒劲给王克勤当场跪下，声泪俱下地忏悔自己的愚蠢，请求王克勤的原谅。

王克勤的职位还在提升，现在他已经不是单纯地代表他本人，他的荣辱已经关系着所有A县人的荣辱。在考察提拔副局长的人选中，他的赞成票名列第一，工作业绩全是"优秀"，于是，他顺理成章地成了副局长。又过了两年，他坐上了局长的宝座。在A县老乡现任怀州市常务副市长的邀约下，他加入了"怀州市A县同乡会"，认识了更多在怀州市各个领域工作的老乡。他们或是各局领导、部门主管，或是行业精英、公司老板。王克勤以前下班在家还喜欢练练书法，学学国画，陶冶一下情操，现在这些爱好全都搁置了。赴宴是他的头等大事，都是老乡，都是领导或者同僚，这些应酬推不掉、也不能推。

如果说还有什么比无止境的应酬更让王克勤不能容忍的，就是那些A县下属们的态度。他们纷纷以局长老乡自居，联合起来对不是A县人的同事进行排挤、打击，对老乡则百般袒护。他们还在工作部署或者方针政策的制定上，和王克勤讨价还价，对一些应该立刻执行的工作方案一拖再拖。甚至在一些领导职务的任命上，他们也成群结队地跑到王克勤家里，用A县话痛陈利弊，还不断地委托其他更高职务的老乡对王克勤施加压力……

怀州市公路局下面有六个分局，其中四个分局局长是A县人，而在市局里面担任领导岗位的A县人有三分之一以上，怀州市公路局在外界被人称作A县公路局。关于市公路局领导贪污腐败、任人唯亲、拉帮结派、打击同僚的举报信，也越来越多。王克勤自感是清白的，可是谁能担保那些下属老乡也和他一样？公路局管着那么多修路的项目，动辄就是上千万的资金流动，只要稍微动点歪脑筋，后果就不堪设想。

很多个夜晚，王克勤梦见自己变成了一个溺水者，手脚被水草死死纠缠，在深水里挣扎、下沉。他感到害怕，他无力抗拒这张庞大的A县同乡网，他对生活现状感到无奈。

年底调整领导班子时，王克勤以身体不适为由，主动要求调去政协，任个同级别的闲职。他的申请，很快就得到批复。

他忙碌的生活突然安静下来，就像是一列高速行驶的列车突然刹住了，一切的喧哗嘎然而止，连缓冲的时间都没有留下。那些南来北往的老乡，川流不息的宴请一下子消失得无影无踪，就好像他们从来不认识他一样。

王克勤觉得有点遗憾、有点失落，但很快就释然了。他现在的生活很有规律，早上散步，白天在单位看看报纸、喝喝茶，晚上在家练习书法、绘画，或者陪夫人看看电视，然后去睡觉。他睡得很踏实，连梦都没有。

有一次，他夫人忽然问："克勤，你现在怎么不说A县话呢？"

王克勤淡淡地说："我以前说过A县话吗？"

苏文和他的父亲

一

我第一次遇见苏文和他的父亲，是大一开学报到的那天中午。虽早已入秋，但白天的温度还是相当高。寝室里的空气又湿又闷，粘腻腻地附在身上。大家都龟缩在各自的寝室里，安安静静的走道上，没有人迹，只听见头上的电扇"吱吱"地乱响。

吃过午饭，我爬上床正准备躺一会儿，门"嘎吱"一声被推开了。单瘦的苏文，拖着一个褐色的行李箱，顶着刺眼的阳光走进了寝室。紧跟着他进来的，是他矮矮的，背着彩色编织袋，笑得一脸灿烂的父亲。

我之所以在第一时间就肯定，那是苏文和他的父亲，刚开始完全是出于一种下意识的猜想。但在后来漫长的大学时光中，我再回想起当时的情景，当其他记忆中的细节都逐渐在脑海中隐去时，苏文的父亲脸上那灿烂的笑容却越来越清晰地凸现出来，像阳光一样流淌在我的心里。那是农民兄弟在一年辛苦劳作后，换来谷物丰收时发出的会心微笑，那个笑脸曾被无数油画和照片定格成永恒。

苏文进门的时候，很礼貌地向我点点头。他穿一件灰白色长袖格子衬衣，鼻梁上架着一副黑边细框眼镜。他的身子骨很瘦，细长的手腕从袖口里伸出来，像一节光秃秃的竹竿。理得很精神的四六开小分头，细细地抹了一层发胶，使得空气中飘散着一股淡淡的芳香，让坐在床上的我连打了两个喷嚏，瞌睡算是被彻底地赶跑了。走在后面的苏文的父亲比苏文矮了半个头，年龄大概在五十岁上下，身体结实，皮肤黝黑，穿一件洗得发白的蓝色衬衣，套着一双年代久远的解放鞋，穿孔的鞋尖上露出两个黑黑的脚趾。苏文的父亲微微仰起脸朝我看来，脸上带着很友好的笑。那是一张怎样的脸，一条条深深的皱纹，像阡陌一样把他那焦黑的脸庞划得支离破碎，光线折射在上面，像阳光在水田里打下大大小小的暗影。

"你们刚到学校吧？"我笑着和他们打招呼。

"是啊，是啊。"苏文回答。

"我也是早上才住进来的，其他的人还没有来呢。"我打了个哈欠，拍拍头说。

"挺好，挺好。"苏文的父亲不知什么时候已走到了寝室中间，他一边环视寝室，一边频频地点头说。也不知道是说我来得早挺好，还是说寝室环境挺好。

"我叫叶子，这里还有三个床位，你自己随便选一个就是。"看来是没法睡了，我从床上跳下来，向苏文伸出右手。

"我叫苏文。这是我爸。"苏文一推眼镜，伸出手和我握了握，他的脸略显苍白，说一口塑料普通话。

苏文的父亲也走过来，两手抓住我右手使劲地摇了摇，边摇边说："你也是外语系的吧？出门在外，以后你要多多照顾我娃。"

"爸，我们是同学，是互相帮助。"苏文在旁边纠正说。

"互相帮助，互相帮助。"苏文的父亲不好意思地笑笑，拿着我的手又摇了摇。

"睡最里面这个床吧，靠门远，安静。"苏文自语了一句，又像在告诉他父亲。

"好，好。"苏文的父亲一阵点头，这才放开我的手。他把行李箱和塑料编织袋提到床边，然后不知从哪里突然掏出一块抹布，麻利地爬上了床。我们的床都是组合式结构，分为上下两层，下面是书桌衣柜，上层才是床，有一人来高。苏文的父亲上床时那敏捷的身手真把我吓了一跳。

"叶子，你是从哪来的？"苏文转头来问我。

"我家就在这个城市，离学校不远。"我回答。

"那还真方便。"苏文的话语里充满了羡慕。

我和苏文还没聊两句，他的父亲已经忙活起来，抹桌子、清理衣柜，又拿了个扫帚扫地，然后拖洗卫生间。

"叔叔，您歇着，我来吧。"我快步走上前帮忙。

早上搬进寝室时我也没觉得怎么脏，就拿扫把胡乱扫了几把，现在让苏文的父亲搞起卫生来，心里还真过意不去。

"不用，不用。"苏文的父亲一摆手，很坚定地把我推出了卫生间。

我尴尬地搓搓手，回头看见苏文也在清理行李。他们带来的东西可真多，光吃的就把书桌给堆满了，橘子、花生、干红薯片，堆得像小山一样高，还有衣服、布鞋、被套、蚊帐，最后还掏出一个墨绿的小斗笠。

"嘿！这玩意有点历史了吧，是防雨用的吗？"我伸手抓过斗笠戴到头上，感觉非常新奇。

"对啊，这个可比打伞方便多了。"苏文的父亲从卫生间里探出头来，抢着说。

"大学生哪有戴这个的，戴了多丢脸。"苏文有点抱怨地说。

"大学生怎么了？大学生不要穿衣吃饭啊？你嫌我们丢你脸了是吧？"苏文的父亲听见了，立刻从卫生间里面伸出头来大声说。

苏文转个身，自顾自地清东西，不再说话。

我一看气氛不对，打个圆场，对苏文说："苏文，你们这些橘子、花生都是自己家种的吧？"

"是哦，你随便吃，随便吃。"苏文连忙接我的话说。

"好。那我可要试试这纯天然的绿色食品了。"我伸手拿起一个橘子，剥了皮就吃起来，肉厚汁甜。刚想夸奖两句，我口袋里的手机突然响了。

拿起手机一听,原来是高中的朋友来学校找我。我看在寝室里也帮不上什么忙,于是向苏文和他的父亲打了招呼,说有事先走了。我把半盒没吃完的巧克力丢在苏文的桌子上,让苏文和他的父亲尝尝。然后又抓了一把花生,赶快溜出了寝室。

玩了一个下午,吃晚饭时又多喝了点酒,回寝室已经十点多了。寝室的灯还亮着,里面传来苏文的父亲的声音。苏文的父亲说一口地道的湘西话,大意是说家里好不容易出了个大学生,要苏文好好读书,和同学们搞好关系,家里的事不要他操心。接着又说到家里不容易,要苏文节省用钱,不要浪费,平日里饭菜一定要吃饱,不要饿坏了身体,等等。

我准备敲门的手悬在半空中,不忍也不想进去打断他们的谈话。头晕晕的,那些话在我脑子里流过来流过去,让我仿佛看见了湘西的大山,山上的苞谷地,以及飘着袅袅炊烟的老土屋……我顺势坐下来,靠在了门边。

"叶子,你怎么在门口睡着了?"突然一双手拍在我肩膀上。

我一下子惊醒过来,没想到酒劲一上来,稀里糊涂地在门外睡着了,大概是我的呼噜声引起了苏文的注意。

看来苏文父子的谈话已经结束了,他父亲躺在寝室的另外一张床铺上,和苏文的床紧挨着。听见我进来,他父亲赶紧一骨碌坐了起来,很友好地冲着我笑。

"不好意思,回来这么晚把你们都吵醒了!"我愧疚地说。

"没事。我们也刚睡。"苏文重新爬上了床。

等我洗脸刷牙再上床时,他们那边已经响起了此起彼伏的呼噜声。

第二天早上,我迷迷糊糊听到苏文和他父亲说话的声音,然后一切在一声门响后归于平静。

起床时,苏文的父亲已经回家了。苏文说家里还有一摊子事等着他父亲做。我的书桌上放着一大包花生和红薯片,还有几个橘子,都是苏文的父亲特意留给我尝尝的。我想起苏文的父亲那充满了沧桑的笑脸,心里涌过一阵阵暖意。

二

再一次见到苏文的父亲，是大学第三年的下学期。苏文因拖欠学费，并累积十门功课需要重修。按照校规，学校领导用书面的形式请苏文的家长来学校面谈。

苏文的父亲是在一个冬天的上午，出现在寝室门口的。当时我正面朝门，坐在窗台边看书，时间是上午十点。阳光暖洋洋地洒在身上，让人心眼里都感到温馨，我就是在这样一种极度的惬意中，突然看见站在门口的苏文的父亲。一个矮小、干瘪的老头，他怯生生地站在门口，用手指敲了两下敞开的寝室门，以引起我的注意。我看见他那写满了沧桑的脸上，堆满了很牵强的笑。他的身影如此的熟悉，但又一时又想不起是谁。

"小叶！我娃在吗？"他开口问。

我脑海中豁然一亮，这是苏文的父亲？是三年前送苏文来读大学的那位老人？我放下书快步迎了上去。三年的时间并不长，但却像一个抽气筒一样，抽干了苏文的父亲身上的精气神。他的身体不再结实，干干瘦瘦的，还带着点微微的驼背。那爬满了皱纹的脸，看上去异常苍老和憔悴，流露着迷茫而无奈的神情。

苏文的父亲，也许是我在大学中最不愿意见到的人之一。世界上有很多事情我们可以谈论它，可以评价它，但发生在自己身上时，我们却很难面对它，比如现在苏文的父亲就是一例。苏文的事情同学们都知道，但是谁也不能去告诉他的父亲，还要在话语间为他掩饰。我想起大一那年的秋天，想起苏文的父亲对我说："出门在外，以后你要多多照顾我娃。"想起那时候他脸上灿烂的笑容。

"苏文不在。您先坐，我去旁边寝室找找。"我心虚地回答，把苏文的父亲让进寝室，又倒了杯水给他。

苏文当然不在寝室，或者说他已经好久没有在寝室住过。他和同学在校外合租了一套房子，天天住在外面。走出寝室一拐弯，我立刻拿出手机给苏文打了过去。

电话那头的苏文还没有睡醒，听完我的叙述，电话那头有杂乱的声响。

"叶子，你帮我哄一下，我马上回寝室。我爸要问，就说我一大早去图书馆了。"苏文在电话里面大声地喊着。

放下电话我慢慢地回到寝室，很小心地告诉苏文的父亲："叔叔，苏文一大早就去图书馆了，应该快回来了。"

"哦，哦。"苏文的父亲站起身，点头答应了两声，然后又坐回凳子上。他从口袋里摸出一个小烟锅，塞了点烟丝，点上火，含到嘴里深深一吸，接着又吐出了一大团烟雾。

幸亏寝室另两个室友一大早就出门了，他们可是一点烟味都不能沾的，这也是苏文搬出我们寝室的原因之一。

"小叶，我娃是不是很久没有在寝室住了？"苏文的父亲突然问。他翻弄着苏文书桌上的课本，上面积着厚厚的一层灰尘。

"苏文，他现在睡另外一个寝室，那边有他一个老乡。"我解释道。

"你知道我娃考试不及格，还没有交学费的事吗？"苏文的父亲忽然又问。

我一惊，看来学校在写给苏文的父亲的通知书上，已经写明了一切，他现在心里比谁都清楚。

"知道一点。苏文睡到别的寝室去后，我和他联系就少了。"我不敢触碰事情的真相，我也不知道如何回答苏文的父亲的提问。

刚开学那阵，苏文学习很刻苦。他每天早早地爬起来到走廊上朗读外语课文，星期六、星期天整天泡在图书馆里看书、记笔记，平日里有空闲他就会拿出字典来背单词，一本学校发的外语字典被他翻得稀烂。

苏文从不和我们一起下馆子吃饭，餐餐都在食堂里吃，遇见有同学请客或邀请出去一起唱歌、泡吧什么的，苏文也一律找借口推脱，不是因为功课太忙，就是因为某某老师找他有事。我知道那是因为苏文怕要回请，所以才找借口不参加。食堂里的饭菜没有什么油水，苏文的脸老是腊黄腊黄的，隔那么几天我就找个借口喊寝室的兄弟们下馆子吃饭，很正当地带上苏文，让他改善一下伙食。开始的时候，苏文总是显得很不好意思，次数多了，他也能坐下和我们开点无伤大雅的玩笑，一起喝点啤酒。苏文酒量不错，到底是从小喝苞谷酒长大的，我们都笑他"酒"经考验。

大学里功课不多，作业几乎没有，每个任课老师似乎都是大忙人，打了铃进教室，下了课就走，一个星期难得见上两三回。没有考试，也没有老师管，高中三年苦苦追寻的自由现在就好像呼吸空气一样简单，谁还不想好好地享用一番。有的同学爱好旅游，今天去衡山，过两天去泰山。别说老师，连我们本班的同学都搞不清楚他们的行踪，只能从一张又一张的请假条，还有同寝室的室友口中才知道他最近又出了远门。有的同学喜欢做生意，几个人合伙在校外租了门面，进一些服装和首饰，然后轮流守在店里，上课时一个寝室四个人老是少一个。还有的同学迷恋上了网络，迷恋上了酒吧，更有的迷恋上了赌博，在寝室里通宵达旦地"砌长城"。当然这里面也有爱好学习的，比如苏文，他大多数的时间都花在了图书馆里，只是晚上回来后，才很偶尔地和我们一起去其他男生寝室串串门，聊聊感兴趣的话题。

一次偶尔的闲谈中，苏文认识了另一个寝室的，外号叫"老烟枪"的老乡。"老烟枪"是体育系的，两人以前就读的高中竟然还相隔不远。由于是老乡的缘故，他们聊得非常投机，在以后的日子里，苏文去"老烟枪"寝室的次数多了起来。"老烟枪"也不知道是怎么混进体育系的，他整个人都很干瘪，像是电视里抽鸦片烟过多的那种，与体育实在没有任何瓜葛。据"老烟枪"说，自小他就爱捡他爸的烟屁股抽，到上中学后发展到用早饭钱自己买烟抽，算来最少已有十年的烟龄。休息日的晚上，"老烟枪"的寝室喜欢打点牌娱乐一下，然后由胜者出钱请吃宵夜。"老烟枪"很豪气，牌技也比较厉害，每次赢了后都会喊上苏文，然后一伙人哗啦啦地涌出校门去"撮"一顿。苏文的性格比起开学的时候已经大方了许多，常常和"老烟枪"那一群人去校外玩，到晚上两三点后才尽兴而返。这时候学校已经早关门了，他们只好像飞虎队一样，翻过围墙跳入校内。苏文进寝室时，手脚很重，身上带着一股浓烈的烟酒味，往往把我们都熏醒了。

苏文早已经从一个牌桌边的看客，锻炼成为亲自上阵的一员，这个我们都心知肚明。但当我有一天晚上，去"老烟枪"的寝室找他时，看到他卷着衣袖，嘴里斜叼着一根烟，熟练地坐在牌桌边揭牌出牌时，我内心的惊诧，仍然无可言喻。

我找了个机会，单独约了苏文，想问问他的近况。

"没事，叶哥！我也就随便玩玩，抽烟是为了提提神而已。"苏文随意地笑笑，他的表情很自然，自然得让我更觉可怕。

"打牌娱乐一下就行了，千万不要赌钱啊。"我又认真地叮嘱了一句。

"知道。我怎么可能赌钱呢？"苏文很道义地拍了拍我的肩膀，说。

大学的时光说快也快，一眨眼一年就过去了。第二年开学后，"老烟枪"寝室里，有一个同学在外面租了房，住到校外去了，苏文干脆搬进了他们的寝室。我猜想他们打牌可能已经不局限于娱乐了，他们用窗帘把正对着走廊上的窗子，严严实实地遮了起来，还经常有不认识的其他系的男生从里面进进出出。

苏文早起读外语的习惯，还有平日里去图书馆的习惯，都消逝了。他留着长长的头发，买了手机，常常和一大帮子外面认识的人，出入学校附近的酒吧和饭店。他在外面租了间房，找了个低年级的女朋友。偶尔在课堂上见到他时，也是一脸疲倦地趴在桌子上睡觉。下课铃一响，他就快速地冲出了教室，一眨眼间就不见了。

我再也找不到机会询问苏文的近况，当苏文叼着烟，搂着女朋友，打着手机，和我在校园里擦肩而过时，我甚至都认不出他来，我们疏远的速度是如此的快，这令我猝不及防。我听说苏文没有交学费和住宿费；我听说苏文常催着家里寄钱，说是要参加各种培训班；我听说苏文的牌技很高，现在已经不满足在寝室玩玩，而是改去外面的牌馆，和社会上的人"切磋"技艺，一晚上就有好几百元的输赢；

我还听说苏文把周围同学们的钱都借遍了，他经常请同学们下馆子，然后再向他们借钱去打牌。不过苏文倒是从来没有向我借过钱，不知道是不好意思，还是留着最后一点善心。

每当回寝室时，看见苏文空荡荡的床和积满了灰尘的书桌，还有那丢在桌底下长满了蜘蛛网的墨绿色斗笠，我便感到一种莫名的压抑，我不知道是什么让苏文变成了这样，到底是该怪学校还是该怪他自己。我想起苏文和他父亲刚来的时候，想起那个笑得一脸灿烂的老人，想起他脸上那一条条阡陌般纵横交错的皱纹。我不知道苏文的父亲知道这一切后，会是怎样的一种心情。但我知道，这些事情迟早会传到苏文的父亲耳朵里……

时间过得真慢，只有两个人的寝室里，显得分外的空落。我和苏文的父亲面对面地坐着，在某个瞬间，我仿佛又回到了刚开学的时候，但也就是一瞬间而已。苏文的父亲的话把我扯回到现实中，他说苏文的妹妹去广州打工了，家里的地租给了别人种，苏文的母亲身体不太好，一直在吃药，学校也不知怎么搞的，老要交钱，只好到处向邻居和亲友们借贷。他说他到处找零工做，目的是挣点现钱，他的身体差多了，全身的骨头老是疼。

我沉默地听着，双眼注视这个神情沮丧的老人。他的笑容像河床一样干枯了，脸上写满了落寞。从喜悦地送孩子上大学，到现在对孩子的失望，中间的落差太大了。时间不知不觉过去了一个多小时，苏文的父亲已经喝了足足有六杯水。

"爸，你来了！"苏文的身影终于出现在了门口。

"苏文，你来了。"我有了一种如释重负的感觉。

苏文今天的穿着很朴实，并重新戴上了黑框眼镜，他的眉眼间充满了惶恐不安的神情，这一瞬间我觉得他很可怜。但他憔悴的脸上那双睡意朦胧的眼睛，还有张嘴就露出的因为抽烟而熏黄的满口牙齿，都告诉我他已经不是当年的苏文了。我对苏文的父亲说："叔叔，苏文来了。中午我有点事不陪您，就先走了。"

"好。"苏文的父亲朝我点点头。

如同得了特赦令，我赶紧向寝室外走去，门慢慢地在身后合上。

我听见苏文的父亲在大声地质问苏文：为什么没有交学费？为什么总是问家里要钱？为什么还要向同学借钱？为什么有那么多功课不及格……接着我听见"叭"的一声脆响，分明是耳光声，然后是人摔倒在地的声音。我完全可以想象，这个老人失望后的愤怒如山呼海啸，够苏文这小子喝一壶的！

中午我没再回寝室，下午直接从邻班同学那里借了本书，就去上课了。整个下午苏文都没有出现，有人看见苏文的父亲像押着囚犯一样，押着苏文去了校长办公室。大家都在小声地议论这件事。

放学后我回到寝室，发现苏文和他父亲已经先回来了。两人正用家乡话说着什么，看见我进来，寝室里的气氛变得有点尴尬。苏文始终低着头，他的左脸有点红肿，眼镜断了一条腿横躺在书桌上。

上晚自习时，我断断续续地了解到苏文的情况。苏文拖欠了学费八千元，累计有十门考试科目不及格，学校给出了劝退的处理意见。后来苏文的父亲当场补交了五千元学费，并且在校长、副校长面前长跪不起，这才换来了苏文暂时留在学校读书的机会。这话是一位外语系学生会的干部说的，他当时正从校长室门口经过，无意间目睹了这个场景。

我不敢想象五十多岁的苏文的父亲，跪在四十岁出头的校长面前的样子，我不知道苏文当时心中会不会有一种震动，是否也会为他曾经的那些荒唐有过一丝懊悔。

还有那位苏文的老乡"老烟枪"，已经被勒令退学了。听说"老烟枪"离开学校时很潇洒，到班上向各位同学拱了拱手，说："兄弟先去闯江湖了，你们有事要帮忙，只管找我！"

晚上回寝室时，苏文和他的父亲都已经离开了。空空的寝室里，只留下一屋子淡淡的烟叶味。室友告诉我，苏文的父亲连夜赶回去了，说是工地上的老板要他尽快回去，否则那份守材料的工作就要换人了。苏文送走父亲后，腻腻地回到了他外面租住的房子。

同学们都聚在我们寝室里谈论着苏文，在班上，大家都一直以为苏文家很有钱，以为苏文的父亲是乡镇大老板，以为苏文衣服穿得朴实，只是不想太招摇……但当苏文的父亲真实地出现在我们眼前时，大家惊了，傻了，甚至愤怒了，大家感到自己都被苏文给"耍"了。我看着眼前这些义愤填膺的同学，想起以前他们簇拥着苏文下馆子时，还有站在牌馆看苏文打牌时，流露出的那种亲切中略带点献媚的表情，一切就好像发生在昨天。

难道我们这些做同学的就没有一点责任吗？难道我们的学校、我们的老师就没有一点责任吗？我不敢置疑我们的教育制度，毕竟多年来就这么顺顺当当地过来了。

我躺在床上很久很久都不能入睡。

三

最后一次看见苏文的父亲，是发下毕业证的第二天下午。班上的同学已经开始陆陆续续地离开学校。学生寝室一间间地空了出来，一种依依惜别的情绪在同学们中漫延。

和前两次一样，苏文的父亲没有一点预兆，就出现在了我们寝室的门口。还是那件蓝衬衣，还是一双洗旧的解放鞋。那么突兀却又那么坚决地站立在门外，好像本来就该出现在那里一样。

我正在清理自己的行李，同寝室的另两个同学，已经在昨天晚上离开了学校，寝室里只剩下我和苏文。那次苏文的父亲来过之后，苏文改变了许多，首先是搬回了寝室睡觉，他把长头发剪了，女朋友也分手了，平日里跟着我们一起上课下课，也不去外面赌博了。只是打牌的习惯还是有，手痒时偶尔去外面的牌馆玩玩，但比起以前来已经收敛多了。大四毕业时，苏文还清了学费，但还有四门功课没有过关，学校说如果要拿毕业证和学位证，就必须留级再读一年。

苏文的父亲表情很迷茫，或者说已经很难在他那张过于沧桑的脸上看出他的情绪。苏文还在午睡。苏文的父亲摇摇手，示意我不要喊醒苏文。他把手伸进裤兜里，魔术般变出一把熟花生，塞到了我手上。我鼻子一酸，眼睛湿润了。

苏文的父亲扯了扯我的袖子，把我拉到了寝室外面。然后小声地告诉我：他不能让苏文继续读下去了，这小子不是读书的材料，何况还学坏；家里也供他不起了，这四年读书的费用，还有苏文的母亲治病的花费，家里已经欠了好几万元了，只好卖掉那几间老屋还债；他决定带着苏文，到苏文妹妹打工的那个城市去找事做，也把苏文的母亲一起带去，一家人在一起，也好有个照应……

苏文的父亲说话的时候，老泪纵横，我知道他有太多的委屈要对人倾诉，他把我当成了最信任的人，这一点令我深为感动。

我从口袋里掏出皮夹，把里面的两百来元钱，全塞到苏文的父亲的手上，说："路上做点零用吧。"

苏文的父亲执意不肯收，僵持了一阵，最终还是颤颤巍巍地把钱放进了衣兜里。

苏文和他父亲是黄昏时离开学校的，我一直把他们送到校门口。苏文的父亲带着那顶旧斗笠，扛着塑料编织袋走在前面，苏文拖着深褐色的行李箱跟在后面，谁都没有说话。隐隐的，远处有雷声传来，"轰隆隆"地炸响，空气沉闷得让人窒息。

走到公交车门口，苏文回过头来握住我的手，他扬起嘴角努力地想笑笑，但最终没有笑出来。我看见他眼镜下那双红红的眼睛，里面充满了懊悔。苏文没有说话，他重重地摇了摇我的手，转身跳上了汽车。车厢里很暗很挤，立刻模糊了苏文和他父亲的身影。

又是几声炸雷，大雨"哗哗"地下了起来。汽车启动了，显得很沉重。雨水在天地间拉上了一道雨帘，载着苏文和他父亲的汽车，渐行渐远，最后消失在我的视线里。

别了，苏文。我在心里默默地念着。